William Somerset Maugham | Julia

byblos

Título original: *Theatre*

Traducción: Montserrat Gurguí y Hernán Sabaté

1.ª edición: enero 2007
1.ª reimpresión: mayo 2007

Bailén, 84 - 08009 Barcelona (España)
www.edicionesb.com

Diseño de cubierta: Estudio Ediciones B
Diseño de colección: Ignacio Ballesteros

Printed in Spain
ISBN: 978-84-666-2344-5
Depósito legal: B. 28.639-2007

Impreso por LIBERDÚPLEX, S.L.U.
Ctra. BV 2249 Km 7,4 Polígono Torrentfondo
08791 - Sant Llorenç d'Hortons (Barcelona)

William Somerset Maugham | Julia

Prólogo

No es difícil prologar un libro que uno escribió hace mucho tiempo, porque los años presurosos lo han convertido en un hombre distinto, lo que le permite releer sus páginas con los ojos de un desconocido. Uno ve sus fallos y, para deleite del lector, puede recordar con tolerancia o con desaliento —según su temperamento— los defectos de su carácter, que son los responsables de los defectos del libro; o volver la vista atrás, tal vez con el deleite que la distancia añade al pasado, y examinar las condiciones en las que lo escribió, y trazar una hermosa imagen de la buhardilla donde vivía o evocar con modesta complacencia la impavidez con la que afrontó la falta de reconocimiento. Pero cuando, con objeto de tentar al lector a que compre un libro que ya no tiene el mérito de ser una novedad, uno se dispone a escribir un prólogo para una obra de ficción compuesta sólo dos o tres años antes, no resulta nada fácil encontrar algo que decir porque uno ya ha dicho todo lo que quería sobre el tema en el libro en cuestión y, habiéndolo hecho así, ya no ha vuelto a pensar en él. Del mismo modo que no hay nada más muerto que el amor que se ha consumido, no hay tema menos interesante para un autor que aquel sobre el que ya se ha pronunciado. Uno puede, por supuesto, discutir con los críticos, pero resulta bastante inútil; lo que este y aquel crítico hayan opinado de una novela que leyeron el año antepasado sólo importa a un autor excesivamente susceptible para la confusión y la violencia de este mundo desquiciado; el crítico hace mucho que ha olvidado el libro y su reseña, y de todos modos el público lector nunca se preocupa mucho de las críticas.

En mis primeros tiempos de autor profesional, me dedicaba a pegar las reseñas en un álbum de recortes a medida que aparecían, con la idea de que algún día me divertiría volver a leerlas, y anotaba meticulosamente encima de cada una la fecha y el periódico en que se había publicado. Con el paso de los años, sin embargo, estos pesados volúmenes se volvieron muy engorrosos y como, por una razón u otra, nunca vivía mucho tiempo en la misma casa, creí necesario deshacerme de ellos y se los llevó el trapero. Desde entonces, me he limitado a leer las críticas y, con el transcurso del tiempo, a hacerlo con la ecuanimidad suficiente para no sentirme indebidamente alterado por las adversas ni inconvenientemente orgulloso por las elogiosas, y a arrojarlas después a la papelera. Según mis recuerdos, las reseñas de *Julia* fueron muy buenas en general. Algunos críticos, no obstante, se quejaron de que Julia Lambert, mi heroína, no era una criatura de gran integridad moral, notable inteligencia y nobleza de alma, y a raíz de ello llegaron a la conclusión de que se trataba de una actriz mediocre. Se me ha dado a entender que algunas de las primeras actrices eran de la misma opinión. De hecho, una vieja actriz, que gozaba del favor del público siendo yo un muchacho y a quien los de mediana edad todavía recordaban por las cosas divertidamente desagradables que a menudo decía —casi siempre a expensas de sus compañeros de profesión—, fue muy mordaz en sus referencias hacia mí, pero creo que su acritud se debió a una comprensión errónea por su parte. En la novela me esforcé en dejar claro que mi heroína, cualesquiera que fuesen sus otros defectos, no era una esnob, y eso naturalmente impidió que la anciana en cuestión reconociese lo buena actriz que era mi Julia. Todos nos sentimos inclinados a pensar que los demás sólo poseen nuestras virtudes cuando comparten también nuestros vicios.

La excelencia es rara. Durante los últimos cincuenta años he visto actuar a casi todas las actrices que han conseguido la celebridad. He visto a muchas con innegable talento, a muchas que sobresalieron en un campo que habían convertido en el suyo propio, a muchas que tenían encanto, belleza y conocimiento; pero sólo me viene a la mente una a la que, sin sombra de duda, le atribuiría la excelencia. Ésta fue Eleanora Duse. Acaso la señora Siddons la tuviera, acaso también Rachel, no lo sé. No vi a Sarah Bernhardt hasta después de que pasara su mejor momento; la gloria que la rodeaba, la extravagancia de su leyenda, hacían difícil juzgarla con frialdad; a menudo era amanerada y a veces incluso empleaba el tono ampuloso y altisonante de una mala comediante; en su cenit tal vez alcanzase la excelencia, pero yo sólo conocí sus aditamentos: la corona, el cetro y la capa de armiño, el traje nuevo del emperador de China pero no al propio emperador. Con la excepción que he mencionado, sólo he visto actrices que eran buenas, y a veces muy buenas, en determinados papeles. Tengo para mí que lo que uno opina acerca de este asunto depende en gran medida de si se siente seducido por la fascinación de la escena. Hay muchas personas a las que el teatro les produce una excitación que no disminuye por muy familiar que acabe resultándoles. Para ellas es un mundo de misterio y deleite, las transporta a un reino de la imaginación que incrementa su alegría de vivir y cuya fantasía tiñe la monotonía de la vida cotidiana con el brillo dorado de la aventura. Cuando contemplan a la celebrada actriz, que con su belleza realzada por el maquillaje, su importancia acentuada por la luz de los focos, declama sus hermosas frases como si salieran de su propia cabeza, vive experiencias extraordinarias y sufre poderosas emociones, se sienten vivir con más plenitud, y es perfectamente natural que hagan un uso un tanto excesivo de la hipérbole al intentar describir las sensaciones que les ha producido la experta intérprete. También es natural que pasen por alto el hecho de que la actuación que los ha llenado de embeleso debe algo, al menos, al modista, al escenógrafo, al iluminador y al autor.

A mí el teatro nunca me apasionó, ni siquiera en mis años mozos; pero si eso se debe a que por naturaleza soy de disposición bastante escéptica o a que mi mente estaba llena de sueños íntimos que satisfacían mis anhelos románticos, no lo sé de cierto; y una vez que empezaron a representarse mis obras, perdí incluso las pocas ilusiones que tenía. Cuando descubrí el enorme esfuerzo que implicaba obtener el gesto que parecía tan espontáneo, cuando advertí cuán a menudo la entonación perfecta que movía al público a las lágrimas no se debía a la sensibilidad de la actriz sino a la experiencia del director de escena, cuando, en suma, aprendí desde dentro lo complicado que era el proceso mediante el cual una obra se pone a punto para ser representada ante el público, me resultó imposible juzgar incluso a los miembros más brillantes de la profesión con el mismo temor reverencial y admiración con que lo hace el gran público. Por otro lado, aprendí que los actores poseen cualidades que el público es reacio a atribuirles. Supe, por ejemplo, que salvo contadas excepciones, se trataba de trabajadores, valientes, pacientes y meticulosos. Aunque después de una larga jornada de trabajo estaban rendidos, los vi acceder con alegría a repetir una escena difícil que ese mismo día habían ensayado ya media docena de veces. Los vi, enfermos, participar en la función cuando apenas se tenían de pie, para no dejar en la estacada a la compañía. Y aprendí que, a pesar de los aires que se daban, cuando se trataba de sacarle todo el partido posible a la obra y a sí mismos, eran tan razonables como cabría desear. Detrás de su famoso «temperamento», que es una combinación de egoísmo y nervios realzada más o menos conscientemente por la errónea impresión de que se trata de una prueba de sensibilidad artística, existe, mucho más a menudo de lo que el público imagina, un sentido práctico y perspicaz. Jamás he conocido a un niño al que no le agrade exhibirse, y en todos los actores queda algo de ese niño y es a él a quien debe muchos de sus dones más fascinantes. Posee un afán de exhibicionismo mucho mayor del que es común a todas las personas con raras excepciones, y si no lo poseyera, no sería un actor; resulta más adecuado juzgar este rasgo particular con humor que con desdén. Si tuviese que resumir en una frase las impresiones que me he formado de los actores durante el largo período que pasé en contacto con la escena, diría que sus virtudes son más sólidas de lo que ellos simulan, y que sus defectos se deben a lo arriesgado y exigente de su profesión.

Entre la puesta en escena de mi primera obra y la de la última transcurrieron treinta años, y en ese intervalo entablé estrecha relación con un gran número de actrices célebres. Julia Lambert no es el retrato de ninguna de ellas. He tomado un rasgo aquí y un rasgo allá para tratar de crear un personaje vivo. Como no me había afectado demasiado el esplendor de estas brillantes criaturas a las que conocí en persona, me atrevería a afirmar que conseguí esbozar con cierta frialdad una criatura ficticia. Tal vez sea esto lo que ha desconcertado a los lectores incapaces de separar a la actriz de las candilejas que la iluminan, y lo que ha disgustado a esas actrices que han quedado tan deslumbradas por los focos que sinceramente creen que en ellas no hay más que eso. Son injustas consigo mismas. La calidad del artista depende de la calidad del hombre, y quien no tenga, además de sus dotes especiales, rectitud moral, no conseguirá sobresalir. No negaré, sin embargo, que esta virtud se exhibe a menudo de un modo sorprendente y fantástico. Creo que Julia Lambert es auténtica. Me gustaría que el lector notase que, aunque sus admiradores la consideran una actriz excelsa, y aunque ella acepta el elogio con avidez, yo, hablando en mi propio nombre, no he afirmado que fuera más que una actriz de éxito, seria, trabajadora y poseedora de un gran talento. Debo añadir que, por mi parte, siento un gran afecto hacia ella; su atrevimiento no me ha chocado ni me han escandalizado sus excentricidades. Haga lo que haga, siempre la juzgaré con cariñosa condescendencia.

Antes de dar por concluido este prólogo, debo decir al lector que en el libro que ahora le estoy invitando a leer he incurrido en dos errores. El novelista trata de ser preciso en cada detalle pero a veces comete una equivocación y, por lo general, son abundantes las personas dispuestas a hacérselo notar. En una ocasión escribí una novela que me brindó la oportunidad de mencionar una playa llamada Manly, que es uno de los centros de recreo de los habitantes de Sidney durante la estación de baños, y tuve la desgracia de escribirlo Manley. Aquella *e* superflua me acarreó cientos de cartas enfadadas e irónicas procedentes de Nueva Gales del Sur. Era como si el desliz, que bien podía tratarse de una falta tipográfica —aunque se debía, por supuesto, a mi propio descuido—, fuera un insulto deliberado que había dirigido a la Commonwealth. Una dama llegó a decirme que constituía una prueba más de la superioridad ignorante de los británicos hacia los habitantes de las colonias, y que era la gente como yo la que sería responsable si en la siguiente ocasión en que Gran Bretaña se viera implicada en una guerra continental la juventud de Australia, en vez de volar en su ayuda, prefería quedarse tranquilamente en casa. Su carta terminaba con una nota retórica. ¿Qué dirían los británicos, me preguntaba, si un novelista en una obra sobre Inglaterra escribiese Bournmouth con una *e*? Mi primer impulso fue responderle que por lo que a mí me constaba, los británicos ni siquiera pestañearían aun en el caso de que escribirlo con *e* fuera incorrecto —lo cual, precisamente, no lo era—, pero creí más apropiado sufrir en silencio la severa reprimenda de la dama. En este libro he cometido, pues, dos errores. He hecho que mi heroína atribuyera al verso libre su fracaso en su papel de Beatriz, y cuando habla de *Fedra* de Racine, la hago lamentarse de que la protagonista no aparezca hasta el tercer acto. En vez de verificar mis datos, como tendría que haber hecho, me fié de mi memoria y ésta me traicionó. Beatriz habla muy poco en verso. Todas las escenas importantes son en prosa; y si Julia fracasó en ese papel no fue por la razón que dio. Fedra aparece en la tercera escena del primer acto. Ignoro por qué sólo dos personas, una por cada obra, me señalaron esos dos errores inexcusables; me gusta creer que la mayoría de los lectores supuso que no se debían a mi ignorancia sino a mi sutileza y que, al hacer hablar de este modo aturdido y despreocupado a Julia Lambert, lo que pretendía era añadir un toque preciso a mi caracterización del personaje. Pero es posible que me esté forjando ilusiones y quizá los recuerdos que tienen mis lectores de las obras famosas en las que aparecen estos personajes sean tan brumosos como los míos y por eso no dijeron ni pío.

1

Cuando se abrió la puerta y entró Julia, Michael Gosselyn levantó la mirada.

—¡Hola! No te haré esperar ni un minuto. Termino de firmar unas cartas...

—No hay prisa. Sólo he venido a ver qué localidades se han enviado a los Dennorant. ¿Qué hace aquí ese...? —Con el instinto de una actriz experta en acompañar sus palabras del gesto adecuado, señaló con un movimiento de su bonita cabeza la estancia que acababa de cruzar.

—Es el contable. Viene de Lawrence y Hamphreys. Lleva aquí tres días.

—Parece muy joven.

—Pues tiene título profesional. Y conoce su trabajo. Está asombrado de lo bien que llevamos las cuentas. Me ha comentado que no esperaba que un teatro se administrara de forma tan competente y dice que se nos pondrían los pelos de punta si supiéramos cómo llevan sus libros algunas empresas de la ciudad.

Julia sonrió al ver la expresión de complacencia de su apuesto marido.

—Un joven con tacto...

—Termina hoy. He pensado que podríamos llevarlo con nosotros e invitarlo a almorzar. Es todo un caballero.

—¿Y ésa es razón suficiente para invitarlo?

Michael no advirtió la sutil ironía de la pregunta de Julia.

—No lo haré si no lo quieres. Pensaba que sería una recompensa para él. Te admira muchísimo. Ya ha venido tres veces a ver la obra y se muere de ganas de conocerte en persona. —Michael tocó un timbre y, al cabo de un momento, entró su secretaria—. Aquí están las cartas, Margery. ¿Qué citas tengo para esta tarde?

Julia sólo escuchó a medias la lista que leía Margery y, aunque conocía perfectamente la habitación, la recorrió con una mirada ociosa. Era un despacho muy adecuado para el gerente de un teatro de primera categoría. En las paredes, revestidas de madera (y a precio de coste) por un buen decorador, colgaban unos grabados de escenas teatrales de Zoffany y de De Wilde. Los sillones eran amplios y cómodos. Michael ocupaba una butaca *chippendale* profusamente tallada (se trataba de una reproducción, pero realizada por una firma muy conocida), y el escritorio, con unas patas firmes y terminadas en bolas y zarpas, era del mismo estilo y sumamente sólido. Sobre él había una fotografía de Julia en un marco de plata maciza y, para equilibrarla, otra de Roger, el hijo de ambos. Entre los dos retratos destacaba una magnífica escribanía de plata que Julia le había regalado a su marido por uno de sus cumpleaños, y, detrás de la escribanía, una carpeta de tafilete rojo con relieves de oro en la que él guardaba su papel particular, por si quería escribir alguna carta de su puño y letra. El papel llevaba la dirección, Teatro Siddons, y en el sobre aparecía el escudo: una cabeza de jabalí bajo la cual se leía esta divisa: *Nemo me impune lacessit.** Un ramo de tulipanes amarillos en un jarro de plata, que había obtenido como premio por ganar el tor-

* Nadie me hiere impunemente. *(N. de los T.)*

neo de golf de la gente del teatro tres años consecutivos, demostraba los cuidados de Margery. Julia dirigió una mirada reflexiva a ésta. Pese a llevar los labios muy pintados y los cabellos cortos y oxigenados, Margery tenía ese aspecto neutro que debe ofrecer la secretaria perfecta. Hacía cinco años que trabajaba con Michael y, a lo largo de ellos, debía de haber llegado a conocerlo muy a fondo. Julia se preguntó si sería lo bastante estúpida como para haberse enamorado de su marido.

Pero Michael se levantaba ya de su asiento.

—Bien, querida, ya estoy a tu disposición.

Margery le entregó su sombrero negro de fieltro y abrió la puerta para que salieran. Cuando Michael y Julia aparecieron en la oficina contigua, el joven que Julia había visto al entrar se volvió y se puso en pie.

—Quiero presentarle a la señora Lambert —dijo Michael. Y, con el empaque de un embajador presentando un agregado al soberano de la corte ante la que está acreditado, añadió—: Éste es el caballero que ha sido tan amable de poner un poco de orden en el lío que tenemos en nuestras cuentas.

El joven se sonrojó y forzó una sonrisa en respuesta al mohín cálido y espontáneo de Julia, que notó su mano húmeda de sudor cuando se la estrechó con cordialidad. La confusión del joven resultaba conmovedora. Así era como solía sentirse la gente cuando le presentaban a Sarah Siddons. Julia se dijo que, cuando Michael le había propuesto llevar al muchacho a almorzar, ella no se había mostrado muy amable. Miró al chico a los ojos. Los de Julia, muy grandes, eran de un color pardo oscurísimo, y muy brillantes. No le costó mucho esfuerzo —lo hizo instintivamente, como si espantara con un gesto una mosca que zumbase a su alrededor— insinuar una ternura afable, ligeramente divertida.

—Me preguntaba si lograríamos convencerlo de que nos acompañara a comer algo. Michael lo traería de vuelta después del almuerzo.

El joven se sonrojó otra vez y tragó saliva con un visible movimiento de la nuez en su delgado cuello. Luego, se miró el traje con expresión avergonzada.

—Se lo agradezco mucho, pero no voy nada presentable.

—Puede lavarse y arreglarse cuando lleguemos a casa.

Delante de la entrada de artistas esperaba un gran automóvil negro con cromados, tapizado en cuero plateado y con el escudo de Michael pintado discretamente en las puertas. Julia subió al coche.

—Venga y siéntese conmigo. Michael conducirá.

Vivían en Stanhope Place. Cuando llegaron, Julia ordenó al criado que acompañara al joven donde pudiera lavarse las manos. Ella subió derecha al salón. Cuando entró Michael, estaba pintándose los labios.

—Le he dicho que suba en cuanto termine. Por cierto, ¿cómo se llama?

—No tengo ni idea.

—Querido, debemos averiguarlo. Le pediré que firme en nuestro libro de visitas.

—¡Oh!, el muchacho no es tan importante como para eso. —Michael sólo pedía la firma a personas muy distinguidas—. No volveremos a verlo.

El joven se presentó en aquel momento. En el coche, Julia había hecho todo lo posible para que se sintiera cómodo, pero seguía mostrándose tan tímido como antes. Los cócteles esperaban y Michael los sirvió. Julia cogió un cigarrillo y el joven se apresuró a encender una cerilla, pero le temblaba tanto el pulso que ella creyó que no acabaría de acercarla lo suficiente, de modo que le asió la mano y la sostuvo con firmeza.

«¡Pobre inocente! —pensó—. Quizás éste sea el momento más maravilloso de su vida. Cuánto disfrutará al contárselo a los suyos. ¡Supongo que en su oficina lo considerarán un héroe!»

Julia hablaba consigo misma de una manera muy diferente de la que empleaba al dirigirse a los demás, empleando un lenguaje bastante crudo. Aspiró con placer la primera bocanada del cigarrillo. Pensándolo bien, resultaba asombroso que por el mero hecho de almorzar y charlar con ella durante unos tres cuartos de hora alguien viese incrementada su importancia en el mediocre y reducido círculo de sus conocidos.

El joven se obligó a hacer un comentario.

—¡Qué habitación tan magnífica!

Julia le dedicó aquella sonrisa breve y amable, enarcando levemente las finas cejas, que él ya debía de haber visto a menudo en el escenario.

—Me alegro de que le guste —dijo con voz bastante baja y, aun así, algo ronca. El comentario del joven parecía haberla liberado de un gran peso—. En casa creemos que Michael tiene un gusto exquisito.

Michael recorrió el salón con una mirada de satisfacción.

—He adquirido bastante experiencia. Siempre diseño personalmente los decorados para nuestras obras. Por supuesto, tengo un empleado que hace el trabajo pesado, pero las ideas son mías.

Se habían trasladado a aquella casa dos años atrás y Michael sabía tan bien como Julia que, antes de salir de gira, la habían puesto en manos de un decorador muy cotizado y que éste había convenido en acondicionar su interior, a precio de coste, a cambio del trabajo que le prometieron en el teatro, y en tenerlo todo a punto cuando regresaran. Sin embargo, no era preciso entrar en tan tediosos detalles con un joven cuyo nombre ni siquiera conocían. La casa estaba amueblada con un gusto extraordinario, que combinaba con mesura lo antiguo y lo moderno, y Michael tenía razón cuando afirmaba que era, sin duda alguna, el hogar de un caballero. Julia, en cambio, había insistido en que en el dormitorio de ella debía de prevalecer su propio gusto y, como en la casa de Regent's Park, en la que habían vivido desde el final de la guerra, disponía de una alcoba amueblada a su entera satisfacción, la hizo trasladar tal cual a la nueva vivienda. El tocador y la cama estaban tapizados de color rosa, y la *chaise-longue* y la butaca de ese azul propio del pintor Nattier; encima de la cama había unos angelotes dorados que sostenían una lámpara con una tulipa también rosa, y alrededor del espejo del tocador revoloteaban más querubines dorados y regordetes. Sobre unas mesas de madera noble había, en marcos valiosos, retratos firmados de actores y actrices y de miembros de la familia real. El decorador había enarcado las cejas al ver todo aquello, pero era la única estancia de la casa en la que Julia se sentía completamente a sus anchas. Escribía sus cartas en una mesilla de madera satinada de las Indias, sentada en un taburete dorado inspirado en el de *Hamlet*.

Se anunció el almuerzo y bajaron al comedor.

—Espero que no le parezca frugal la comida —dijo Julia—. Michael y yo tenemos muy poco apetito.

El almuerzo se compuso de lenguado a la plancha, chuletas a la parrilla con espinacas y compota de frutas. Era un menú idóneo para satisfacer un apetito normal y no engordaba. La cocinera, advertida por Margery de que tenían un invitado a almorzar, había preparado a toda prisa unas patatas fritas que, bien crujientes, despedían un olor de lo más apetitoso. El joven fue el único que las consumió. Julia les dirigió una ojeada melancólica antes de rechazarlas con un gesto de la cabeza. Michael las miró un momento con expresión grave, como si no acabara de saber qué había en la fuente y por fin, con un ligero respingo, salió de su ensimismamiento y dijo: «No, gracias.» Julia y Michael ocupaban los extremos de una mesa larga y estrecha, sentados en unas majestuosas sillas italianas, y el joven fue instalado en el centro, en una silla no del todo cómoda, pero perfectamente a tono. Julia se dio cuenta de que parecía estar observando el aparador y se inclinó hacia él con su encantadora sonrisa.

—¿Desea algo?

El joven se ruborizó.

—Un poco de pan, por favor.

—Desde luego.

Julia dirigió una mirada significativa al criado, y éste, que en aquel momento servía una copa de vino blanco seco a Michael, se apresuró a salir del comedor.

—Nosotros no comemos nunca pan. Jevons ha metido la pata al no prever que a usted quizá le apeteciese.

—El pan no es más que una costumbre, por supuesto —intervino Michael—. Resulta asombroso lo deprisa que uno se habitúa a no comerlo, si de verdad se lo propone.

—El muchacho está muy delgado, Michael.

—Pero yo no me abstengo de tomar pan por miedo a engordar. No lo como porque no veo razón alguna para hacerlo. Al fin y al cabo, con el ejercicio que hago, puedo comer de todo.

A sus cincuenta y dos años, Michael aún tenía una buena figura. De joven, con su cabello castaño, rizado y abundante, un cutis perfecto y unos grandes ojos de un azul intenso, la nariz recta y las orejas pequeñas, había sido el actor más apuesto de la escena inglesa. Lo único que lo desfavorecía ligeramente eran unos labios demasiado finos. Medía un metro ochenta y tenía un porte gallardo; fue su evidente belleza lo que lo había llevado a dedicarse al teatro en lugar de hacerse soldado como su padre. Aquel pelo, otrora castaño, estaba ya cano y lo llevaba mucho más corto. Su rostro se había ensanchado y lo surcaban bastantes arrugas, su cutis había perdido el suave tacto de melocotón y tenía un tono rubicundo. Aun así, con su esbelta figura y sus ojos espléndidos todavía resultaba muy atractivo. Después de pasar cinco años combatiendo en la guerra había adoptado un porte muy militar, hasta el punto de que si uno no sabía quién era (algo harto difícil, ya que su fotografía siempre aparecía en la prensa ilustrada, con un motivo u otro), lo tomaría fácilmente por un oficial de alta graduación. Se vanagloriaba de que pesaba lo mismo desde hacía veinte años, y hacía ya algunos que, con buen tiempo o con lluvia, se levantaba a las ocho para ponerse un pantalón corto y un jersey y salir a correr alrededor de Regent's Park.

—La secretaria me ha dicho que esta mañana estaba usted de ensayo, señora Lambert —comentó el joven—. ¿Prepara una nueva obra?

—En absoluto —intervino Michael—. Tenemos lleno en todas las funciones.

—Michael ha considerado que nuestra interpretación estaba perdiendo fuerza y ha ordenado un ensayo.

—Y me alegro de haberlo hecho. He descubierto que se han colado algunos tics que yo no había marcado y que los actores estaban tomándose excesivas libertades con el texto. Soy de los que creen que hay que ceñirse a las palabras exactas del autor, aunque sabe Dios que lo que escriben los autores de hoy no es gran cosa.

—Si quiere usted venir a ver la obra —dijo Julia en tono amable—, tengo la seguridad de que Michael estará encantado de proporcionarle unas entradas.

—Me encantaría —aceptó el joven con entusiasmo—. Ya la he visto tres veces.

—¿De veras? —exclamó Julia fingiendo sorpresa, aunque recordaba perfectamente que Michael se lo había contado—. Desde luego, no es una mala comedia y ha salido tal como deseábamos, pero me cuesta imaginar que alguien haya querido verla tres veces.

—Lo que he ido a ver no ha sido tanto la obra como su actuación.

«Le he obligado a soltarlo», pensó Julia, y dijo:

—Cuando leímos la obra, Michael tenía algunas dudas. Le parecía que mi papel no era muy bueno. En realidad, no es un papel estelar, ya sabe, aunque me pareció que podría sacarle partido. Naturalmente, en los ensayos hubo que acortar mucho el otro papel femenino.

—Yo no digo que hayamos reescrito el guión —intervino Michael—, pero le aseguro que la obra que representamos es bastante diferente de la que nos entregó el autor.

—¡Está usted simplemente maravillosa en ella! —declaró el joven.

«El muchacho tiene cierto encanto», se dijo Julia, y respondió:

—Me alegro de haberle gustado.

—Me atrevo a afirmar que, si sigue usted tratando a Julia con tanta amabilidad, le dará una foto suya cuando se marche —comentó Michael.

—¿De veras?

El joven se ruborizó de nuevo y en sus azules ojos brilló un destello. «Es realmente encantador», pensó Julia. No era demasiado guapo pero poseía un rostro abierto, sincero, y su timidez resultaba atractiva. Tenía el cabello castaño claro, rizado, aunque lo llevaba aplastado, y en opinión de Julia su aspecto mejoraría mucho si, en lugar de intentar alisarse las ondas con brillantina, les sacara todo el partido. Su color era el de una persona sana, su piel, tersa, y tenía unos dientes pequeños y perfectamente alineados. Julia observó con agrado que vestía bien y que llevaba la ropa con soltura. Era un muchacho delicado y agradable.

—Supongo que, hasta ahora, usted nunca había tenido la menor relación con los entresijos del teatro, ¿verdad?

—Jamás. Por eso me interesaba tanto conseguir este empleo. ¡No se imagina lo emocionante que me resulta!

Michael y Julia le dirigieron una sonrisa cordial. La admiración del joven hacía que se sintieran un poco mayores de lo que en realidad eran.

—Nunca permito la presencia de extraños en los ensayos —dijo Michael—, pero, como es usted nuestro contable, casi pertenece a la casa y no me importaría hacer una excepción, si le divierte presenciarlo.

—Se lo agradezco muchísimo. Nunca en mi vida he estado en un ensayo. ¿Actuará usted en la próxima obra?

—No, creo que no. Ya no siento mucho interés por actuar. Me resulta casi imposible encontrar un papel adecuado. A mi edad, no me cuadra interpretar a un galán joven, y parece que los autores ya no crean los personajes que solían inventar cuando yo era muchacho. No hay papeles de los que los franceses llaman un *raisonneur*. Ya sabe a qué me refiero: un duque, un ministro o un abogado eminente que sueltan frases ingeniosas y mordaces y que manejan a la gente a su antojo. No sé qué les ha sucedido a los autores. Parecen incapaces de escribir buenos papeles. Por lo visto, hoy en día se espera que los actores saquemos jugo de las piedras. ¿Y acaso nos están agradecidos? Me refiero a los autores. Se sorprendería usted si le contara las condiciones que se atreven a exigir.

—Lo cierto es, sin embargo, que no podemos pasarnos sin ellos —apuntó Julia con una sonrisa—. Si la obra es mala, no hay actuación que la salve.

—Esto se debe a que, en realidad, el público no se interesa por el teatro. En los días gloriosos de la escena inglesa, la gente no iba a ver la obra, sino a los actores. En tiempos de Kemble y de la señora Siddons, no importaba qué representasen. El público iba a verlos a ellos. Y aún hoy, aunque no niego que si la obra es mala estás perdido, sostengo que si el texto vale, a quien va a ver el público sigue siendo a los actores, no la obra.

—No creo que nadie esté en situación de decir lo contrario —apuntó Julia.

—Lo único que necesita una actriz como Julia es un vehículo. Déselo y ella hará el resto.

Julia dedicó al joven una sonrisa complacida, pero con un matiz de desaprobación.

—No debe tomarse demasiado en serio a mi marido. Hay que reconocer que, en lo que a mí se refiere, me temo que es bastante parcial.

—A menos que este joven sea mucho más ingenuo de lo que yo creo que es, ya debe de saber que no existe nada en el mundo de la interpretación que no seas capaz de hacer.

—¡Bah! Eso es sólo una idea que la gente se ha formado porque tengo buen cuidado de no interpretar nunca un papel que no pueda desempeñar bien.

Michael consultó el reloj.

—Creo que deberíamos marcharnos, joven. Cuando haya terminado el café.

El muchacho bebió de un sorbo el que le quedaba en la taza y Julia se levantó de la mesa.

—No olvidará la fotografía, supongo... —dijo él.

—Creo que hay algunas en el estudio privado de Michael. Venga y escogeremos una.

Lo condujo a una habitación bastante amplia situada detrás del comedor. Aunque se suponía que era la salita privada de Michael —«un hombre necesita una habitación en la que estar a solas consigo mismo y fumarse una pipa»—, se utilizaba principalmente como guardarropa para los invitados. En ella había un escritorio de caoba encima del cual destacaban dos retratos firmados, uno de Jorge V y el otro de la reina María. Sobre la repisa de la chimenea se veía una vieja copia del retrato de Kemble en el papel de Hamlet, realizado por Lawrence. Encima de una mesilla auxiliar se apilaban varios manuscritos mecanografiados de piezas teatrales. La habitación estaba forrada de estanterías, con gavetas en la parte inferior, de una de las cuales sacó Julia un fajo de fotografías suyas recientes. Le entregó una al joven.

—Ésta no está muy mal.

—Es encantadora.

—Entonces, no puede parecerse tanto a mí como creía.

—Claro que sí. Está usted tal como es.

Julia le dirigió otra sonrisa, ligeramente pícara esta vez. Entornó los párpados un instante y luego, al abrirlos, lo contempló un segundo con aquella mirada sutil que la gente describía como «una mirada de terciopelo». Con ella no se proponía nada. La lanzó, si no mecánicamente, sí por un deseo instintivo de agradar. El muchacho era tan joven, tan tímido, parecía tener un temperamento tan agradable... Además, ya no volvería a verlo. Quería que él aprovechase al máximo aquel momento, que más adelante lo recordara como uno de los más excelsos de su vida. Contempló de nuevo el retrato. Le gustaba pensar que aquél era su verdadero aspecto. Había adoptado con agrado las posturas que el fotógrafo le indicaba a fin de representarla lo más bella posible. Aunque su nariz era un poco gruesa, el hombre había sabido iluminarla de manera que pareciera muy delicada, había logrado que ni una sola arruga menoscabara la tersura de su piel y que sus bellos ojos tuvieran una mirada que derretía.

—Muy bien. Quédesela. Ya sabe que no soy una mujer hermosa, ni siquiera bonita; Coquelin decía siempre que tengo la *beauté du diable*. Entiende usted francés, ¿verdad?

—Lo suficiente para comprender lo que acaba de decir.

—Se la firmaré.

Se sentó ante la mesa y con trazos ágiles y sueltos, escribió: «Sinceramente suya, Julia Lambert.»

2

Cuando los dos hombres se hubieron marchado, Julia volvió a mirar las fotografías antes de guardarlas.

«Para ser una mujer de cuarenta y seis años, no estoy tan mal —pensó con una sonrisa—. Me parezco a la de las fotos, eso es innegable. —Miró alrededor en busca de un espejo, pero no había ninguno. ¡Dichosos decoradores! Pobre Michael, no era de extrañar que no utilizara aquella estancia—. Y por otro lado, nunca he sido fotogénica.»

Un impulso la movió a observar sus viejos retratos. Michael, que era un hombre meticuloso y práctico, los guardaba en cajas de cartón, ordenados cronológicamente. Los de él estaban en otras cajas, en el mismo mueble.

—Cuando aparezca alguien que quiera escribir la historia de nuestra carrera artística, aquí encontrará todo el material a punto —decía.

Con el mismo objetivo encomiable, había coleccionado desde el principio todos los recortes de prensa y los había pegado en una serie de álbumes.

Había fotografías de cuando Julia era pequeña, y fotografías de cuando era jovencita, fotografías de sus primeros papeles y fotografías de sus primeros tiempos de casada, con Michael, y después con Roger, su hijo, cuando éste era un bebé. En una aparecían los tres; a Michael se le veía muy varonil e increíblemente guapo, y ella miraba con ternura e instinto maternal al pequeño de cabellos rizados. Esa instantánea había tenido un éxito tremendo: había salido a toda página en los periódicos ilustrados y ellos la habían utilizado para los programas. Reducida a tamaño postal, se había vendido en provincias durante muchos años. A Roger le fastidió tanto que, cuando fue a estudiar a Eton, se negó a que lo fotografiaran más con ella. A Julia le parecía curioso que el chico no quisiera verse en los periódicos.

—La gente pensará que eres deforme o algo así —le había dicho—. Y no será porque no resulte de buen tono... Tendrías que ver una noche de estreno, cómo se arremolinan los ministros, los jueces y las familias de la alta sociedad, todos, alrededor de los fotógrafos. Y acaso finjan que no les gusta que les saquen fotografías, pero salta a la vista cómo posan cuando creen que el fotógrafo les ha enfocado con la cámara.

Roger, sin embargo, era un chico muy obstinado.

Julia encontró un retrato en el que aparecía haciendo de Beatriz. Era el único personaje de Shakespeare que había interpretado en su vida. Sabía que el traje de época no le sentaba bien, nunca había comprendido por qué, toda vez que nadie sabía lucir la moda actual mejor que ella. Se mandaba hacer la ropa en París, incluido el vestuario para las representaciones, y los modistos decían que nadie les había hecho tan buena propaganda como ella. Su figura era magnífica, en eso se mostraban todos de acuerdo. Para tratarse de una mujer, era muy alta y tenía las piernas largas. Lamentablemente, nunca se le había presentado la oportunidad de interpretar a Rosalinda, puesto que las prendas de muchacho le habrían sentado a la perfección, pero, por descontado, ya era demasiado tarde para eso. Y según cómo, era casi mejor que no hubiera corrido ese riesgo, a pesar de que cabía pensar que, con su brillantez, su picardía y su sentido de la comedia, esa interpretación le habría salido admirable. A los críticos, su Beatriz no les había gustado. La culpa había sido del maldito verso libre. Su voz —una voz más bien grave y modulada, con aquel timbre profundo tan efectivo que oprimía el corazón del espectador en un pasaje dramático o que aportaba tanto humorismo a un papel ligero— sonaba completamente fuera de lugar cuando lo recitaba. Y además, su dicción era tan clara que, sin necesidad de alzar la voz, conseguía que se oyeran todas y cada una de sus palabras desde la última fila. Los críticos escribieron que los versos sonaban a prosa. Julia lo atribuyó a que era una actriz demasiado moderna.

Michael había comenzado su carrera con obras de Shakespeare. Eso había sido antes de que se conocieran. Había hecho de Romeo en Cambridge y, cuando regresó a Londres, después de estudiar un año en una escuela de arte dramático, Benson lo contrató. Anduvo de gira por el país e interpretó personajes de lo más diverso. Sin embargo, se dio cuenta de que con Shakespeare no llegaría muy lejos, y de que si quería convertirse en un primer actor tenía que adquirir experiencia trabajando en obras contemporáneas. En Middlepool había un hombre llamado James Langton, que dirigía un teatro de repertorio que gozaba del favor del público. Michael llevaba tres años actuando con Benson y, cuando la compañía de éste fue a Middlepool en su visita anual, escribió a Langton pidiéndole una cita. Jimmie Langton era un tipo calvo y rubicundo de cuarenta y cinco años, que guardaba cierto parecido con uno de esos prósperos burgueses de Rubens y sentía una gran pasión por el teatro. Era excéntrico, prepotente, exuberante, frívolo y encantador. Le gustaba con locura actuar, pero su aspecto físico sólo le permitía interpretar ciertos papeles, lo cual constituía una suerte, porque era muy mal actor. No lograba controlar su exuberancia innata, y todos los personajes que interpretaba, aunque los estudiara a conciencia y los meditara a fondo, le quedaban grotescos. Recargaba cualquier gesto, exageraba cualquier entonación, pero cuando dirigía los ensayos de una obra era distinto y no toleraba nada que fuese artificioso. Tenía un oído perfecto, y aunque él no lograse dar con la entonación correcta, no consentía que a los actores les ocurriese lo mismo. «No seáis naturales —les aconsejaba—. El escenario no requiere naturalidad, el escenario es ficción, pero debéis "parecer" naturales.»

Hacía trabajar duro a la compañía. Cada mañana, ensayaban de diez a dos, luego mandaba a los artistas a casa, a que se aprendieran el papel y descansasen antes de la función. Los regañaba, les gritaba, se burlaba de ellos. Y les pagaba mal. Pero si interpretaban bien una escena conmovedora, se echaba a llorar como un niño, y cuando decían una frase divertida tal como quería que la dijesen, se reía a mandíbula batiente. Si estaba contento, saltaba por el escenario, pero si estaba enfadado, arrojaba el guión al suelo y lo pateaba mientras por sus mejillas rodaban lágrimas de rabia. Los artistas se reían de él y le faltaban al respeto, pero se esforzaban al máximo por complacerlo. Despertaba en ellos una especie de instinto de protección que los movía a no dejarlo en la estacada. Aunque se quejaban de que los hacía trabajar como esclavos y de que nunca disponían ni de una hora libre para ellos, cumplir con sus desmedidas exigencias les producía una especie de satisfacción malsana. Cuando estrujaba la mano de algún viejo actor, que no debía de ganar más de siete libras a la semana, y le decía: «Muy bien, muchacho, eres estupendo», el viejo actor se sentía como si fuera Charles Kean.

Y resultó que, cuando Michael se presentó a la cita que le había pedido, Jimmie Langton andaba buscando un actor joven. Como había adivinado el motivo por el cual Michael le había solicitado la entrevista, la noche anterior fue a ver la obra en la que trabajaba. Michael interpretaba a Mercucio y su actuación no le pareció gran cosa, pero cuando el joven entró en la oficina, Langton se quedó anonadado ante su belleza. Con su abrigo marrón y sus pantalones de franela gris, y aun cuando no llevaba una gota de maquillaje, resultaba tan atractivo que dejaba sin respiración. Sus modales eran agradables y hablaba como un caballero. Mientras Michael le contaba la razón de su visita, Jimmie Langton lo observó con atención. Por poco bien que actuase, con aquella estampa estaba claro que llegaría muy lejos.

—Ayer vi su Mercucio —dijo Langton—. ¿Qué opinión le merece?

—Pésima.

—Lo mismo creo yo. ¿Cuántos años tiene?

—Veinticinco.

—Supongo que le han dicho que es bien parecido.

—Precisamente por eso soy actor. De lo contrario, sería militar como mi padre.

—¡Qué actor habría sido yo con su estampa, válgame el cielo!

Michael salió de la entrevista con un contrato y se quedó en Middlepool dos años. Enseguida se hizo popular entre sus compañeros. Era amable, poseía buen carácter y se desvivía por echar una mano a cualquiera. Su belleza causó sensación en la población y las muchachas solían esperar ante la puerta de artistas para verlo salir. Le escribían cartas de amor y le enviaban flores. Michael se lo tomaba como un cumplido natural, pero no permitía que los halagos se le subieran a la cabeza. Tenía afán de superación y no parecía dispuesto a permitir que ningún embrollo obstaculizase su carrera. Lo que lo salvaba era su apostura, porque Jimmie Langton pronto llegó a la conclusión de que, pese a su perseverancia y a sus ganas de triunfar, nunca pasaría de ser un actor mediocre. A su voz le faltaba cierto volumen y, en momentos de vehemencia, tendía a sonar estridente, con lo cual el efecto era más de histeria que de pasión. Sin embargo, su defecto más grave como galán joven era que no sabía expresar el amor. Se desenvolvía bien con los diálogos ordinarios y declamaba sus frases con sentido, pero cuando tenía que hablar con pasión, era como si algo lo frenara. Sentía vergüenza y se le notaba.

—Pero no coja usted a la muchacha como si fuera un saco de patatas, ¡caramba! —le gritaba Jimmie Langton—. La besa como si tuviera miedo de resfriarse. Está usted enamorado de ella. Tiene que sentir que lo está, sentir como si los huesos se le derritieran y le importase un comino que un terremoto fuera a tragárselo al cabo de un minuto.

Todo resultó inútil. Pese a su atractivo, su elegancia y su naturalidad, Michael siguió siendo un amante frío, lo cual no impidió que Julia se enamorase locamente de él. Se conocieron cuando Michael entró a formar parte de la compañía de Langton.

La carrera de Julia había estado singularmente exenta de privaciones. Había nacido en Jersey, donde su padre, oriundo de la isla, ejercía de cirujano veterinario. La hermana de su madre se había casado con un francés que comerciaba con carbón y vivía en Saint Malo, y a Julia la enviaron a su casa para que estudiara en el *lycée* de la población. Aprendió francés y lo hablaba como una nativa. Era una actriz nata y, entre los suyos, ya desde pequeña, parecía sobrentenderse que se dedicaría al teatro.

Su tía, madame Falloux, estaba *en relations* con una anciana actriz que había sido miembro de la Comédie Française y se había retirado a Saint-Malo para vivir de la pequeña pensión que uno de sus amantes le había asignado cuando, tras años de fiel concubinato, se habían separado. Julia era una niña de doce años y la actriz tenía más de sesenta. Se trataba de una mujer gorda pero muy vital y bulliciosa a la que nada en el mundo le gustaba más que comer. Su risa era sonora como la de un hombre, y hablaba con voz grave y profunda. Fue ella quien le dio a Julia las primeras lecciones. Le enseñó todos los recursos que había aprendido en el *conservatoire* y le habló de Reichenberg, que había interpretado papeles de ingenua hasta los setenta años, de Sarah Bernhardt y su voz de oro, de Mounet-Sully y su majestuosidad, y de Coquelin, el más grande de todos los actores. Le recitó largos fragmentos de Corneille y de Racine tal como había aprendido a decirlos en la Comédie, y le enseñó a declamarlos de la misma manera. Era un encanto escuchar a Julia, con su voz de niña, recitar los lánguidos y apasionados parlamentos de *Fedra*, realzando el ritmo de los alejandrinos y matizando las palabras de una manera acaso artificial y, sin embargo, maravillosamente dramática. Quizá Jane Taitbout fue siempre una actriz en extremo teatral, pero a Julia le enseñó una pronunciación nítida, a moverse en el escenario y a quedarse quieta en él, a no tener miedo de su propia voz, al tiempo que le afinó aquel maravilloso sentido del *tempo*, innato en la joven, que más tarde se convertiría en uno de sus mayores dones.

—Nunca hagas una pausa a menos que tengas motivos para ello —le gritaba, golpeando con el puño cerrado la mesa ante la que estaba sentada—, pero cuando la hagas, que sea lo más larga posible.

Cuando Julia cumplió dieciséis años y se matriculó en

la Real Academia de Arte Dramático de Gower Street, ya sabía mucho de lo que allí enseñaban. Tuvo que librarse de una serie de técnicas que habían quedado obsoletas y adquirir un estilo más propio de la conversación, pero ganó todos los premios a los que optó, y cuando terminó los estudios consiguió casi de inmediato, gracias a su dominio del francés, un pequeño papel en Londres, interpretando a una doncella francesa. Por un tiempo pareció que su conocimiento de esa lengua la haría especializarse en papeles que necesitaran un acento extranjero, ya que, a continuación, la contrataron para hacer de camarera austriaca. Jimmie Langton la descubrió al cabo de dos años. Julia estaba de gira con un melodrama que había cosechado cierto éxito en Londres; en el papel de una aventurera italiana cuyas maquinaciones finalmente se descubrían, intentaba, sin lograrlo, encarnar a una mujer de cuarenta años. Como la actriz principal, una mujer madura de cabello rubio, interpretaba a una muchacha joven, la obra carecía de verosimilitud. Jimmie se había tomado unas cortas vacaciones durante las cuales iba cada noche al teatro en una población distinta. Era lo bastante conocido en el ambiente teatral para que ella se sintiera halagada con los elogios que le dedicó, y cuando al día siguiente le pidió que almorzara con él, aceptó.

Apenas se habían sentado a la mesa cuando Jimmie fue directamente al grano.

—Esta noche, no he podido pegar un ojo pensando en usted —dijo.

—Todo esto es tan precipitado... ¿Va a hacerme una proposición honesta o deshonesta?

Él fingió no advertir la mordacidad del comentario y respondió:

—Llevo en este negocio veinticinco años. He sido botones, tramoyista, director, actor, representante, hasta crítico, maldita sea. He vivido en el teatro desde que era un chico recién salido del internado. Lo que yo no sepa de arte dramático, no merece la pena saberse, y usted me ha parecido una actriz genial.

—Muy amable por su parte.

—Calle. Déjeme hablar. Usted lo tiene todo: la estatura adecuada, una buena figura y un rostro moldeable como la goma elástica.

—Me está adulando, ¿verdad?

—Precisamente. Usted tiene el rostro ideal para una actriz. Un rostro que puede ser de cualquier manera, incluso hermoso, un rostro capaz de expresar cualquier pensamiento que le pase por la cabeza. Así era el de la Duse. Anoche, aunque en realidad usted no estuviera pensando en lo que hacía, de vez en cuando las palabras que pronunciaba aparecían escritas en su cara.

—Oh, pero es un papel tan malo... ¿Cómo voy a entregarme a él? ¿Oyó las cosas que tengo que decir?

—Los papeles no son malos, lo son los actores. Usted tiene una voz maravillosa, de esas que conmueven el corazón del público. Ignoro qué tal se le da la comedia, pero estoy dispuesto a arriesgarme.

—¿Qué quiere decir con eso?

—Su sentido del ritmo es casi perfecto, y eso no se aprende, por lo que en usted debe de constituir una cualidad innata. Eso siempre es lo mejor, con diferencia. Y ahora, vayamos por partes. He hecho averiguaciones sobre usted. Al parecer, habla francés como si fuera francesa, y por eso le dan papeles de extranjera. Así no llegará muy lejos, ¿sabe?

—Pues son los únicos que consigo.

—¿Y le satisface estar condenada a representar el mismo tipo de personaje? El público la encasillará en ese papel y después no aceptará verla en otros. Toda su vida será igual. Veinte libras semanales, a lo sumo, y un gran talento malogrado.

—Siempre he pensado que, un día u otro, se me presentará la oportunidad de representar un papel importante.

—¿Cuándo? Tal vez deba esperar diez años. ¿Cuántos tiene ahora?

—Veinte.

—¿Y cuánto le pagan?

—Quince libras a la semana.

—Eso es mentira. Cobra doce y es mucho más de lo que merece. Todavía tiene que aprenderlo todo. Sus gestos son vulgares. No sabe que cada gesto ha de significar algo. No sabe cómo conseguir que los espectadores la miren antes de que abra la boca. Se maquilla demasiado. Con un rostro como el suyo, cuanto menos maquillaje, mejor. ¿No le gustaría ser una estrella?

—¿Y a quién no?

—Venga conmigo y haré de usted la actriz más grande de Inglaterra. ¿Aprende rápido los papeles? Debería hacerlo, a sus años.

—Soy capaz de aprender cualquier papel en cuarenta y ocho horas.

—Lo que usted necesita es experiencia y que yo la dirija. Únase a mi compañía y le daré veinte papeles al año. Ibsen, Shaw, Barker, Sudermann, Hankin, Galsworthy. Posee usted magnetismo y no tiene ni idea de cómo utilizarlo. —Langton rió entre dientes—. Si la tuviera, esa vieja bruja la habría echado de la compañía hace ya tiempo. Tiene usted que coger por el cuello a los espectadores y decir: «Oíd, canallas, ahora me vais a prestar atención.» Debe dominarlos. Si no posee talento, nadie se lo dará, pero si lo posee, es posible enseñarle a utilizarlo. Tiene usted madera de buena actriz, fíjese en lo que le digo, y nunca he estado tan seguro de nada en mi vida.

—Sé que necesito experiencia, pero tendría que pensarlo un poco más. No me importaría trabajar en su compañía una temporada.

—Váyase al diablo. ¿Cree que conseguiré hacer de usted una actriz en una temporada? ¿Cree que voy a trabajar como un burro para que represente usted unos cuantos papeles y luego se marche a Londres a trabajar en un teatrucho de tres al cuarto? ¿Me ha tomado por un estúpido, maldita sea? Le haré un contrato por tres años, le pagaré ocho libras a la semana y tendrá que trabajar como una mula.

—Ocho libras a la semana es una miseria. No creo que pueda aceptarlo.

—Claro que podrá. Es lo que se merece y es todo lo que voy a darle.

Julia llevaba tres años en el teatro y había aprendido muchas cosas. Además, Jane Taitbout, que no era precisamente una persona de moral estricta, le había proporcionado mucha información útil.

—Y no habrá pensado, por casualidad, que por ese dinero también me acostaré con usted, ¿verdad?

—Dios mío, ¿cree que tengo tiempo para acostarme con las actrices de mi compañía? Me ocupo de cosas más importantes, jovencita. Y pronto descubrirá que, después de haber ensayado cuatro horas y haber interpretado a mi satisfacción un papel por la noche, más un par de sesiones de tarde, no tendrá mucho tiempo ni demasiadas ganas de hacer el amor con nadie. Cuando se acueste lo único que querrá será dormir.

Sin embargo, Jimmie Langton se equivocaba.

3

Julia se dejó llevar por el entusiasmo y el fantástico optimismo de Langton y aceptó la oferta. Al principio, éste le dio pequeños papeles y, bajo su dirección, actuó como nunca había actuado. El empresario consiguió que los críticos se fijaran en ella, los aduló haciéndoles creer que habían descubierto a una magnífica actriz y se las ingenió para que pareciese que habían sido ellos los que sugerían que el público quería verla interpretar a Magda. La representación fue un gran éxito y, en una rápida sucesión, Julia hizo de Nora en *Casa de muñecas*, de Ann en *Hombre y superhombre* y de Hedda Gabler. Los ciudadanos de Middlepool estuvieron encantados al enterarse de que tenían entre sus vecinos a una actriz de la que jactarse, mejor incluso que cualquier estrella de Londres, y llenaron el teatro para verla en obras que hasta entonces sólo habían presenciado por puro patriotismo local. Los críticos londinenses la mencionaron de vez en cuando y unos cuantos entusiastas del género dramático se desplazaron a Middlepool para verla. Al regresar a la capital se deshicieron en elogios y dos o tres empresarios londinenses enviaron representantes para que realizaran informes sobre ella. Dichos informes resultaron contradictorios. En las obras de Shaw e Ibsen estaba estupenda, pero ¿qué haría en una pieza ordinaria? Los empresarios habían sufrido amargas experiencias. Contrataban a un actor después de ver su magistral interpretación de una de esas obras singulares y luego se encontraban con que, en cualquier otro tipo de papel, no era mejor que los demás.

Cuando Michael entró a formar parte de la compañía, Julia llevaba un año en Middlepool. Jimmie lo hizo debutar con *Cándida*, de Marchbanks. Fue la elección acertada que cabía esperar de él, puesto que para ese papel el atractivo del joven era una ventaja y su frialdad no resultaba un inconveniente.

Julia alargó la mano para sacar la primera de las cajas de cartón que contenían las fotografías de Michael. Sentada cómodamente en el suelo, pasó deprisa las más antiguas en busca de la que le habían tomado a Michael al llegar a Middlepool, pero al encontrarla notó una punzada de dolor. Durante unos instantes, tuvo ganas de llorar. Aquél era el genuino Michael. El personaje de Cándida lo representaba una sólida actriz entrada en años que solía interpretar a madres, tías solteras y mujeres excéntricas, y como Julia no tenía nada que hacer aparte de actuar en ocho funciones a la semana, acudía a todos los ensayos. Lo que sintió por Michael fue amor a primera vista. Nunca había visto a un joven tan apuesto y se dedicó a perseguirlo implacablemente. Al cabo de un tiempo, Jimmie, desafiando la reprobación del Middlepool respetable, estrenó *Espectros*, con Michael en el papel del chico y Julia en el de Regina. Se recitaban mutuamente sus papeles respectivos y, después de los ensayos, salían juntos a almorzar a sitios muy modestos, donde seguían hablando de ellos. Pronto se hicieron inseparables. Julia, que no era reservada, adulaba a Michael con todo descaro, y éste, pese a no ser vanidoso, sabía que era guapo y aceptaba los cumplidos, no exactamente con indiferencia pero sí como quien escucha elogiar una casa vieja y bella, patrimonio de la familia durante muchas generaciones. Y aunque ese inmueble constituye, a juicio de todos, uno de los mejores representantes de la arquitectura de su época, una casa de la que uno puede enorgullecerse y debe cuidar, es algo que está ahí, de modo que el hecho de poseerla es tan natural como el hecho de respirar. Michael era sagaz y ambicioso. Sabía que en aquel momento su atractivo constituía su principal baza, pero que eso no duraría siempre, y por ello estaba decidido a ser un buen actor para contar con algo más que su aspecto físico en el futuro. Tenía la intención de aprender cuanto pudiera de Jimmie Langton y luego ir a Londres.

—Si juego bien mis cartas —decía—, conseguiré que alguna mujer mayor me respalde y me haré empresario. Uno ha de ser su propio patrono. Es la única manera de hacer dinero.

Julia pronto descubrió que a Michael no le gustaba gastar, y cuando almorzaban juntos o salían de excursión los domingos, ella se pagaba su parte. No le importaba hacerlo. Le gustaba que él contara hasta el último penique, y siendo como era una manirrota que siempre debía un par de semanas de alquiler, lo admiraba porque no soportaba contraer deudas y pese al exiguo salario que ganaba todas las semanas conseguía ahorrar algo. Michael estaba ansioso por reunir el dinero necesario para que, cuando llegara el momento de ir a Londres, no se viese obligado a aceptar el primer papel que le ofrecieran y estuviera en situación de permitirse esperar hasta que surgiera una buena oportunidad. Al padre de Michael, que contaba con poco más que su retiro para vivir, le había supuesto un gran sacrificio enviarlo a Cambridge. Como no le gustaba la idea de que se dedicara al teatro, se había empeñado en que fuese a la universidad.

—Si quieres ser actor, supongo que no podré impedírtelo —le decía—, pero insisto en que recibas la educación propia de un caballero.

Para Julia fue una inmensa satisfacción descubrir que el padre de Michael era coronel; también la impresionó oírlo hablar de un antepasado suyo que se había jugado toda la fortuna en White's durante la Regencia, y le gustó el sello que llevaba con el escudo de la cabeza de jabalí y la divisa *Nemo me impune lacessit*.

—Creo que estás más orgulloso de tu familia que de parecerte a un dios griego —le dijo Julia afectuosamente.

—Ser guapo no representa ningún mérito —replicó él con su agradable sonrisa—, pero no todo el mundo pertenece a una familia honrada. Si he de serte sincero, te aseguro que me alegro de que mi padre sea un caballero.

Julia hizo acopio de valor.

—Mi padre es veterinario —dijo.

Michael se puso serio por un instante, pero se recuperó enseguida y se echó a reír.

—Lo que sea el padre de uno realmente no importa. Al mío lo oí hablar con frecuencia del veterinario de su regimiento. Lo cosideraban un oficial, por supuesto. Papá siempre decía que era uno de los mejores.

A Julia le alegraba el que hubiese estudiado en Cambridge. Michael había participado en regatas con su facultad y en cierto momento se habló de incluirlo en el equipo universitario.

—Me hubiera gustado competir por Cambridge. Me habría beneficiado en mi carrera como actor, ya que hubiera constituido una buena propaganda.

Julia no estaba segura de que Michael supiera que estaba enamorada de él. Nunca la cortejaba. No obstante, se mostraba encantado con su compañía y cuando se reunían con otras personas apenas se apartaba de su lado. A veces, los domingos los invitaban a un almuerzo o una suntuosa cena fría, y él parecía encontrar natural que llegaran y se marchasen juntos. Luego, cuando la dejaba ante la puerta de casa, se despedía con un beso, pero éste era como el que hubiese dado a la actriz de mediana edad con la que había interpretado *Cándida*. Se comportaba como un amigo simpático, amable y encantador, y al mismo tiempo quedaba tristemente claro que, para él, no era más que una compañera de trabajo. Julia sabía, sin embargo, que no estaba enamorado de nadie. Michael le leía, entre risitas, las cartas de amor que las mujeres le escribían y, cuando le enviaban flores, enseguida se las daba a ella.

—Son unas idiotas, maldita sea —decía—. ¿Qué demonios creen que van a conseguir con eso?

—Pues no me costaría mucho adivinarlo —respondía Julia con frialdad.

Aunque sabía que Michael se tomaba esas atenciones a la ligera, no podía por menos de sentirse celosa y enfadada.

—Sería un perfecto imbécil si me enredara con alguna mujer de Middlepool. Al fin y al cabo, casi todas son unas jovencitas alocadas. Antes de que advirtiera en dónde me había metido, aparecería un padre airado exigiéndome que me casase con su hija.

Julia intentó descubrir si había tenido alguna aventura durante su paso por la compañía de Benson y le sonsacó que un par de chicas lo habían importunado un poco, pero que en su opinión enredarse con cualquiera de las actrices con las que trabajase, sería una equivocación terrible, pues sólo podía acarrear problemas.

—Y ya sabes lo que son las habladurías en el teatro. Al cabo de veinticuatro horas todo el mundo lo sabría. Cuando empiezas una relación así, nunca sabes adónde te llevará. No quise correr riesgos.

Cuando le apetecía un poco de diversión, Michael esperaba a que se encontraran a una distancia prudencial de Londres y entonces volvía a toda prisa a la ciudad y solicitaba los favores de alguna de las chicas del Globe. Resultaba caro, por supuesto, y pensándolo bien, no merecía la pena gastar tanto dinero. Además, en la época en que había trabajado con Benson, había jugado al críquet y al golf cada vez que se había presentado la ocasión, y esa clase de actividades estaba mal vista.

Julia le soltó una mentira flagrante.

—Jimmie siempre me dice que si tuviera una aventura amorosa sería mejor actriz.

—No le creas. Es un viejo verde. Supongo que piensa que deberías liarte con él. Es como si dijeras que si yo escribiese poesía haría mejor mi papel en la obra de Marchbanks.

Hablaron juntos de tantas cosas que Julia acabó por hacerse una idea de sus opiniones sobre el matrimonio.

—Creo que un actor que se casa joven es un completo idiota. Son tantas las veces que una boda arruina la carrera de un actor... Sobre todo si se casa con una actriz. Cuando él alcanza la fama, ella se convierte en una piedra de molino atada a su cuello. Se empecina en que actúen juntos, y si él tiene mano en la empresa, ha de darle papeles de protagonista, y si contrata a otra, ella le montará unas escenas tremendas. También para una actriz el matrimonio es una locura, desde luego. Siempre existe la posibilidad de que se quede embarazada y tenga que renunciar al papel de su vida. Tendrá que pasar meses lejos de los escenarios, y ya sabes cómo es el público: si no te ve todos los días se olvida hasta de que has existido.

¿Matrimonio? Pero si ella no pensaba en nada semejante... Cuando miraba los ojos profundos y amistosos de Michael se le derretía el corazón, y sólo con pensar en su cabello rojizo y lustroso temblaba presa de una deliciosa angustia. Julia le habría dado lo que le hubiese pedido, pero por la encantadora cabeza de Michael jamás había pasado una idea como ésa.

«Claro que le gusto —se decía Julia—. Le gusto más que ninguna otra, incluso me admira, pero no le atraigo en ese sentido...»

Hizo todo cuanto estuvo en su mano por seducirlo salvo meterse en la cama con él, y eso no lo intentó porque no se le presentó la oportunidad. Empezó a temer que se conocieran demasiado bien para que la relación cambiara y se reprochó amargamente no haber precipitado las cosas durante los primeros días de su amistad. Él sentía ahora un afecto demasiado sincero por ella como para convertirse en su amante. Julia averiguó la fecha de su cumpleaños y le regaló una pitillera de oro que sabía que era lo que más deseaba en el mundo. Pagó por ella mucho más de lo que le convenía gastar, y él le reprochó el dispendio con una sonrisa. Michael no podía ni imaginar el placer extático que le había producido derrochar para él su dinero. Cuando llegó el anivesario de ella, Michael le regaló una docena de pares de medias de seda. Julia advirtió de inmediato que no eran de muy buena calidad —pobrecito, había sido incapaz de superar su tacañería—, pero el hecho de que le hiciera un presente la emocionó hasta las lágrimas.

—Qué chiquilla tan sensible eres —le dijo él, pero le agradó y lo conmovió verla llorar.

A Julia, la cicatería de Michael se le antojaba más bien un rasgo gracioso. Él no soportaba malgastar el dinero. No se trataba de que fuese exactamente mezquino, pero distaba de ser generoso. En dos o tres ocasiones, le pareció que dejaba poca propina al camarero, pero cuando lo reconvino, Michael no le hizo ningún caso. Daba el diez por ciento de rigor, y cuando no lograba redondear la cantidad y sobraba ni que fuera un penique, le pedía al camarero que le trajese el cambio. Citaba con frecuencia la máxima de Polonio: «No prestes ni tomes prestado.»

Cuando algún miembro de la compañía que pasaba por un mal momento le pedía dinero, nunca lo conseguía, pero Michael se lo negaba con tanta franqueza y amabilidad que nadie se ofendía.

—Mi querido amigo —decía—, me gustaría prestarle una libra, pero estoy sin blanca. De hecho, no sé cómo voy a poder pagar el alquiler de esta semana.

Durante unos meses, Michael anduvo tan abstraído con sus propios papeles que no advirtió lo buena actriz que era Julia. Leía las críticas, por supuesto, y los elogios a ésta, pero no les prestaba demasiada atención hasta que llegaba a los comentarios dedicados a él. Aunque le gustaba contar con la aprobación de los críticos, no se hundía con su desaprobación. Era demasiado modesto como para que le doliera una crítica desfavorable.

—Supongo que estuve pésimo —declaraba con ingenuidad.

Uno de sus rasgos más cautivadores era el buen humor. Soportaba con ecuanimidad el maltrato a que los sometía Jimmie Langton. En los ensayos largos, cuando todos tenían los nervios a flor de piel, Michael no perdía la serenidad. Era imposible discutir con él. Un día, se sentó en la platea a contemplar el ensayo de un acto en el que no intervenía y que terminaba con una intensa y emocionante escena en la que Julia tenía la oportunidad de lucir su talento. Mientras preparaban el escenario para el siguiente acto, Julia salió y se sentó a su lado. Él no le habló; antes bien, siguió con la mirada fija al frente. Ella lo observó sorprendida. Era muy impropio de Michael no dirigirle una sonrisa y unas palabras cordiales. Julia vio entonces que apretaba la mandíbula para evitar que le temblara y que tenía los ojos arrasados en lágrimas.

—¿Qué sucede, querido?

—No me hables. Eres una bruja perversa, me has hecho llorar.

—¡Eres un ángel! —dijo ella, también con lágrimas en los ojos, contenta y halagada.

—No he podido evitarlo, maldita sea —añadió él, entre sollozos. Extrajo de su bolsillo un pañuelo con el que se secó los ojos.

«Lo amo, lo amo, lo amo», pensó ella.

Michael se sonó la nariz.

—Empiezo a sentirme mejor, pero, Dios mío, cómo me has emocionado...

—Como escena no está mal, ¿verdad?

—Qué escena ni que narices, has sido tú. Tú me has encogido el corazón. Los críticos están en lo cierto, maldita sea. Eres una actriz, no cabe la menor duda.

—¿Y hasta ahora no te habías dado cuenta?

—Sabía que lo hacías bien, pero ignoraba que fueras tan buena. Comparados contigo, los demás somos unos inútiles. Te convertirás en una diva. Nada conseguirá frenarte.

—Pues entonces, tú serás mi primer actor.

—Con un empresario londinense tendría pocas posibilidades.

A Julia se le ocurrió una idea.

—Pues, ¿por qué no te haces empresario y me nombras primera actriz?

Michael permaneció callado. No tenía una mente rápida y asimilar una noción le llevaba su tiempo.

—¿Sabes que no está mal? —dijo al cabo con una sonrisa.

Durante el almuerzo, hablaron de ello. En realidad, fue Julia la que habló casi todo el tiempo, mientras él la escuchaba con profundo interés.

—Sólo se consiguen papeles decentes si se tiene compañía propia, eso ya lo sé, por supuesto —reconoció Michael.

El problema era el dinero. Calcularon qué cifra mínima necesitaban para empezar. Michael pensaba que cinco mil libras por lo menos. Pero ¿cómo demonios conseguirían reunir semejante cantidad? Algunos de los industriales de Middlepool nadaban en la abundancia, sí, pero él no podía contar con que estuvieran dispuestos a aportar cinco mil libras para que una pareja de actores noveles, que sólo eran conocidos allí, creasen una compañía y abrieran su propio teatro. Además, tenían celos de Londres.

—Habrás de encontrar a una mujer rica y mayor —apuntó Julia entre risas.

Apenas se creía la mitad de lo que había estado diciendo, aunque la excitaba discutir un proyecto gracias al cual su relación con Michael sería sobremanera más estrecha y constante. Él, en cambio, se lo tomaba todo muy en serio.

—Creo que uno no tiene muchas posibilidades de triunfar en Londres si no es ya un poco conocido. Lo más conveniente sería pasarse allí tres o cuatro años trabajando en compañías ajenas e ir estudiando el terreno. Además, eso me dejaría tiempo libre para leer obras. Sería una locura formar una compañía sin disponer de tres obras como mínimo, una de ellas con plenas garantías de que será todo un éxito.

—Claro que si lo hiciéramos así deberíamos trabajar

juntos para que la gente se acostumbrara a ver los nombres de ambos en el mismo cartel.

—No sé si eso es muy importante. Lo que cuenta es que los papeles sean buenos y que tengan fuerza. De lo que estoy absolutamente seguro es de que, con un poco de fama en Londres, sería mucho más fácil encontrar promotores.

4

Se acercaba la Pascua, y Jimmie Langton siempre cerraba su teatro por Semana Santa. Julia no sabía muy bien qué hacer; no le parecía que mereciese la pena irse a Jersey. Una mañana, le sorprendió recibir una carta de la señora Gosselyn, la madre de Michael, en la que ésta decía que el coronel y ella estarían encantados de que fuera con su hijo a pasar la semana en Cheltenham. Cuando le enseñó la carta, a Michael se le iluminó el rostro.

—Le pedí que te invitara. Pensé que sería más correcto que si me presentaba contigo sin avisar.

—Eres maravilloso. Por supuesto, me gustará muchísimo acompañarte.

El corazón le brincaba de alegría. La perspectiva de pasar una semana entera con Michael se le antojaba deliciosa. Que acudiera a rescatarla cuando sabía que se encontraba sin nada que hacer era una demostración más de su buen corazón. Sin embargo, Julia se dio cuenta de que él deseaba decirle algo, pero que no se atrevía.

—¿Qué es?

Michael soltó una risilla, algo confuso.

—Bueno, querida, ya sabes que mi padre es chapado a la antigua y hay cosas que no cabe esperar que entienda. Naturalmente, no quiero que digas una mentira ni nada semejante, pero creo que le sorprendería bastante saber que tu padre era veterinario. Cuando escribí para preguntar qué les parecería que me acompañases, dije que era médico.

—¡Ah, está bien!

A Julia, el coronel le resultó una persona mucho menos alarmante de lo que se temía. Era delgado y bastante bajo, y tenía la cara surcada de arrugas y el cabello corto y canoso. Sus facciones poseían una distinción marchita y hacían recordar la efigie de una moneda vieja que hubiera estado en circulación demasiado tiempo. Era atento, pero reservado. No se mostraba quisquilloso ni tiránico como Julia, por su experiencia en la escena, sospechaba que debía de ser un coronel. Le resultaba imposible imaginarlo dando órdenes a gritos con aquel tono de voz cortés y un tanto frío. Lo cierto era que había pasado al retiro con rango honorario después de una carrera por completo anodina y que, durante muchos años, se había contentado con cuidar el jardín y jugar al bridge en el club. Leía *The Times*, acudía a la iglesia los domingos y acompañaba a su esposa a tomar el té con las amistades. La señora Gosselyn era una mujer de cierta edad, un poco gruesa y mucho más alta que su marido, aunque siempre daba la impresión de que intentaba parecer más baja de lo que era. Conservaba vestigios de una belleza que le hacían pensar a uno que de joven debía de haber sido muy hermosa. Iba peinada con la raya en medio y un moño en la nuca. Cuando se la veía por primera vez, sus facciones clásicas y su tamaño le conferían un aire imponente, pero Julia descubrió enseguida que se trataba de una mujer muy tímida. Se movía con rigidez y cierta torpeza. Vestía con gazmoñería y una suerte de engalanamiento anticuado que no le sentaba nada bien. Julia, que no sabía lo que era la timidez, encontró bastante conmovedora la actitud casi humilde de la señora que, no habiendo tenido nunca ocasión de conversar con una actriz, no sabía bien cómo comportarse en tan delicada situación. La casa no tenía nada de suntuosa; era pequeña, de paredes encaladas, con un jardín en el que crecía un seto de laureles. Como los Gosselyn habían residido algunos años en la India, estaba decorada con grandes bandejas de cobre y jarrones de latón, tapices con bordados hindúes y mesas profusamente talladas. Eran objetos de bazar, baratos, y resultaba sorprendente que alguien los hubiese considerado dignos de llevárselos a casa.

Julia era perspicaz. No tardó mucho en descubrir que tanto el coronel, pese a su aire reservado, como la señora Gosselyn, pese a su timidez, la observaban con curiosidad. Cruzó por su cabeza la idea de que Michael la había llevado allí para que sus padres la sometieran a examen. ¿Por qué? Sólo había una explicación posible, y cuando cayó en la cuenta el corazón le dio un vuelco. Advirtió que él mostraba un gran interés en que causara buena impresión, y comprendió que debía ocultar la faceta de actriz; sin esfuerzo alguno, sin premeditación, por el simple hecho de que percibía que con ello agradaría a todo el mundo, interpretó el personaje de la muchacha ingenua, sencilla y recatada que había llevado siempre una vida tranquila en el campo. Paseó con el coronel por el jardín y se mostró muy interesada mientras él le hablaba de guisantes y de espárragos, y ayudó a la señora Gosselyn a cuidar de las flores y a quitar el polvo de los objetos decorativos que abarrotaban el salón. Habló con ella de Michael. Le comentó que era un actor inteligentísimo y muy popular, y alabó su apostura. Saltaba a la vista que la señora Gosselyn estaba muy orgullosa de su hijo, y en un destello de intuición comprendió que la mujer tendría una alegría si le dejaba entrever, con la mayor delicadeza, como si deseara guardar un secreto pero lo revelase sin querer, que bebía los vientos por Michael.

—Desde luego, esperamos que a nuestro hijo le vaya bien —dijo la señora Gosselyn—. No nos gustó mucho que se dedicara al teatro, pues los hombres de las dos ramas de la familia siempre han sido militares, pero estaba decidido a ser actor.

—Sí, lo entiendo perfectamente.

—Ya sé que en la actualidad no se da a estas cosas la misma importancia que cuando era niña, pero, al fin y al cabo, proviene de un buen linaje.

—¡Oh!, pero hoy en día los comediantes son gente muy correcta, ¿sabe usted? No es como antaño.

—Imagino que no. También me alegro de que Michael la trajese a usted. Imaginaba que vendría muy maquillada y que sería demasiado... llamativa. Nadie diría que se dedica usted al teatro.

«¿Cómo que no? —pensó Julia—. ¿Acaso no llevo haciendo a la perfección el papel de jovencita pueblerina durante las últimas cuarenta y ocho horas?»

El coronel empezó a gastarle pequeñas bromas e incluso llegó a pellizcarle festivamente la oreja.

—¡Coronel, no debe usted coquetear conmigo! —exclamó ella, dedicándole una mirada pícara y deliciosa—. No vaya a tomarse libertades conmigo por el hecho de que soy una actriz.

—George, George —dijo con una sonrisa la señora Gosselyn y, volviéndose hacia Julia, añadió—: Siempre ha sido un mariposón.

«¡Vaya!, los estoy conquistando.»

La señora Gosselyn le habló de la India, de lo extraño que resultaba tener aquellos criados de color y de lo agradable, en cambio, que era aquella sociedad, compuesta únicamente de militares ingleses y civiles indios, aunque siempre había echado de menos la vida inglesa y se alegró mucho de regresar a Inglaterra.

Michael y Julia habían previsto marcharse el lunes de Pascua porque tenían que actuar por la noche. El domingo, después de la cena, el coronel Gosselyn anunció que se retiraba a su estudio a escribir unas cartas; al cabo de unos minutos, la señora Gosselyn se marchó con la excusa de que debía ir a ver a la cocinera. Cuando quedaron a solas, Michael, de pie y de espaldas al fuego, encendió un cigarrillo.

—Me temo que estos días han sido muy tranquilos; espero que no te hayas aburrido demasiado.

—Ha sido maravilloso.

—Has tenido un éxito tremendo con mis padres. Están encantados contigo.

«Lo mío me ha costado», pensó Julia, pero respondió:

—¿Cómo lo sabes?

—¡Oh!, se nota. Mi padre me ha dicho que eres toda una dama, que no pareces en absoluto una actriz, y mi madre te encuentra muy sensata.

Julia bajó la mirada como si aquella profusión de elogios fuera casi más de lo que podía soportar. Entonces, Michael se acercó y se detuvo ante ella. Julia pensó que parecía un criado joven muy guapo que solicitara un empleo. Le pareció percibir un extraño nerviosismo en él, y el corazón empezó a latirle con fuerza.

—Julia querida, ¿querrás casarte conmigo?

Durante la última semana, ella se había preguntado en varias ocasiones si se lo propondría, y ahora, que por fin lo hacía, sentía que la embargaba una extraña turbación.

—¡Michael!

—No quiero decir de inmediato, sino cuando hayamos subido unos peldaños en nuestras respectivas carreras. Sé que eres muy superior a mí en el escenario, pero nos entendemos de maravilla y creo que cuando tengamos nuestra propia compañía formaremos un gran equipo. Y sabes que me gustas terriblemente. La verdad es que nunca he conocido a nadie que se pueda comparar contigo.

«¿Por qué me dice este majadero todas estas tonterías? —pensó Julia—. ¿No sabe que estoy loca por casarme con él? ¿Por qué no me besa, me besa, me besa? No sé si atreverme a decirle que estoy absolutamente chiflada por él.»

—Eres tan guapo, Michael, que nadie se negaría a casarse contigo.

—¡Querida!

«Será mejor que me levante, porque él no sabrá cómo hacer para sentarse. ¡Dios, es la misma escena que Jimmie le hizo repetir no sé cuántas veces...!»

Se puso en pie y acercó su rostro al de él. Michael la tomó en sus brazos y la besó en los labios.

—Tengo que decírselo a mamá. —Se separó de ella y se dirigió a la puerta—. ¡Mamá, mamá!

Al cabo de un momento, el coronel y su esposa entraron con unas miradas de expectante satisfacción.

«¡Por Dios, si todo esto estaba preparado!», exclamó Julia para sí.

—Mamá, papá, nos hemos prometido.

La señora Gosselyn rompió a llorar. Se acercó a Julia con su andar torpe y vacilante, la rodeó con los brazos y, entre sollozos, le dio un beso. El coronel estrechó la mano de su hijo con gesto viril; luego, liberó a Julia del abrazo de su esposa y la besó a su vez. Estaba profundamente emocionado. Tanta efusión afectó a Julia, quien pese a su sonrisa de felicidad, no pudo evitar que unas lágrimas rodaran por sus mejillas. Michael contempló con simpatía la conmovedora escena.

—¿Qué os parece si descorchamos una botella de espumoso para celebrarlo? —propuso—. Me parece que mamá y Julia están muy afectadas.

—Brindo por las señoras. ¡Que Dios las bendiga! —dijo el coronel cuando tuvieron las copas llenas.

5

Julia contempló su retrato con el traje de boda.

—Dios mío, qué horrible estoy —susurró.

Decidieron mantener en secreto el compromiso, y Julia sólo se lo anunció a Jimmie Langton, a dos o tres chicas de la compañía y a su ayudante. Les hizo prometer que guardarían silencio y no logró entender cómo, al cabo de cuarenta y ocho horas, todo el teatro lo sabía. Julia era extraordinariamente feliz. Amaba a Michael con más pasión que nunca y con gusto se habría casado de inmediato, pero el buen juicio de él prevaleció. Por el momento no formaban más que una pareja de actores provincianos y empezar su conquista de Londres como matrimonio comprometería sus posibilidades. Julia le dio a entender con la mayor claridad posible, y era mucha, que estaba totalmente dispuesta a ser su amante, pero Michael se negó. Era demasiado decente para aprovecharse de ella.

—Te quiero mucho, amor mío, pero quiero aún más el honor —le dijo. Estaba seguro de que, una vez casados, lamentarían amargamente haber vivido antes como marido y mujer. Julia se sintió orgullosa de sus principios. Era un prometido bueno y afectuoso, pero al cabo de muy poco a ella le pareció que empezaba a tratarla con una pizca de indiferencia. Por su actitud, amistosa pero desapegada, se diría que llevaban casados varios años. Sin embargo, demostraba su buen carácter dejándose querer por Julia. A ella le gustaba sentarse muy apretadita a él, con el brazo de Michael rodeándole la cintura, las caras muy juntas, y se sentía en el cielo cuando conseguía unir su boca ávida a los labios finos de su prometido. Y aunque, cuando estaban sentados de aquel modo, él prefería hablar de los papeles que estaban estudiando o hacer planes para el futuro, incluso así la hacía muy feliz. Julia no se cansaba de alabar su belleza. Cuando le decía que tenía una nariz primorosa o le susurraba lo encantadores que eran sus rizos castaños, disfrutaba al notar que el brazo de él la ceñía con un poco más de energía y ver la ternura que trasmitía su mirada.

—Querida, harás que me envanezca como un pavo real.

—Sería una tontería fingir que no eres guapo como un dios griego.

Julia así lo creía, y lo proclamaba porque le gustaba que todo el mundo lo supiese, pero también porque advertía que a él le agradaba oírlo. Michael sentía afecto y admiración hacia ella, se encontraba cómodo en su compañía y le tenía confianza, pero Julia se daba perfecta cuenta de que no estaba enamorado. Se consolaba con la idea de que Michael la amaba tanto como era capaz de amar, y pensaba que, cuando estuviesen casados y durmieran juntos su pasión despertaría en él una pasión semejante. Hasta entonces, debería poner en juego todo su tacto y su dominio de sí misma. Sabía que no podía dejar que Michael se aburriera a su lado. Sabía que jamás debía permitir que él la considerase una carga o una responsabilidad. Aunque a veces la dejaba para ir a jugar al golf o para almorzar con alguien a quien acababa de conocer, Julia se guardaba mucho de mostrarle que se sentía herida. Y puesto que intuía que su éxito como actriz haría más intenso el cariño de Michael hacia ella, se dedicó con todo su empeño en actuar bien.

Cuando llevaban más de un año de noviazgo, apareció en Middlepool un empresario norteamericano en busca de talentos que, enterado de la existencia de la compañía de repertorio de Jimmie Langton, acudió a verla y quedó gratamente sorprendido con Michael, a quien envió una nota en la que le pedía que fuera a su hotel el día siguiente, por la tarde. Michael, con la respiración acelerada por la emoción, se la enseñó a Julia; aquello sólo podía significar que iba a ofrecerle un papel. A ella se le cayó el alma a los pies, pero fingió que estaba tan emocionada como él, y al día siguiente lo acompañó al hotel. Dijo que le esperaría en el vestíbulo mientras Michael se entrevistaba con el empresario.

—Deséame suerte —le cuchicheó él antes de entrar en el ascensor—. Casi es demasiado bueno para que sea verdad.

Julia se sentó en un gran sillón de piel. Deseaba con todas sus fuerzas que el empresario norteamericano le ofreciese a Michael un papel que éste se viera obligado a rechazar o un sueldo que considerase indigno. O tal vez, que le hiciese leer el papel que le tenía reservado y llegara a la conclusión de que no era el actor ideal para interpretarlo. Pero media hora después, cuando vio acercarse a su novio con los ojos brillantes y el paso elástico, comprendió que lo había conseguido. Por unos instantes creyó que iba a marearse y, cuando se obligó a esbozar una sonrisa alegre, notó que tenía los músculos rígidos y tensos.

—Nos hemos puesto de acuerdo —anunció Michael—. Dice que se trata de un papel excelente, de un muchacho de diecinueve años. Serán ocho o diez semanas en Nueva York, y después de gira. Cuarenta semanas con John Drew, aseguradas. Doscientos cincuenta dólares semanales.

—¡Oh, querido, qué maravilloso para ti!

Estaba clarísimo que había aceptado de inmediato. Ni se le había cruzado por la cabeza la idea de rechazar la oferta.

«Aunque me hubiera ofrecido mil dólares a la semana, los habría rechazado si ello significaba separarme de ti», pensó Julia.

Un sombrío abatimiento se adueñó de ella. No podía hacer nada. Tenía que fingir tanta alegría como la que él mostraba. Michael, que de puro nerviosismo no aguantaba sentado, se la llevó a dar un paseo por las concurridas calles.

—Es una oportunidad magnífica. La vida en Estados Unidos es cara, pero deberían bastarme cincuenta dólares semanales como máximo; los norteamericanos tienen fama de hospitalarios, y seguro que me invitarán a comer a menudo. Calculo que conseguiré ahorrar ocho mil dólares en esas cuarenta semanas, lo que equivale a mil seiscientas libras.

«No me quiere —pensó Julia—. No le importo nada. Lo detesto. Quisiera matarlo. ¡Maldito sea ese empresario yanqui!»

—Y si me prorroga el contrato otro año —prosiguió él—, ganaré trescientos semanales. Con eso, en dos años lograría reunir alrededor de cuatro mil libras, casi lo suficiente para montar una empresa.

Julia perdió el dominio de sí misma por un instante y lo interrumpió con voz llorosa.

—¡Otro año! ¿Eso significa que estarías dos años fuera?

—Bueno, volvería en verano, desde luego. Me pagan el pasaje de vuelta e iré a vivir a casa para no gastar.

—No sé cómo voy a salir adelante sin ti. —Pronunció las palabras procurando que sonaran como un cumplido algo informal.

—Bueno —dijo él—, podremos disfrutar juntos del verano y verás que un año, dos, en el extranjero..., en fin, pasan volando.

Michael caminaba sin rumbo, pero Julia, sin que él lo advirtiera, lo había conducido en la dirección que deseaba, de modo que al fin llegaron a la entrada del teatro. Allí se detuvo.

—Nos veremos después. Tengo que subir a hablar con Jimmie.

Él la miró con expresión apenada.

—¡No vas a dejarme ahora! Necesito hablar con alguien. Pensaba que iríamos a comer algo antes de la función.

—Lo siento muchísimo. Jimmie me espera y ya sabes cómo es.

Michael le dedicó aquella sonrisa suya, dulce y bonachona.

—¡Oh! Bien, adelante, pues. No voy a reprocharte que, por una vez, me dejes solo.

Él continuó caminando y ella entró por la puerta de artistas. Jimmie Langton había acondicionado un pequeño apartamento debajo del tejado al que se accedía por el anfiteatro. Cuando Julia llamó al timbre, él mismo abrió la puerta. Se llevó una sorpresa al verla, pero también una alegría.

—Hola, Julia, entra.

Pasó por delante de él sin pronunciar palabra y una vez en el saloncito, desaseado, sembrado de manuscritos mecanografiados, libros y demás trastos y sobre cuyo escritorio seguía la bandeja con los restos de su frugal almuerzo, se volvió con las mandíbulas apretadas y el entrecejo fruncido y lo miró fijamente.

—¡Eres un demonio! —Con un gesto rápido, se abalanzó sobre él, lo asió por el cuello de la camisa con las dos manos y lo zarandeó. Él forcejeó para desasirse, pero Julia era fuerte y estaba furiosa.

—¡Basta! ¡Basta! —exclamó Langton.

—¡Canalla, cerdo, miserable!

Langton levantó el brazo y le dio una bofetada. Julia lo soltó instintivamente y se llevó la mano a la mejilla, pues le había hecho daño. Se echó a llorar.

—¡Bruto! ¡Pegarle a una mujer!

—¡Tú te lo has buscado, encanto! ¿No sabías que cuando una mujer me pega, siempre me vuelvo?

—Yo no te he pegado.

—Por poco me estrangulas.

—Te lo mereces. ¡Oh, Dios mío, cómo me gustaría matarte!

—Vamos, siéntate, guapa, y te serviré unas gotas de whisky para que te recuperes. Luego, me contarás a qué viene esto.

Julia buscó con la mirada un sillón de buen tamaño en el que dejarse caer convenientemente.

—¡Este cuarto es una pocilga! ¿Por qué no contratas a una asistenta?

Con un gesto de irritación, arrojó los libros que había en el asiento, se hundió en él y rompió a llorar desconsolada. Jimmie le sirvió un buen trago de whisky, añadió un poco de soda y se lo hizo beber.

—Vamos, ¿a qué viene esta escena digna de *Tosca*?

—Michael se marcha a Norteamérica.

—¿Ah, sí?

Julia se desasió del brazo con que Langton acababa de rodearle los hombros.

—¿Cómo has podido? ¿Cómo me haces esto?

—Yo no he tenido nada que ver con ello.

—¡Mientes! ¡No te atreverás a decir que ni siquiera sabías que ese asqueroso empresario norteamericano estuviera en Middlepool! ¡Pues claro que es obra tuya! Lo has hecho adrede para separarnos.

—¡Querida, eres injusta conmigo! Si he de serte franco, no me importa reconocer que le dije que podía contratar a cualquiera de la compañía, con la única excepción de Michael Gosselyn.

Julia no vio la expresión de los ojos de Jimmie cuando pronunciaba esas palabras; si lo hubiese hecho, se habría preguntado por qué se relamía de satisfacción como si le hubiera salido bien una astuta jugarreta.

—¿Yo estaba incluida? —preguntó ella.

—Sabía que él no buscaba actrices, porque allí ya tienen muchas, sino hombres que sepan vestir con elegancia y no escupan en el suelo.

—¡Oh, Jimmie, no permitas que Michael se vaya! No lo soportaré.

—¿Cómo voy a evitarlo? Su contrato termina a final de temporada. Es una oportunidad espléndida para él.

—Pero yo lo amo. Imagínate que en América conoce a otra. Imagínate que se enamora de él una rica heredera.

—Si tan poco te quiere, creo que estarás mucho mejor sin él.

La observación reavivó la furia de Julia.

—¿Qué sabrás tú del amor, viejo eunuco?

—¡Estas mujeres...! —Jimmie exhaló un suspiro—. Si intentas acostarte con ellas, dicen que eres un viejo verde y si no lo intentas, que eres un eunuco.

—¡Ah, es que no lo entiendes! Es tan terriblemente guapo que caerán rendidas a sus pies, y los halagos le complacen tanto, pobre inocente... En dos años podría sucederle cualquier cosa.

—¿En dos años?

—Si triunfa, se quedará otra temporada.

—Bien, eso no tiene que preocuparte. Cuando concluya la primera, regresará y ya no volverá a marcharse. Ese empresario sólo lo ha visto en *Cándida*. Es el único papel en el que está medianamente decente. Te aseguro que no tardarán en descubrir que les han dado gato por liebre. Será un fiasco.

—¡Qué sabrás tú sobre la interpretación!

—Lo sé todo.

—¡Te sacaría los ojos aquí mismo!

—Te advierto que si tratas de tocarme no me limitaré a un simple cachete; te daré tal bofetón que no volverás a comer a gusto en una semana.

—Ya lo creo que serías capaz de hacerlo. ¿Y te tienes por un caballero?

—Ni siquiera cuando estoy bebido.

Julia soltó una risita y Jimmie se dijo que lo peor de la escena había pasado.

—En fin, Julia, tú y yo sabemos muy bien que, como actor, no se puede comparar contigo. Te garantizo que llegarás a ser la actriz más celebrada desde la señora Kendal. ¿Por qué quieres ponerte palos en las ruedas y atarte a un hombre que siempre será un lastre para ti? Tú quieres formar tu propia compañía y él aspira a ser el primer actor, pero nunca tendrá condiciones para ello, querida mía.

—Pero es tan apuesto... Yo conseguiré inspirarlo.

—Tienes muy buena opinión de ti misma, ¿no es cierto? Sin embargo, te equivocas. Si quieres alcanzar el éxito no puedes permitirte un primer actor que no esté a la altura.

—No me importa. Prefiero casarme con él, aunque fracase en el teatro, que triunfar y convertirme en la mujer de otro.

—¿Eres virgen?

Julia volvió a reír.

—No creo que sea asunto tuyo, pero, si quieres saberlo, sí.

—Ya lo imaginaba. Pues a menos que ese detalle signifique mucho para ti, ¿por qué no os vais juntos a París a pasar un par de semanas, cuando termine la temporada? Él no zarpará hasta agosto. Tal vez así te lo saques de la cabeza.

—Él no querría. Es todo un caballero.

—Incluso las clases altas se dedican a reproducir la especie.

—No lo entiendes —replicó Julia con cierta altivez.

—Apuesto a que tú tampoco.

Julia no se dignó responder. Se sentía tremendamente desdichada.

—No puedo vivir sin él, te lo aseguro. ¿Qué será de mí cuando se marche?

—Quédate conmigo. Te renovaré el contrato por otra temporada. Hay varios papeles nuevos que quiero proponerte y le he echado el ojo a un actor joven que es todo un hallazgo. Te sorprenderás de lo fácil que te resultará actuar cuando tengas delante a un actor como Dios manda. Te pagaré doce libras semanales.

Julia se acercó a él y lo miró inquisitivamente.

—No habrás hecho todo esto para conseguir que me quede otra temporada, ¿verdad? No me habrás roto el corazón y me habrás echado a perder la vida únicamente para retenerme en este teatro cochambroso...

—Te juro que no. Me gustas y te admiro. Es cierto que en estos dos últimos años el negocio nos ha ido mejor que nunca, pero, caray, no te haría semejante jugarreta.

—¡Eres un mentiroso, un sucio mentiroso!

—Te aseguro que hablo en serio.

—¡Demuéstramelo, entonces! —exclamó Julia en tono enérgico.

—¿Cómo quieres que te lo demuestre? Sabes que en el fondo soy un hombre decente.

—Dame quince libras semanales y te creeré.

—¿Quince libras? Pero ¿sabes los gastos que tenemos? ¿De dónde voy a sacarlas? En fin, está bien. Pero tendré que poner tres libras de mi propio bolsillo.

—¡Me importa un comino!

6

Tras quince días de ensayos, Michael vio cómo le quitaban el papel para el que lo habían contratado y pasaba cuatro semanas sin trabajar hasta que le encontraron otro. A su debido tiempo, debutó en Nueva York con una obra que no se mantuvo ni un mes en cartel. La compañía salió de gira con ella, pero la pieza no tuvo una buena acogida y la retiraron del repertorio. Después de otra espera, le dieron un papel en una obra histórica donde su apostura llamó tanto la atención que su mediocre actuación pasó inadvertida, y con ella terminó la temporada. No se habló de renovarle el contrato y, de hecho, el empresario hizo comentarios muy cáusticos al respecto. «Daría cualquier cosa por desquitarme de ese hijo de puta de Langton —dijo—. Sabía muy bien lo que hacía cuando me endosó a ese pasmarote.»

Durante todo ese tiempo Julia le escribía a Michael páginas y páginas llenas de amor y de habladurías, mientras que él sólo le respondía una vez a la semana, cuatro páginas exactamente, en una caligrafía pulcra y precisa. Siempre se despedía diciéndole que la quería y firmaba bajo la frase «tuyo, con cariño», pero el resto de la carta era más informativo que apasionado. Y sin embargo, ella esperaba su regreso con una impaciencia agónica y las leía una y otra vez. Aunque sus palabras eran animadas y contaban muy poco del teatro, salvo que sus papeles eran lamentables y que las obras en las que tenía que actuar mucho peores, en el mundillo de la escena las noticias corren, y Julia supo que no le estaba yendo bien.

«Reconozco que será una vileza por mi parte —pensó—, pero doy gracias a Dios por ello.»

El día en que Michael anunció la fecha de su regreso, Julia no pudo contener la alegría. Convenció a Jimmie de que confeccionase el programa de tal manera que ella pudiera ir a recibirlo a Liverpool.

—Si el barco llega con retraso, es probable que me quede toda la noche —le advirtió.

Él esbozó una sonrisa irónica.

—Supongo que crees que, con la emoción de la vuelta a casa, te será más fácil conseguir tu propósito.

—¡Qué tipejo más despreciable eres!

—No me vengas con monsergas, cariño. Te aconsejo que lo achispes un poco y luego te encierres en una habitación con él y le digas que no lo dejarás salir hasta que te haya hecho perder la virtud.

Sin embargo, cuando Julia se puso en camino, la acompañó a la estación y, antes de que ella subiese al vagón, le tomó la mano y, dándole unas palmaditas, le preguntó:

—¿Estás nerviosa, querida?

—Oh, Jimmie querido, estoy frenética de dicha y enferma de ansiedad.

—Bien, que tengas buena suerte. Y recuerda que eres joven, bonita y la mejor actriz de Inglaterra. Demasiado para él.

Cuando el tren se alejó entre una nube de vapor, Jimmie fue al bar de la estación y se tomó un whisky con soda. «Qué estupidez la de los mortales», pensó soltando un suspiro. Mientras, Julia se puso de pie en el vagón vacío y se miró en el espejo.

«Boca demasiado grande, cara demasiado blanda, nariz demasiado carnosa. Gracias a Dios, tengo unos ojos bonitos y unas buenas piernas. Preciosas, de hecho. Me pregunto si no iré demasiado maquillada. A él no le gusta el maquillaje fuera del escenario, pero sin colorete se me ve horrible. Las pestañas son correctas. Al diablo con todo ello —decidió—, no estoy tan mal.»

Como hasta el último momento no supo si Jimmie le permitiría ir a buscar a Michael, Julia no le comunicó a éste que estaría esperándolo. Michael se mostró muy sorprendido al verla, y también contento. Su brillo de placer iluminaba los bellos ojos de Julia.

—Estás más guapo que nunca —le dijo ella.

—Oh, no seas tonta. —Él se echó a reír al tiempo que le pellizcaba el brazo con cariño—. Y no tienes que regresar hasta después de la cena, ¿verdad?

—No tengo que regresar hasta mañana. He reservado un par de habitaciones en el Adelphi, para que podamos hablar tranquilos.

—El Adelphi es bastante lujoso, ¿no?

—Bueno, ¿y qué? Tú no vuelves de Estados Unidos todos los días, ¡me da igual que sea caro!

—Eres un poquitín manirrota, ¿verdad? Como no sabía en qué fecha llegaríamos a puerto, les dije a mis padres que les pondría un cable para comunicarles cuándo me presentaría en Cheltenham. Ahora les diré que me esperen mañana.

Una vez instalados en el hotel, a instancias de Julia, Michael fue a la alcoba de ésta para poder hablar largo y tendido. Ella se sentó en sus rodillas y le pasó los brazos por el cuello y, pegando su mejilla a la de él, susurró:

—Oh, qué placer me da que estemos así otra vez...

—Lo mismo digo —repuso él, sin comprender que no se refería a su regreso sino a tenerlo entre sus brazos.

—¿Todavía te gusto?

—Por supuesto.

Ella lo besó con afecto.

—No sabes lo mucho que te he echado de menos.

—En Estados Unidos he fracasado estrepitosamente —reconoció él—. En las cartas no te lo contaba porque pensé que aún te preocuparías más. Me consideran un desastre de actor.

—¡Michael! —exclamó ella, como si no le creyera.

—Supongo que se debe a que soy demasiado inglés. No me quieren otra temporada. Ya me lo imaginaba, pero sólo por una cuestión de forma les pregunté que si estaban dispuestos a hacer uso de su opción a prorrogar mi contrato y respondieron que no, que a ningún precio.

Julia permaneció en silencio. Parecía hondamente preocupada, pero su corazón latía de felicidad.

—Si he de serte sincero —prosiguió él—, no me importa en absoluto, ¿sabes? Norteamérica no me gusta. Ha sido un buen revés, no voy a negarlo, pero lo único que me resta por hacer es poner al mal tiempo buena cara. Si hubieras visto con qué elementos tuve que tratar... Comparado con algunos de ellos, Jimmie Langton es todo un caballero. Aunque hubiesen querido que me quedara, no lo habría hecho.

—Y ahora, ¿qué vas a hacer?

—Bueno, primero pasaré un tiempo en casa de mis padres y reflexionaré. Después, iré a Londres y veré si soy capaz de conseguir un papel.

Julia sabía que no serviría de nada sugerirle que volviera a Middlepool. Jimmie Langton no lo aceptaría.

—Supongo que no te gustaría venir conmigo —añadió Michael.

Julia no daba crédito a sus oídos.

—¿Quién, yo? Ya sabes, querido, que contigo iría al fin del mundo.

—Tu contrato termina a final de temporada y si quieres llegar a alguna parte deberías probar suerte en Londres cuanto antes. En Estados Unidos he ahorrado todo el dinero que he podido. Me llamaban cicatero, pero yo los dejaba que hablasen. Traigo entre mil doscientas y mil quinientas libras.

—Pero, Michael, ¿cómo has logrado reunir tanto dinero?

—Gasto poco, ya sabes —respondió él con una sonrisa—. Soy consciente de que, para empezar como empresario no basta, pero para casarnos tal vez sí. Quiero decir que nos servirá para tener unas reservas si no conseguimos papeles de inmediato o si nos quedamos sin trabajo por un tiempo.

Julia tardó un par de segundos en comprender lo que le proponía.

—¿Te refieres a... que nos casemos enseguida?

—Sin tener nada en perspectiva es temerario, pero a veces uno ha de arriesgarse.

Julia le cogió la cabeza entre las manos y le dio un beso en los labios. Luego, suspiró y dijo:

—Querido, eres encantador y tan atractivo como un dios griego, pero jamás he conocido a nadie más estúpido.

Aquella noche fueron a un teatro y durante la cena bebieron *champagne* para celebrar su reencuentro y brindar por el futuro. Cuando Michael la acompañó a su dormitorio, Julia acercó su rostro al de él.

—¿Quieres que te dé las buenas noches en el pasillo? Entraré un minuto... —sugirió él.

—Será mejor que no, cariño —repuso ella con serena dignidad.

Se sintió como una dama de noble cuna, responsable de guardar las tradiciones de una importante y antigua familia. Su pureza era una perla muy preciada, y sabía que su actitud impresionaría favorablemente a Michael. Él era todo un caballero, por supuesto, y a ella, qué demonios, le correspondía comportarse como una auténtica dama. Quedó tan encantada con su actuación que cuando tras entrar en su alcoba y cerrar la puerta con llave, lo que hizo un tanto ruidosamente, paseó de un lado a otro saludando a derecha e izquierda con un movimiento de la cabeza a sus obsequiosos sirvientes. Tendió la mano, blanca como un lirio, para que el viejo y tembloroso ayo (que de pequeña la había sentado a menudo en sus rodillas) se la besase, y cuando éste la presionó con sus labios pálidos, Julia notó que algo caía sobre ella. Una lágrima.

7

De no haber sido por la placidez de Michael, el primer año de matrimonio habría resultado tormentoso. Para dedicar su mente práctica a pensamientos amorosos él necesitaba la emoción de obtener un papel o de una noche de estreno, o la alegría de una fiesta en la que corriese el *champagne*. Si al día siguiente le aguardaba una cita a la que debía acudir con la cabeza despejada, o una partida de golf para la que precisaba el pulso firme, no había halagos ni tentaciones capaces de seducirlo. Julia le montaba escenas. Tenía celos de sus amigos del club Green Room, de las partidas que lo alejaban de su lado y de los almuerzos para hombres solos a los que Michael asistía bajo el pretexto de que debía cultivar la amistad de personas que podían serles de utilidad. La enfurecía que, cuando llevada de un arrebato pasional ella se deshacía en lágrimas, él permaneciera sentado tranquilamente, con las manos cruzadas y una sonrisa bonachona en el atractivo rostro, como si pensara que su esposa estaba poniéndose en ridículo.

—No pensarás que ando detrás de alguna mujer, ¿verdad?

—¿Cómo voy a saberlo? Lo que está claro es que yo te importo un comino.

—Ya sabes que para mí eres la única mujer en el mundo.

—¡Dios mío!

—No entiendo qué quieres.

—Amor, eso es lo que quiero. Creí que me casaba con el hombre más guapo de Inglaterra y me he convertido en la esposa de un maniquí de sastrería.

—No seas tonta. Yo no soy un organillero italiano sino un inglés corriente.

Julia paseó arriba y abajo por la habitación. Residían en un pequeño apartamento en Buckingham Gate y no había mucho espacio, pero hizo cuanto pudo. Alzó las manos al cielo.

—¿Soy acaso tuerta y jorobada? ¿Me tomas por una cincuentona? ¿Hasta tal punto carezco de atractivo? Qué humillante, tener que suplicar el amor. ¡Qué desgracia, oh, qué desgracia!

—Buen gesto, querida. Como si lanzaras una bola de críquet. Recuérdalo.

Ella le dedicó una mirada de desprecio.

—¿No se te ocurre nada más? Tengo el corazón destrozado y tú me hablas de un gesto que he hecho maquinalmente.

Sin embargo, por la expresión de su rostro él se percató de que estaba almacenando aquel momento en su memoria y recurriría a él cuando surgiera la ocasión oportuna.

—Al fin y al cabo, el amor no lo es todo —dijo—. Resulta magnífico en el momento y en el lugar adecuados. Durante la luna de miel lo pasamos en grande, para eso es la luna de miel, pero ahora hemos de concentrarnos de nuevo en el trabajo.

Habían tenido la fortuna de conseguir unos papeles bastante buenos en una obra que había resultado un éxito. Julia disponía de una escena lucida con la que había provocado el entusiasmo del público, y la apostura extraordinaria de Michael había causado sensación. Su porte señorial y su desenvoltura y buen carácter les habían proporcionado una gran publicidad y la fotografía de ambos aparecía en las revistas ilustradas. Fueron invitados a muchas fiestas y Michael, a pesar de su cicatería, no dudó en gastar dinero para agasajar a personas que quizás, en algún momento, les fuesen de utilidad. A Julia le impresionó la esplendidez de que dio muestra en aquellas recepciones. Un actor y director le propuso ser la primera actriz en su siguiente obra y, aunque no había papel para Michael, y ella ardía en deseos de rechazarlo, éste se lo prohibió. Decía que no debían permitir que los sentimientos se interpusieran en los negocios. Finalmente, él encontró un hueco en una comedia de costumbres.

Los dos estaban trabajando cuando estalló la guerra. Michael, para orgullo y angustia de Julia, se alistó, si bien, con la ayuda de su padre —uno de cuyos antiguos compañeros de armas ostentaba un cargo importante en el Ministerio de la Guerra—, no tardó en ascender de rango.

Cuando salió para Francia, Julia lamentó amargamente los reproches con que lo había abrumado tantas veces y tomó la decisión de quitarse la vida si Michael moría. Quiso hacerse enfermera para ir a Francia también y, cuando menos, estar en el mismo suelo que él, pero Michael le hizo comprender que el patriotismo exigía que continuara en los escenarios, y ella no pudo negarse al que tal vez fuese su último deseo. Michael se lo pasó en grande en la guerra. Era popular en el comedor del regimiento y los demás oficiales lo aceptaron desde el principio como uno más de ellos, aunque fuese actor. Era como si la familia de militares en cuyo seno había nacido le hubiese marcado de tal modo que por instinto adoptó de inmediato los modales y la manera de pensar del soldado profesional. Con discreción y simpatía, supo hacer los contactos oportunos; era inevitable que terminase al servicio de cierto general. Demostró poseer una considerable capacidad organizativa y pasó los tres últimos años de guerra en el cuartel general. Al final de la contienda había alcanzado la graduación de comandante y lo condecoraron con la Cruz Militar y la Legión de Honor.

Entretanto, Julia había interpretado una sucesión de papeles importantes y había ganado renombre como la actriz joven más prometedora. Durante la guerra el teatro vivió una época de prosperidad, que ella aprovechó actuando en comedias que duraron mucho en cartel. Los sueldos subieron y, siguiendo los consejos que le daba Michael, consiguió arrancar a los empresarios, bien que a regañadientes, ochenta libras semanales. Michael iba a Inglaterra cada vez que tenía un permiso y Julia se sentía sumamente dichosa. Aunque él ya no corría más peligro que si estuviera criando ovejas en Nueva Zelanda, Julia se comportaba como si los breves períodos que pasaba junto a ella fueran los últimos días de un condenado a muerte. Lo trataba cual si acabase de salir del horror de las trincheras y era tierna, considerada y desprendida.

Fue poco antes del final de la contienda cuando dejó de amarlo.

Por entonces, estaba embarazada. Michael juzgaba inoportuno que tuvieran un hijo en aquel preciso momento, pero Julia ya rondaba la treintena y lo convenció de que, si querían tener descendientes, no debían retrasarlo más; estaba tan bien situada en el ambiente teatral que podía permitirse ausentarse de la escena durante unos meses y, ante el riesgo de que Michael encontrase la muerte en cualquier instante (pues aunque él repetía que estaba completamente a salvo sólo lo decía con la intención de tranquilizarla, e incluso los generales morían, en ocasiones), debía tener un hijo suyo para seguir viviendo. El niño nacería a finales del año. Julia esperó el siguiente permiso de Michael con más ilusión que nunca. Se encontraba espléndidamente, pero ardía en deseos de hallarse en sus brazos; un poco perdida, un poco desvalida, anhelaba sentir su fuerza protectora. Él se presentó de uniforme, luciendo los galones y la estrella en las hombreras. Estaba guapísimo. Volvía curtido por el sol y bastante más gordo, como consecuencia de las «penalidades» que había sufrido en el cuartel general. El cabello muy corto y la indumentaria militar le conferían un aire marcial de pies a cabeza. Se sentía de un humor excelente, no sólo por la oportunidad de pasar unos días en casa, sino porque el final de la guerra estaba cercano. Tenía intención de licenciarse del ejército en cuanto fuera posible. ¿De qué servía gozar de cierta influencia si no la empleaba? Muchos hombres jóvenes habían abandonado las tablas, bien por patriotismo bien porque los patriotas que se habían quedado en casa les hacían la vida imposible, y en última instancia a causa del reclutamiento obligatorio; por lo tanto, los papeles de protagonistas habían ido a parar a hombres declarados inútiles para el servicio militar o a los que habían sido licenciados debido a la gravedad de sus heridas. Michael comprendió que era una oportunidad magnífica y de que si estaba disponible enseguida podría escoger los papeles que quisiera. Cuando el público volviera a acordarse de él, buscarían un teatro y, gracias a la fama que había adquirido Julia, no resultaría imprudente lanzarse a dirigirlo.

Hablaron hasta muy tarde y se acostaron. Ella se acurrucó junto a él voluptuosamente y él la cogió entre sus brazos. Después de tres meses de abstinencia, Michael se sentía cariñoso.

—Eres la mujercita más maravillosa del mundo —le susurró, y la besó en los labios.

De repente, Julia experimentó un cierto desagrado y tuvo que resistir un impulso de apartarse de él. En otro tiempo el joven y hermoso cuerpo de su marido había desprendido, para su olfato de enamorada, un perfume de flores y miel, lo que constituía, precisamente, una de las cosas que más la había encadenado a él. Esa noche en cambio, ese perfume lo había abandonado. Michael ya no olía a juventud, sino a hombre maduro. Presa de un ligero mareo, Julia no tuvo ánimos para responder a su ardor. Sólo deseaba que él se diera prisa en satisfacer su deseo, se volviera de espaldas a ella y se durmiera. Permaneció despierta mucho rato, abatida. Se sintió anonadada al darse cuenta de que había perdido algo infinitamente preciado para ella y, al borde de las lágrimas, se compadeció de sí misma. No obstante, la embargó también una sensación de triunfo; le parecía una buena venganza por la infelicidad que él le había causado y, alborozada, se sintió libre de la condición de esclava de Michael a la que la habían sometido sus propios sentidos. Finalmente podía tratar con él de igual a igual. Estiró las piernas bajo las sábanas y suspiró aliviada. «¡Ah, es magnífico sentirse dueña de una misma!», pensó.

Desayunaron en la alcoba, ella en la cama y Michael sentado ante una mesilla, a su lado. Lo observó mientras leía el periódico. ¿Era posible que hubiese cambiado tanto en apenas tres meses, o se trataba, sencillamente, de que durante años lo había contemplado con los mismos ojos con que lo había admirado en Middlepool, cuando él salió a escena a ensayar su papel, en el esplendor de su apostura y juventud, y ella se había sentido asaltada por aquel enamoramiento que era como una enfermedad mortal? Michael aún seguía siendo guapísimo, pues, al fin y al cabo, apenas había cumplido los treinta y seis, pero ya no era un muchacho; el cabello corto y la piel curtida por la intemperie, junto con las ligeras arrugas que empezaban a surcar su frente tersa y la zona debajo de los ojos, le hacían parecer mayor. Había perdido aquella agilidad elegante y sus movimientos eran pesados. Tomados de a uno, los cambios resultaban insignificantes, pero en conjunto, a los ojos astutos y calculadores de Julia, marcaban la mayor diferencia del mundo. Michael ya era un hombre maduro.

Continuaban viviendo en el pisito que habían alquilado a su llegada a Londres. Aunque Julia llevaba algún tiempo ganando un buen sueldo, no les había parecido oportuno trasladarse mientras Michael siguiera en el ejército, pero ante la perspectiva de que la familia aumentara, aquel domicilio era a todas luces pequeño.

Julia encontró una casa que le gustó mucho en Regent's Park y decidió instalarse en ella con tiempo suficiente para dar a luz en ella.

Las ventanas daban al parque. El salón ocupaba la planta baja; encima quedaban los dos dormitorios y en el piso superior había dos estancias que podían dedicarse a cuarto de juegos y habitación del niño. Michael se mostró complacido con los arreglos; incluso juzgó razonable el precio.

Durante los cuatro años anteriores, Julia había obtenido unos ingresos tan superiores a los de él que se había ofrecido a proveer el ajuar de la casa. Mientras inspeccionaban una de las habitaciones, comentó:

—Podemos aprovechar gran parte de lo que tenemos para mi dormitorio. Para el tuyo buscaré un buen conjunto en Maple's.

—Yo no gastaría demasiado —dijo él con una sonrisa—. Creo que no lo utilizaré mucho...

Le gustaba compartir la cama. No era apasionado, pero sí afectuoso, y mostraba un deseo animal de sentir cerca su cuerpo. Durante mucho tiempo, aquella proximidad había sido una fuente de consuelo para Julia, pero últimamente su mera perspectiva la exasperaba.

—Creo que deberíamos dejarnos de disparates hasta que haya nacido nuestro hijo. Mientras no haya pasado todo el jaleo, será mejor que duermas solo.

—No se me había ocurrido pensarlo. Si crees que es mejor para el niño...

8

A Michael lo desmovilizaron en cuanto hubo terminado la guerra y enseguida obtuvo un papel. Volvió al escenario siendo mucho mejor actor de lo que era al abandonarlo. La desenvoltura que había adquirido en el ejército resultaba efectiva. Era un individuo de buena planta, normal y alegre, con una sonrisa fácil y una risa espontánea. Tenía dotes para la comedia ligera. Su voz clara daba un efecto especial a un diálogo trivial, y aunque nunca conseguía mostrarse enamorado de un modo convincente, salía airoso de una escena de amor frívola, haciendo su proposición como si fuera una broma o declarándose como si se riera de sí mismo, de una manera que al público se le antojaba cautivadora. Jamás intentaba interpretar ningún personaje que no fuera él mismo. Se había especializado en hombres de mundo, jugadores distinguidos, militares y jóvenes bribonzuelos con un fondo de bondad. Michael gustaba a los empresarios. Se esforzaba mucho y era dúctil a la hora de dejarse dirigir. Con tal de trabajar, aceptaba toda clase de papeles. Pedía el salario que creía merecer, pero si no se lo daban prefería cobrar menos que estar mano sobre mano.

Trazaba sus planes cuidadosamente. Durante el invierno que siguió al final de la contienda, hubo una epidemia de gripe. Sus padres murieron y él heredó casi cuatro mil libras que, sumadas a sus ahorros y a los de

Julia, hicieron que su capital conjunto alcanzara las siete mil. Sin embargo, el alquiler de los teatros había subido enormemente y los sueldos de los actores y los salarios de los tramoyistas se habían disparado, por lo que los gastos que suponía dirigir un teatro eran mucho mayores de lo que habían sido antes de la guerra. Una suma que entonces habría bastado de sobra para empezar un negocio, en los tiempos que corrían resultaba insuficiente. La única posibilidad era encontrar a algún tipo adinerado que quisiera asociarse con ellos, para que un par de fracasos al principio no bastasen para arruinarlos. Se decía que en la ciudad uno podía dar con un potentado dispuesto a firmar un sustancioso cheque para la producción de una obra siempre y cuando el papel de protagonista lo hiciera alguna dama bonita en la que estuviese interesado. En el pasado Michael y Julia habían bromeado a menudo con que una mujer rica y madura se enamoraría de él y lo establecería como empresario teatral. Pero hacía mucho que Michael había aprendido que no existía ninguna mujer rica y madura que quisiera convertir en empresario a un joven actor casado con una actriz a la que era absolutamente fiel. Al final, el dinero les llegó a través de una mujer adinerada, y no precisamente madura, pero que no estaba interesada en él sino en Julia.

La señora De Vries era viuda. Se trataba de una mujer baja y robusta con una nariz y unos ojos tan hermosos como semíticos, dotada de una energía considerable, unas maneras efusivas y tímidas a la vez y cierto aire viril. Le apasionaba la escena. Cuando Michael y Julia decidieron probar fortuna en Londres, Jimmie Langton —a quien ésta había ayudado en ocasiones cuando parecía que iba a verse obligado a cerrar su teatro de repertorio— escribió a la dama y le rogó que hiciera cuanto estuviera en su mano por la pareja. La señora De Vries había visto actuar a Julia en Middlepool. Solía organizar fiestas a fin de que los jóvenes actores conocieran empresarios e invitó a Michael y Julia a pasar unos días en su espléndida mansión cerca de Guildford, donde disfrutaron de unos lujos con los que ni siquiera habían soñado. Michael no le había gustado mucho. Julia aceptó las flores con las que Dolly de Vries le llenó el piso y el camerino, y estuvo encantada con los regalos que le hizo: bolsos, neceseres, collares de piedras semipreciosas, broches; pero no parecía ser consciente de que la generosidad de Dolly quizá no respondiera solamente a la admiración que la inspiraba su talento. Cuando Michael se marchó a la guerra, Dolly le insistió en que fuera a vivir con ella a su casa de Montagu Square, pero Julia se negó de tal manera (no sin exageradas frases de gratitud) que Dolly, con un suspiro y una lágrima, sintió que la admiraba aún más. Cuando nació Roger, Julia le pidió que fuera su madrina.

Michael llevaba tiempo dándole vueltas a la posibilidad de que Dolly de Vries pusiera el dinero que necesitaban; sin embargo, era lo bastante listo para saber que tal vez lo hiciera por Julia, pero no por él. Julia se negó a hablarle a la señora del asunto.

—Ha sido tan amable con nosotros que no podría pedírselo, y resultaría tan humillante que se negara...

—Es una apuesta segura, y aun en el caso de que perdiera dinero, ni lo notaría. Estoy convencido de que, si lo intentases, conseguirías convencerla.

Julia también estaba segura de eso. En ciertos aspectos, Michael era muy ingenuo, y no se sintió obligada a señalarle lo que saltaba a la vista.

Pero Michael no era hombre que abandonase un objetivo que se había propuesto realizar. El sábado, después de la representación, irían a Guildford en el coche nuevo que Julia le había regalado a Michael por su cumpleaños, a pasar el fin de semana con Dolly. Era una noche hermosa y cálida. Michael había comprado —pese al mal trago que le supuso el firmar los cheques— los derechos de tres obras que a ambos les gustaban, y además le habían hablado de un teatro que se ofrecía en unas condiciones razonables. Todo estaba listo para llevar a cabo la empresa, a excepción del capital, e instó a Julia a aprovechar la oportunidad que se les brindaba.

—Pídeselo tú —dijo Julia, impaciente—. Yo no pienso hacerlo, te lo advierto.

—Por mí no movería un dedo. Tú, en cambio, la tienes en el bolsillo.

—Ahora ya sabemos un par de cosas sobre cómo se financian las obras de teatro. Los que ponen el capital lo hacen por dos razones: porque quieren notoriedad o porque están enamorados. Son muchos los que hablan de arte, pero no es frecuente que aporten una suma grande de dinero a menos que vayan a obtener algo a cambio.

—Bien, pues le daremos a Dolly toda la notoriedad que desee.

—Pero resulta que no es eso lo que persigue.

—¿Qué quieres decir?

—¿No lo adivinas?

De repente Michael lo comprendió y se quedó tan sorprendido que redujo la velocidad. ¿Era posible que fuese cierto lo que Julia sospechaba? Siempre había creído que él no le gustaba mucho a Dolly y, en cuanto a suponer que estuviese enamorada, ni siquiera se le había pasado por la cabeza. Julia era muy perspicaz, pocas cosas se le escapaban, pero también era celosa y siempre andaba pensando que las mujeres lo acosaban. Era cierto que Dolly le había regalado unos gemelos por Navidad, pero pensó que lo había hecho para que él no se sintiera dejado de lado, toda vez que a Julia le había obsequiado un broche que debía de haberle costado doscientas libras como mínimo. Quizá sólo hubiera sido una maniobra astuta de la señora. Pero él estaba en condiciones de afirmar que nunca había hecho nada que pudiera confundirse con una insinuación. Julia soltó una risita.

—No, querido, no es de ti de quien está enamorada.

Resultaba desconcertante la manera en que Julia le leía el pensamiento. Era imposible ocultarle nada.

—Entonces, ¿por qué me has metido esa idea en la cabeza? ¿Por qué no hablas claro?

Julia lo hizo.

—Nunca he oído mayor disparate —gritó Michael—. ¡Qué mente más obscena tienes!

—No me vengas con eso, querido.

—No creo que haya ni una sola palabra de verdad en ello. Al fin y al cabo, yo también tengo ojos en la cara. ¿Piensas que no lo habría notado? —Desde que lo conocía, Julia nunca lo había visto tan irritado—. Y aun en el caso de que fuese cierto, supongo que eres perfectamente capaz de cuidar de ti misma. Se trata de una oportunidad única, y sería una locura no aprovecharla.

—Claudio e Isabella en *Medida por medida*.

—Lo que has dicho es una vileza, Julia. Soy un caballero, maldita sea.

—*Nemo me impune lacessit*.

Hicieron el resto del viaje sumidos en un silencio tempestuoso. La señora De Vries los estaba esperando.

—No quería acostarme sin haberos visto —dijo mientras abrazaba a Julia y la besaba en las mejillas. A Michael le dio un enérgico apretón de manos.

Julia pasó una agradable mañana en la cama hojeando los periódicos del domingo. Primero leyó las noticias sobre teatro, luego las columnas de sociedad y después las páginas femeninas, para terminar echando un vistazo a los titulares de las noticias internacionales. Pasó por alto las reseñas literarias; nunca había comprendido por qué desperdiciaban en ellas tanto espacio. Michael, que ocupaba la habitación contigua, había pasado a darle los buenos días y a continuación había salido al jardín. En aquel momento llamaron tímidamente a la puerta y entró Dolly con un brillo especial en sus grandes ojos negros. Se sentó en la cama y tomó la mano de Julia.

—He estado hablando con Michael, querida —dijo—. Voy a poner el dinero para que tengáis vuestra propia compañía.

A Julia le dio un vuelco el corazón.

—Por favor, no lo haga. Michael no debería habérselo pedido. No lo aceptaré. Ya ha sido muy amable con nosotros.

Dolly se inclinó hacia delante y besó a Julia en los labios. Con voz levemente temblorosa y más grave de lo habitual en ella, repuso:

—Oh, querida, ¿no sabes que por ti haría lo que fuese? Será tan maravilloso... Esto nos unirá más y me sentiré orgullosa de ti.

Oyeron a Michael, que se acercaba silbando por el pasillo. Cuando entró en la habitación, Dolly se volvió hacia él con los ojos arrasados en lágrimas.

—Acabo de decírselo.

Michael estaba rebosante de entusiasmo.

—¡Qué gran mujer! —Se sentó en el otro lado de la cama y tomó la mano libre de su esposa—. ¿Qué dices, Julia?

Ella le dedicó una mirada un tanto pensativa.

—*Vous l'avez voulu, Georges Dandin!*

—¿Qué es eso?

—Molière.

En cuanto se firmó la escritura de la sociedad y hubo alquilado un teatro para la temporada de otoño, Michael contrató a un agente de publicidad.

Mandaron notas a la prensa anunciando la nueva empresa y el agente organizó entrevistas de Michael y Julia, cuyas fotos, juntos y por separado, con Roger y sin él, aparecieron en los semanarios. Sacaron todo el partido posible de la imagen hogareña de su pareja. Sin embargo, no acababan de decidir con cuál de las tres obras que tenían sería mejor empezar. Entonces, una tarde en que Julia estaba sentada en su alcoba leyendo una novela, entró Michael con un manuscrito en la mano.

—Mira esto. Quiero que leas de inmediato esta obra. Acaba de llegarme a través de un agente. Creo que es genial. Lo que ocurre es que hemos de dar una respuesta de inmediato.

Julia dejó la novela a un lado.

—La leeré ahora mismo.

—Estaré abajo. Avísame cuando termines. Subiré y hablaremos. Hay en ella un maravilloso papel para ti.

Julia leyó deprisa, saltándose las escenas en las que no intervenía y concentrándose en las de la protagonista femenina, papel que, por supuesto, representaría. Cuando pasó la última página, hizo sonar la campanilla y le pidió a su doncella, que también era su ayudante en el teatro, que le dijera a Michael que ya podía subir.

—¿Qué te ha parecido?

—La obra está bien. No veo razón para que no sea un éxito.

Él percibió cierta vacilación en su voz.

—¿Qué ocurre, pues? El papel es maravilloso. Me refiero a que es de esos que ninguna actriz del mundo haría mejor que tú. Hay mucha comedia y toda la emoción que puedas desear.

—Se trata de un buen papel, eso ya lo sé. Es el papel masculino el que no...

—Vaya, ése también es un personaje fantástico.

—Lo sé, pero tiene cincuenta años, y si lo haces más joven le quitas toda la gracia a la obra. Y tú no querrás interpretar a un personaje de mediana edad...

—No tengo esa intención. Para ese papel, sólo hay un hombre: Monte Vernon. Lo contrataremos. Yo haré de George.

—Pero es un papel minúsculo. No puedes hacerlo.

—¿Por qué no?

—Yo creía que si nos habíamos hecho empresarios era para interpretar los papeles principales.

—Eso a mí me da igual. Siempre y cuando encontremos obras con papeles estelares para ti, lo mío no cuenta. Tal vez en la próxima obra también haya uno interesante para mí.

Julia se recostó en su butaca y unas lágrimas —esas lágrimas que siempre tenía a punto— comenzaron a correr por sus mejillas.

—Oh, qué bruta soy.

Michael sonrió, y su gesto fue tan cautivador como siempre. Se acercó a ella, se arrodilló a su lado y la abrazó.

—¡Válgame el cielo!, ¿qué te ocurre ahora cariño?

Julia lo miró y se preguntó qué habría visto en él años atrás para enamorarse con una pasión tan frenética. La idea de tener relaciones sexuales con él le provocaba náuseas. Por fortuna, Michael se encontraba muy a gusto en el dormitorio que ella misma le había amueblado. No era un hombre para el que el sexo tuviese mucha importancia y se sintió aliviado cuando descubrió que Julia ya no le exigía nada. Satisfecho, pensó que el nacimiento del niño la había serenado; no podía negar que él ya había contado con eso y sólo lamentaba que no hubieran tenido a Roger antes. Cuando un par de veces o tres, más por amabilidad que por deseo, sugirió que deberían reanudar sus relaciones maritales, ella se negó con diversas excusas —estaba cansada, no se sentía demasiado bien, al día siguiente tenía dos funciones, por no hablar de una sesión de prueba de trajes por la mañana— y él aceptó la situación con ecuanimidad. Era mucho más fácil llevarse bien con ella; ya no montaba números y Michael nunca había sido tan feliz. El suyo era un matrimonio muy satisfactorio, y cuando observaba a otras parejas casadas, sentía que había sido muy afortunado. Julia era una buena persona, y lista como el demonio. Se podía hablar con ella de cualquier tema. Era la compañera ideal. A Michael no le importaba admitir que prefería pasar un día a solas con ella que jugar un partido de golf.

A Julia le sorprendió descubrir que se compadecía de él porque ya no lo amaba. Era una mujer bondadosa y sabía que si su esposo advertía alguna vez lo poco que significaba para ella, representaría un golpe para su orgullo. Así pues, continuó halagándolo. Notó que hacía ya tiempo que él escuchaba con complacencia las alabanzas que dedicaba a su exquisita nariz y a sus bonitos ojos. A Julia le producía cierto regocijo secreto el ver cuántas lisonjas era capaz de tragarse. Lo elogiaba de un modo exagerado, pero cada vez miraba más a menudo su boca recta de labios delgados. A medida que se hacía mayor, éstos se volvían más finos; cuando fuese viejo acabarían convertidos en una línea fría y dura. Su avaricia, que en los primeros días a Julia se le había antojado un rasgo divertido y casi conmovedor, la sublevaba. Cuando la gente tenía problemas —y en el mundillo de las tablas eso era frecuente—, recibía de Michael apoyo moral y palabras amistosas, pero muy poco dinero. Se consideraba la mar de generoso cuando se desprendía de una guinea, y un billete de cinco libras constituía para él el colmo de la prodigalidad. Enseguida había descubierto que Julia era manirrota al gestionar la economía doméstica, y se había apresurado a tomar las riendas de la administración, insistiendo en que deseaba liberarla de esa tarea. Desde aquel día, en su casa no se desperdició nada y se supo en todo momento en qué se gastaba cada penique. Julia se preguntaba cómo aguantaban en la casa los criados. Lo hacían porque Michael era muy amable con ellos. Con su carácter alegre, afable y cordial, conseguía que deseasen complacerlo, y la cocinera compartió su satisfacción cuando encontró un carnicero que le vendía la libra de carne un penique más barata que en las otras tiendas. Julia no podía evitar reírse al pensar en el extraño contraste que había entre la pasión de Michael por el ahorro y las despilfarradoras y bohemias criaturas que tan bien encarnaba en el escenario. A menudo se había dicho que era incapaz de un impulso generoso; pero de pronto, como si fuera la cosa más natural del mundo, Michael estaba dispuesto a hacerse a un lado para que ella aprovechase la oportunidad que se le ofrecía. Se sintió demasiado conmovida para hablar y se reprochó amargamente todas las cosas crueles que había pensado de él desde hacía tanto tiempo.

9

Estrenaron la obra y fue todo un éxito. Después, siguieron produciendo piezas año tras año. Como Michael gestionaba el teatro con el mismo método y la misma economía con que llevaba la casa, perdieron poco con los fracasos (pues los tuvieron de vez en cuando) y sacaron el máximo provecho de los éxitos. Michael presumía de que no existía ni un solo teatro en Londres en cuyas producciones se gastara menos. Dio muestras de un gran ingenio al disfrazar viejos decorados para que pareciesen nuevos e introducir cambios en el mobiliario que había ido reuniendo poco a poco en el almacén, gracias a lo cual se ahorraba tener que alquilarlos. La compañía se ganó la fama de ser innovadora porque, para no pagar los altos derechos que cobraban los autores famosos, siempre estaba dispuesto a dar una oportunidad a un escritor novel. Buscó actores desconocidos, que cobraban poco y de ese modo realizó descubrimientos muy provechosos.

Cuando llevaban tres años ejerciendo de empresarios teatrales, su posición llegó a ser lo bastante sólida para que Michael pidiese un préstamo al banco a fin de tomar en arriendo un teatro recién construido. Tras mucha discusión, decidieron llamarlo Teatro Siddons. Inauguraron con un fracaso, al cual siguió otro. Julia estaba asustada y desalentada. Pensó que el edificio era gafe y que el público se estaba hartando de ella. Fue entonces cuando

Michael hizo gala de lo mejor de sí mismo y se mantuvo imperturbable.

—En este negocio hay que estar a las duras y a las maduras —declaró—. En Inglaterra no hay mejor actriz que tú. Sólo existen tres personas capaces de llevar público al teatro, independientemente de la obra que representen, y tú eres una de ellas. Hemos tenido un par de reveses. La próxima obra será un éxito y recuperaremos lo que hemos perdido e incluso ganaremos algo.

Tan pronto como Michael se sintió seguro, trató de comprarle a Dolly de Vries su parte de la sociedad, pero ella no se dejó persuadir y se mostró indiferente a su frialdad. Por una vez, la astucia de Michael había encontrado un rival que estaba a su altura. Dolly no veía motivos para desprenderse de una inversión que consideraba rentable y, además, su participación en el negocio le permitía seguir en estrecha relación con Julia. Michael, sin embargo, se armó de valor e hizo un nuevo intento por librarse de Dolly. Indignada, ésta se negó a abandonarlos, precisamente en esos momentos en que pasaban apuros, y Michael acabó rindiéndose. Se consoló pensando que Dolly seguramente le dejaría una considerable suma de dinero a Roger, que a la postre era su ahijado. Los únicos parientes de la señora eran unos sobrinos que vivían en Sudáfrica, y no había más que mirarla para advertir que tenía la tensión alta. Mientras tanto, ellos iban a la mansión de Guildford cada vez que les apetecía, con lo que se ahorraban el gasto de mantener casa propia en el campo. La tercera obra resultó un suceso arrollador y Michael no se quedó corto a la hora de señalar cuán acertado había estado. Hablaba como si fuera el responsable directo de su éxito. Julia casi llegó a desear que hubiera sido un fiasco como las anteriores para que se le bajasen un poco los humos; su engreimiento resultaba ofensivo.

Había que reconocer, desde luego, que tenía cierta inteligencia, o mejor, sagacidad, pero no era, ni mucho menos, tan listo como creía.

Con el paso del tiempo, Michael fue abandonando su actividad de actor pues descubrió que le interesaba mucho más la de empresario.

—Quiero gestionar mi teatro con la misma eficacia que si fuera una oficina municipal —decía.

Decidió que mientras Julia actuaba él podía pasar las veladas de una manera mucho más provechosa, yendo a teatros de barrio en busca de artistas con talento. Llevaba una pequeña agenda en la que anotaba los nombres de aquellos actores que le parecían prometedores. Luego, resolvió dedicarse a dirigir. Siempre se había quejado de lo mucho que cobraban los directores, algunos de los cuales últimamente hasta pedían un tanto por ciento sobre las ganancias brutas. La oportunidad se le presentó por fin cuando dos de los tres directores preferidos de Julia estuvieron comprometidos por sendos contratos y el otro actuaba en una obra, por lo que no estaba en situación de dedicarles todo su tiempo.

—Tengo muchas ganas de probarlo —declaró Michael.

Julia tenía sus dudas. Michael carecía de fantasía y sus ideas eran vulgares. Además, no estaba segura de que supiera imponer su autoridad sobre el elenco, pero cuando el único director disponible les pidió una cantidad que a ambos les pareció desorbitada, no les quedó otra salida que dejar que Michael lo intentase. Y lo hizo mucho mejor de lo que ella esperaba. Era minucioso y muy trabajador, y para sorpresa de Julia lograba hacerla actuar mejor que ningún otro director.

Michael sabía de lo que ella era capaz y, familiarizado como estaba con sus inflexiones, sus miradas y cada uno de los elegantes movimientos de su cuerpo, le hizo unas sugerencias a partir de las cuales Julia consiguió unas interpretaciones que fueron las mejores de su carrera. Con el elenco, Michael era exigente y flexible a la vez. Cuando los nervios de los actores estaban a flor de piel, su buen humor y su bondad allanaban las cosas. A partir de entonces, ya no hubo motivo alguno para que no continuase dirigiendo. A los autores les gustaba porque, como carecía de imaginación, no pretendía aportar su sello personal a las obras, y como a menudo no estaba muy seguro del significado de éstas, se veía obligado a consultarlos.

Julia se había convertido en una mujer rica. En buena medida porque Michael había sido cuidadoso con el dinero de los dos por igual. Velaba por sus inversiones y cuando realizaba por cuenta de Julia una venta lucrativa de acciones, se alegraba tanto como si las ganancias fuesen suyas. Le había asignado un sueldo muy alto y se enorgullecía de estar en condiciones de afirmar que era la actriz mejor pagada de Londres, pero en las ocasiones en que actuaba él se fijaba unos honorarios acordes con lo que consideraba que merecía el papel. Si dirigía, establecía para sí el salario que habría recibido un director de segunda categoría. Ambos compartían los gastos del hogar y de la educación de Roger, a quien habían inscrito en Eton nada más nacer. Resultaba imposible negar que Michael era meticulosamente justo y honrado. Cuando Julia se dio cuenta de que era mucho más acaudalada que él, quiso sufragar de su bolsillo esas partidas.

—No hay ninguna razón para que lo hagas —protestó Michael—. Mientras pueda, pagaré mi parte. Tú ganas más que yo porque vales más y te he asignado un buen sueldo porque te lo mereces.

Era imposible no admirar la abnegación con que Michael se sacrificaba por su esposa. Si él había tenido alguna ambición personal, había renunciado a ella a fin de fomentar la carrera de Julia. Hasta Dolly, a quien no le caía bien, reconocía su altruismo. Una suerte de pudor había impedido siempre a Julia hablar de su marido con Dolly pero ésta, astuta como era, sabía desde hacía mucho tiempo hasta qué punto Michael exasperaba a su mujer, y de vez en cuando se tomaba la molestia de señalarle a Julia lo útil que le resultaba su cónyuge. Todo el mundo lo alababa. Un marido perfecto. A Julia le parecía que sólo ella sabía lo que representaba convivir con un hombre de una vanidad tan monstruosa. Cuando jugando al golf Michael derrotaba a su contrincante, o salía ganador en una transacción comercial, se mostraba presuntuoso hasta el punto de resultar irritante. Se jactaba de su ingenio, pero era un pesado de tomo y lomo. Le encantaba contarle a Julia todo cuanto hacía y mencionarle cada plan que le pasaba por la cabeza. Aquello había estado muy bien cuando el mero hecho de tenerlo a su lado era un placer, pero hacía años que Julia no soportaba su mediocridad. Michael era incapaz de describir nada sin aportar toda clase de detalles. Tampoco su vanidad se circunscribía sólo a su cacumen comercial sino que, con el paso de los años, le había dado por envanecerse de su apariencia personal. De joven, había considerado su belleza como algo natural, pero con el tiempo empezó a prestarle cada vez más atención y no reparó en sacrificios para conservar la que le quedaba. Su aspecto físico se convirtió en una obsesión. Se dedicaba con afán a cuidar su figura, nunca comía nada que engordase y jamás se olvidaba de hacer sus ejercicios. Cuando creyó que empezaba a perder el pelo, acudió a especialistas, y Julia estaba convencida de que, de haber podido operarse en secreto, se habría hecho estirar la piel de la cara. Adquirió la costumbre de sentarse con la barbilla levemente adelantada para que no se le formaran arrugas en el cuello y mantenía la espalda arqueada hacia atrás para que el vientre se le mantuviera bien liso. No pasaba por delante de ningún espejo sin mirarse, anhelaba que le dirigieran cumplidos y resplandecía de placer cuando los recibía. Constituía su alimento espiritual. Julia rió con amargura al recordar que había sido ella quien lo había acostumbrado a las adulaciones. Durante años le había dicho que era muy guapo y Michael ya no podía vivir sin halagos. Se trataba de la única grieta de su armadura. Si una actriz sin trabajo le decía que era tan guapo que le quitaba el aliento, Michael enseguida la consideraba ideal para un papel para el que buscaba candidata. Por lo que Julia sabía, durante años a Michael no le habían importado las mujeres, pero entrado ya en la cuarentena empezó a flirtear discretamente. Julia sospechaba que no se trataba de nada serio porque él era un hombre prudente y sólo deseaba que lo admirasen. A Julia le habían contado que cuando las mujeres lo apremiaban demasiado, la utilizaba como excusa para librarse de ellas. Argumentaba que no quería arriesgarse a herirla, o que su esposa era celosa, o suspicaz, y que por tanto sería más conveniente dar por terminada la relación.

—Dios sabrá qué ven en él —exclamó Julia dirigiéndose a la estancia vacía.

De las fotografías más recientes de Michael escogió, al azar, media docena y las miró atentamente, una a una. Luego, se encogió de hombros.

«Bueno, supongo que no puedo reprocharles nada a esas chicas. Yo también me enamoré de él. Claro que, en aquellos tiempos, era más guapo.»

Se entristeció un poco al pensar en lo muy enamorada que había estado de él. Como su amor había muerto, sintió que la vida la había engañado. Suspiró.

—Y además me duele la espalda —añadió.

10

Llamaron a la puerta.

—Adelante —dijo Julia.

Evie entró y la encontró sentada en el suelo, rodeada de montañas de fotografías.

—¿No se acuesta todavía, señora Lambert? ¿Qué está haciendo?

—Soñar —respondió Julia, y levantó un par de fotografías para que Evie las viera—. Mira este retrato, y este otro...

Los dos eran de Michael; en uno se le veía caracterizado de Mercucio, con toda la radiante belleza de su juventud, y en el otro iba vestido del último personaje que había representado, con chaqué, sombrero de copa blanco y unos gemelos colgados del cuello. Parecía increíblemente satisfecho de sí mismo.

Evie resopló.

—¡Bah!, de nada sirve lamentarse por lo que es irremediable.

—Estaba pensando en el pasado y me ha embargado una tristeza tremenda.

—No me extraña. Resulta muy significativo, ya que si una se pone a pensar en el pasado significa que no tiene futuro, ¿no es así?

—Cierra el pico, vieja bruja —le soltó Julia, que sabía mostrarse vulgar cuando quería.

—Déjelo ya, o esta noche no valdrá usted para nada. Yo me encargaré de arreglar este desorden.

Evie, su doncella y ayudante, había entrado a su servicio en Middlepool y siguió a su lado cuando se trasladaron a Londres. Era una londinense de origen humilde, delgada y angulosa, de mejillas coloradas y con una melena pelirroja muy enmarañada que parecía necesitar un buen lavado; le faltaban un par de dientes y, si bien Julia llevaba años ofreciéndose a pagarle unos nuevos, Evie siempre se había negado.

—Para lo poco que como —argumentaba—, no necesito más. ¡Vaya engorro sería tener la boca llena de colmillos de elefante!

Desde hacía tiempo, Michael deseaba que Julia contratase por lo menos a otra muchacha cuyo aspecto estuviera más en consonancia con la posición de que gozaban; incluso había intentado convencer a Evie de que aquel trabajo era demasiado agotador, pero la criada no atendió a razones.

—Diga usted lo que le parezca, señor Gosselyn, pero nadie más vestirá a la señorita Lambert mientras yo tenga salud y fuerzas.

—A todos nos pesan los años, Evie. Ya no somos tan jóvenes.

Evie se restregó la punta de la nariz con el índice y resopló.

—Si la señorita Lambert tiene edad para interpretar a mujeres de veinticinco años, yo la tengo para vestirla. Y para ser su doncella. Además, ¿por qué va a pagar dos sueldos —añadió dirigiéndole una mirada penetrante—, cuando le pueden hacer el trabajo por uno solo?

Michael soltó una de sus risillas afables.

—En eso tienes razón, Evie querida.

La criada apremió a Julia a que subiera a su habitación. Cuando no tenía función vespertina, Julia se quedaba un par de horas en la cama después de comer, tras lo cual le daban un ligero masaje. Se desvistió y se deslizó entre las sábanas.

—¡Qué fastidio, la bolsa del agua caliente está helada!

Consultó el reloj que había en la repisa de la chimenea. No era de extrañar, la bolsa debía de llevar allí más de una hora. Mientras miraba las fotografías en la habitación de Michael, pensando en el pasado, había perdido la noción del tiempo.

—Cuarenta y seis. Cuarenta y seis. Cuarenta y seis. Me retiraré a los sesenta. A los cincuenta y ocho saldré de gira por Sudáfrica y Australia. Michael insiste en que allí ganaremos una fortuna. Veinte mil libras. Volveré a representar todos mis antiguos papeles. Naturalmente, a los sesenta aún estaré en condiciones de personificar a mujeres de cuarenta y cinco. Pero ¿habrá personajes de esta edad? ¡Condenados autores!

Se quedó dormida mientras trataba de recordar alguna obra cuya protagonista fuese una mujer de cuarenta y tantos. Durmió profundamente hasta que Evie la despertó porque había llegado la masajista. Aquélla le entregó la prensa vespertina y mientras la masajista le frotaba las largas y bien torneadas piernas y el vientre, Julia, desnuda y con las gafas puestas, leyó la misma crítica teatral, que ya aparecía en los periódicos de la mañana, la columna de sociedad y la página femenina. Al cabo, entró Michael y se sentó en la cama. Con frecuencia, se presentaba allí a aquella hora e iniciaba una breve conversación.

—¿Y bien, cómo se llama? —preguntó ella.

—¿Cómo se llama quién?

—El joven que ha almorzado con nosotros.

—Sigo sin tener la menor idea. Lo llevé de regreso al teatro en el coche. No he vuelto a pensar en ello.

A la señorita Phillips, la masajista, Michael le caía bien. Con él, una pisaba terreno firme. Siempre decía las mismas cosas, por lo que responder resultaba sencillo. No tenía doblez y era terriblemente guapo.

—¿Qué tal, señorita Phillips? ¿Van fundiéndose esas grasas?

—¡Oh, señor Gosselyn! La señora Lambert no tiene un gramo de grasa. Es maravilloso lo bien que conserva la línea.

—Cuánto lamento que no consienta en darme masajes a mí, señorita. Tal vez así podría hacer algo por la mía.

—No diga eso. ¡Pero si tiene usted el tipo de un joven de veinte años! No sé cómo lo consigue, palabra.

—Una vida sencilla y pensamientos elevados, señorita Phillips.

Julia no prestaba atención a aquel diálogo, pero le llegó la respuesta de la masajista.

—Desde luego, no hay nada como un masaje, siempre lo digo, pero de lo que no cabe duda es de que se debe vigilar la dieta.

«¡La dieta! —pensó—. Cuando cumpla los sesenta me desmelenaré. Comeré todo el pan con mantequilla que me apetezca y desayunaré bollos calientes. Tomaré patatas en el almuerzo y patatas para cenar. Y cerveza. Me encanta la cerveza, sí señor. Y la sopa de guisantes y la de tomate, el pudín de melaza y la tarta de cerezas. Nata, nata y más nata. Y, si Dios quiere, no volveré a probar las espinacas mientras viva.»

Una vez que hubo concluido el masaje, Evie le subió una taza de té, una loncha de jamón a la que había retirado la grasa y un par de tostadas. Julia se levantó de la cama, se vistió y salió para ir al teatro con Michael. Le gustaba llegar una hora antes de que se levantara el telón.

Michael la dejó allí y fue a cenar al club. Evie se había adelantado en un taxi y cuando Julia llegó al camerino ya estaba todo preparado. Una vez más, se quitó la ropa y se puso una bata. Cuando se sentó frente al tocador para maquillarse, reparó en un jarrón con flores.

—¡Vaya! ¿Quién las manda? ¿La señora De Vries?

Dolly nunca olvidaba enviar un enorme ramo las noches de estreno, así como en la centésima representación, y en la que hacía el número doscientos, si alguna obra las alcanzaba, y entre medias, cada vez que compraba flores para su casa, hacía mandar algunas a Julia.

—No, señorita.

—¿Lord Charles?

Lord Charles Tamerley era el admirador más antiguo y constante de Julia y no resultaba insólito que, si pasaba por delante de una floristería, entrara a encargar unas rosas para ella.

—Llevan una tarjeta —indicó Evie.

Julia la leyó. Correspondía a un tal Thomas Fennell, de Tavistock Square.

—Vaya lugar para vivir. ¿Quién demonios será, Evie?

—Algún sujeto que habrá caído rendido ante su belleza sin par, supongo.

—Las flores deben de haberle costado casi una libra y Tavistock Square no se encuentra en un barrio muy próspero, según tengo entendido. Para comprarlas tal vez haya tenido que quedarse toda una semana sin cenar.

—No lo creo.

Julia se embadurnó la cara con la base de maquillaje.

—¡Qué poco romántica llegas a ser, Evie! Como no soy corista, no concibes que alguien me mande flores, y lo cierto es que tengo unas piernas más bonitas que la mayoría de ellas.

—Usted y sus piernas.

—Pues no me importa decirte que me parece justo que un joven desconocido me mande flores a estas alturas de mi vida. ¡Para que veas!

—Si ese individuo la viese ahora mismo, estoy segura de que no se las regalaría, por lo que sé de los hombres.

—Vete al cuerno —murmuró Julia.

Pero cuando terminó de maquillarse a su entera satisfacción y de ponerse las medias y los zapatos con la ayuda de Evie, todavía le quedaban unos minutos, de modo que se sentó ante la mesa y con su letra desaliñada y picuda escribió una efusiva nota de agradecimiento al señor Thomas Fennell por sus hermosas flores. Julia era de natural cortés, y además, tenía por principio responder a todas las cartas de los admiradores. Así mantenía el contacto con su público. Cuando terminó de anotar la dirección en el sobre, arrojó la tarjeta a la papelera y se dispuso a ponerse el vestido de primera actriz. El apuntador recorrió los camerinos llamando a las puertas.

—¡A escena, por favor!

Aquellas palabras, que tantas veces había escuchado, seguían emocionándola. La fortalecían como un tónico. La vida adquiría significado. Llegaba el momento de pasar del mundo de la apariencia al de la realidad.

11

Al día siguiente, Julia almorzó con Charles Tamerley. El marqués de Dennorant, padre de Charles, se había casado con una rica heredera, de manera que al hijo de ambos le correspondió una considerable fortuna. Julia asistía con frecuencia a los almuerzos que él solía dar en su casa de Hill Street. En el fondo de su corazón, Julia despreciaba profundamente a las grandes damas y los caballeros nobles con los que allí se reunía, porque ella era una trabajadora y una artista, pero sabía que aquellas relaciones les convenían a todos. A ellos les permitían asistir a las noches de estreno del Teatro Siddons, que tan lucidas resultaban según los periódicos, y Julia sabía que, cuando la fotografiaban con los aristócratas en las fiestas de los fines de semana, el hecho le proporcionaba una buena publicidad. Había dos o tres primeras actrices, más jóvenes que ella, que no la soportaban porque se dirigía a las duquesas por su nombre de pila, pero eso a Julia no le importaba. Aunque distaba de ser una conversadora brillante, sus ojos eran tan vivos, y sus modales demostraban tanta inteligencia, que cuando hubo aprendido el lenguaje de la sociedad pasó por ser una mujer muy amena. Tenía un gran don para la imitación y, si bien por lo general se abstenía de practicarlo por temor a que perjudicara sus actuaciones, en aquellos círculos lo utilizó para provecho propio y gracias a él se ganó fama de ingeniosa. Le agradaba gustar a aquellas mujeres elegantes y ociosas, pero para sus adentros se reía de ellas porque las veía deslumbradas por el atractivo de su fama y su profesión. Julia se preguntaba qué habrían dicho si hubieran sabido lo poco romántica que era la vida de una actriz célebre, el trabajo duro que conllevaba, el cuidado constante que debía dedicar a su persona y los monótonos y rutinarios hábitos propios de su oficio. No obstante, de buena gana les daba consejos sobre el maquillaje y les permitía que le copiasen la ropa. Siempre vestía con una elegancia exquisita. Ni siquiera Michael, quien pensaba que los modistos no le cobraban, sabía lo mucho que gastaba en su atavío.

En el plano moral, Julia tenía lo mejor de los dos mundos. Todos sabían que su matrimonio era ejemplar y ella un modelo de fidelidad conyugal. Y al mismo tiempo, mucha gente de aquel círculo social estaba convencida de que era la amante de Charles Tamerley. Dicha relación, por su supuesta antigüedad, había llegado a adquirir visos de respetabilidad, de modo que cuando los invitaban a pasar un fin de semana en la misma casa, las anfitrionas tolerantes les adjuntaban habitaciones contiguas. El rumor lo había originado Lady Charles, de quien Charles Tamerley llevaba tiempo separado, y en él no había ni un ápice de verdad. Se basaba únicamente en que Charles había estado locamente enamorado de Julia durante veinte años, y desde luego éste fue el motivo por el que los Tamerley —que, por otro lado, nunca se habían llevado bien— convinieron en separarse. De hecho, se habían conocido por intermedio de Lady Charles. Los tres coincidieron en un almuerzo en casa de Dolly de Vries después de que Julia, entonces una joven actriz, acabara de cosechar su primer gran éxito en Londres. Fue una fiesta espléndida y todos la colmaron de atenciones. Lady

Charles, que a la sazón contaba treinta años y tenía fama de ser muy hermosa pese a no tener otro rasgo bello que sus ojos, pero que mediante una suerte de audacia descarada conseguía producir un efecto llamativo, se inclinó sobre la mesa con una sonrisa de condescendencia.

—Oh, señora Lambert, creo que en Jersey conocí a su padre. Era médico, ¿verdad? Venía por casa a menudo.

Julia sintió un leve nudo en el estómago; recordó quién había sido Lady Charles antes de casarse y, al advertir que estaba tendiéndole una trampa, soltó una carcajada cristalina.

—Se equivoca —respondió—. Era veterinario. Iba a su casa cuando parían las perras. Tenían la casa llena de perros.

Por unos instantes, Lady Charles no supo qué decir.

—A mi madre le gustaban mucho los animales —repuso, al fin.

Julia se alegró de que Michael no estuviera presente, pues se habría sentido terriblemente ofendido. Siempre que mencionaba a su suegro lo llamaba «doctor Lambert», pronunciándolo como si fuera francés, y cuando poco después de la guerra éste murió y la madre de Julia fue a vivir a Saint-Malo con su hermana viuda, Michael empezó a referirse a ella como «Madame de Lambert». Al principio de su carrera teatral, Julia había preferido no mencionar la profesión de su progenitor, pero cuando se consagró como actriz, cambió de opinión. Tenía la tendencia, sobre todo cuando estaba entre gente de posición, a insistir en el hecho de que su padre había sido veterinario. No hubiera sabido explicar muy bien por qué, pero sentía que al hacerlo les bajaba los humos a esas personas.

Charles Tamerley comprendió que su esposa había intentado humillar adrede a la joven y, enfadado, se desvivió por ser amable con ella. Le pidió permiso para ir a visitarla y le llevó unas hermosas flores.

Rondaba los cuarenta años y tenía una cabeza pequeña sobre un cuerpo elegante, no demasiado armonioso pero de porte distinguido. Parecía muy educado —en realidad lo era— y tenía unos modales exquisitos. Se consideraba un gran aficionado a las artes. Compraba pintura contemporánea y coleccionaba muebles antiguos. Le apasionaba la música y la lectura. Al principio encontraba divertido ir a aquel pisito que la pareja de jóvenes actores ocupaba en una calle que daba a Buckingham Palace Road. Vio que eran pobres y le estimuló entablar relación con lo que ingenuamente consideró el ambiente bohemio. Fue varias veces al apartamento y vivió como una aventura el que lo invitaran a almorzar con ellos unos platos cocinados y servidos por un espantapájaros de mujer a la que llamaban Evie. Aquello era vida. No prestaba mucha atención a Michael, quien, pese a ser ostensiblemente apuesto, le parecía un tanto adocenado; en cambio, Julia lo había cautivado. Tenía una calidez, una fuerza de carácter y una vitalidad burbujeante que Charles Tamerley no había encontrado en nadie. Fue varias veces a verla al teatro y comparó su actuación con sus recuerdos de las grandes actrices extranjeras. Le parecía que en ella había algo muy personal. Su magnetismo era incuestionable y le produjo una gran emoción advertir, de repente, que era una actriz genial.

«Otra Siddons, quizá —pensó—. Una Ellen Terry o aún mejor.»

En aquellos días a Julia no le parecía necesario acostarse a dormir la siesta; era fuerte como un roble y nunca se cansaba, por lo que él la llevaba de paseo por el parque. Sintió que Charles la consideraba un producto de la naturaleza en estado puro, lo cual le vino de perlas, puesto que no le costaba mostrarse ingenua y franca y deleitarse como una chiquilla con lo que fuese. Fueron a la National Gallery, y a la Tate, y al British Museum, y ella disfrutó casi tanto como aseguraba disfrutar. A Charles le gustaba impartir conocimientos y Julia, que tenía una memoria excelente, estaba encantada de recibirlos y aprendió mucho. Si después pudo hablar de Proust y de Cézanne con los entendidos hasta el punto de dejarlos asombrados y encantados de conocer a una actriz tan culta, era a Charles a quien se lo debía. Julia advirtió que se había enamorado de ella antes de que él mismo lo supiera, y se le antojó divertido. Desde su punto de vista, Charles era un hombre de mediana edad sumamente agradable, pero ella estaba locamente enamorada de Michael. Cuando Charles se dio cuenta de que la amaba, su actitud cambió un poco; a veces parecía abrumarle la timidez, y cuando estaban juntos a menudo permanecía callado. «Pobrecito —se decía ella—, es un caballero tan cabal que no sabe qué hacer al respecto.»

Julia ya había ideado una estrategia para cuando, tarde o temprano, Charles se atreviera a declararse. Decidió puntualizarle muy bien una cosa: no le permitiría creer que, por el hecho de ser un lord y ella una actriz, se acostaría con él en cuanto le hiciera la menor insinuación. Si Charles la requería con tanta desenvoltura, ella interpretaría el papel de heroína ultrajada y le señalaría la puerta con el brazo y el índice extendidos en línea recta, en el gesto que había aprendido de Jane Taitbout. En cambio, si su admirador se mostraba cohibido y falto de palabras, ella empezaría a temblar y, con la voz entrecortada por los sollozos, diría que nunca se había dado cuenta de lo que él sentía por ella, y no, no, por nada del mundo, pues a Michael se le rompería el corazón. Luego ambos llorarían juntos y asunto arreglado. Julia tenía la certeza de que, con lo bien educado que era, en cuanto le hiciese entender que aquello era imposible, Charles no volvería a importunarla.

Sin embargo, cuando sucedió, todo fue muy distinto de como ella había previsto. Charles Tamerley y Julia habían salido a pasear por Saint James Park y habían contemplado los pelícanos e, inspirados por la escena, habían hablado de la posibilidad de que ella interpretara a Millamant un domingo por la noche. Volvieron al piso de Julia a tomar una taza de té y compartieron un bollo. Luego Charles se puso en pie, sacó una miniatura del bolsillo y se la dio.

—Es un retrato de Clarion, una actriz del siglo XVIII que poseía muchas de tus virtudes.

Julia contempló el rostro bonito e inteligente, con el cabello empolvado, y se preguntó si las piedras que enmarcaban la pequeña imagen eran diamantes o sólo vidrio.

—Oh, Charles, ¿por qué lo has hecho? Qué encantador eres...

—Pensé que te gustaría. Es un regalo de despedida.

—¿Te marchas? —preguntó, sorprendida; Charles nunca había dicho nada al respecto.

—No, pero no volveré a verte —repuso él con una triste sonrisa.

—¿Por qué?

—Creo que lo sabes tan bien como yo.

Entonces Julia hizo algo vergonzoso. Se sentó y observó la miniatura durante un minuto, sin decir nada. Luego, y con un *tempo* perfecto, alzó los ojos y los fijó en los de Charles.

Era capaz de llorar casi a voluntad —eso constituía uno de sus trucos más efectivos—, y en aquellos instantes, sin emitir un sonido ni un sollozo, unas lágrimas empezaron a surcarle las mejillas. Con la boca entreabierta y la expresión de una niña a la que han herido en lo más hondo y no sabe por qué, producía un efecto insufriblemente conmovedor. Una punzada de pesar contrajo el rostro de Charles, que cuando habló, lo hizo con voz ronca por la emoción.

—Estás enamorada de Michael, ¿verdad?

Ella asintió con la cabeza. Apretó los labios como si intentara controlarse, pero las lágrimas siguieron rodando por sus mejillas.

—Y yo, ¿no tengo ninguna posibilidad? —Charles aguardó su respuesta. Ella no habló, sino que se llevó la mano a la boca y pareció morderse una uña sin dejar de mirarle con aquellos ojos convertidos en manantiales.

—¿No comprendes que el seguir viéndote constituye una tortura para mí? —añadió Charles—. ¿Quieres que siga viéndote?

Julia asintió de nuevo con la cabeza.

—Clara me hace unas escenas tremendas —prosiguió él—. Ha descubierto que estoy enamorado de ti. Lo más sensato es que dejemos de vernos.

En esa ocasión, Julia sacudió levemente la cabeza. Emitiendo un sollozo, se recostó en el asiento y volvió la cara de lado. Todo su cuerpo parecía expresar un dolor irremediable. Charles se acercó a ella, se arrodilló y tomó entre sus brazos a aquella criatura desconsolada y abatida.

—Oh, Julia, por el amor de Dios, no quiero que sufras por mi causa. No lo soporto. Te amo tanto que soy incapaz de hacerte daño. Aceptaré lo que sea, jamás te pediré nada.

Ella volvió su rostro surcado de lágrimas hacia Charles («Dios, menudo aspecto debo de tener», pensó) y le ofreció sus labios. Él la besó con ternura. Era la primera vez que la besaba.

—No quiero perderte —susurró ella con voz apagada.
—Querida mía...
—Entonces ¿seguiremos como hasta ahora?
—Sí.

Ella exhaló un profundo suspiro de satisfacción y permanecieron abrazados un par de minutos. Cuando él se hubo marchado, Julia se puso en pie y se miró en el espejo. «Eres una zorra abominable», se dijo, pero soltó una risita como si no estuviera en absoluto avergonzada y después fue al baño a lavarse la cara y los ojos. Se sentía feliz y alborozada. Oyó entrar a su marido y le gritó:

—Michael, mira la miniatura que Charles acaba de regalarme. Está en la repisa de la chimenea. Esas piedras, ¿son diamantes o vidrio?

Cuando Lady Charles abandonó a su esposo, Julia se puso un tanto nerviosa. La dama había amenazado con presentar una demanda de divorcio y ella temía que la llamasen a declarar. Pasó dos o tres semanas muy irritable. Había decidido no contarle nada a Michael hasta que fuese necesario y se alegró de no haberlo hecho, ya que a su debido tiempo resultó que Lady Charles sólo había proferido las amenazas para obtener una pensión más sustanciosa de su inocente marido. Julia manejó a Charles con una destreza extraordinaria. Había quedado sobrentendido que el gran amor que profesaba por Michael hacía imposible cualquier relación íntima entre los dos, pero dejando eso aparte, Charles lo era todo para ella: su amigo, su consejero, su confidente, el hombre al que podía acudir en una situación apurada o para que la consolase de cualquier decepción. Las cosas se complicaron un poco cuando Charles, con su aguda sensibilidad, advirtió que Julia ya no estaba enamorada de Michael, lo que la obligó a actuar con mucho tacto. No se trataba de que los escrúpulos le impidieran convertirse en su amante; si Charles hubiese sido un actor que la amaba desde hacía tiempo, no le habría importado meterse en la cama con él en un rasgo de generosidad; pero Charles no la atraía. Le tenía mucho afecto, pero era tan elegante, tan bien educado, tan culto, que no podía imaginárselo como su amante. Habría sido como acostarse con una obra de arte. Lo cierto era que la pasión por el arte de Charles le parecía un tanto ridícula. Al fin y al cabo, ella era la creadora y él, el público. Charles quería que se fugaran juntos. Comprarían una villa con un gran jardín en Sorrento, en la bahía de Nápoles, y tendrían una goleta para pasar días enteros en el hermoso mar color vino. Amor, belleza y arte, y el mundo que se fuera al diablo.

«Imbécil —pensó Julia—. Como si yo fuera a abandonar mi carrera para enterrarme en vida en un pueblo de mala muerte de Italia...»

Lo convenció de que ella tenía un deber para con Michael y que, además, estaba el niño. No iba a permitir que creciese cargando con el peso de que su madre era una mala mujer. Con naranjos o sin ellos, en la hermosa villa italiana no gozaría ni de un momento de paz si la atormentaba la idea de la infelicidad de Michael y de que a su pequeño lo criaban unos desconocidos. No se puede pensar sólo en uno mismo, hay que pensar en los demás, ¿no? Julia era muy dulce y femenina. A veces, le preguntaba a Charles por qué no se divorciaba de su esposa y se casaba con alguna mujer agradable. No soportaba ver que desperdiciaba su vida por ella. Él le contestaba que era la única mujer a la que jamás había amado y que seguiría amándola hasta el final.

—Qué triste es todo esto —decía Julia.

Al mismo tiempo mantenía los ojos bien abiertos. Si notaba que alguna mujer parecía albergar la intención de conquistar a Charles, frustraba la ocasión de antemano, y si el peligro era manifiesto, no dudaba en mostrarse extremadamente celosa. Hacía tiempo que habían convenido, con toda la delicadeza que cabía esperar de la buena crianza de él y de la bondad de ella, con indirectas leves y alusiones remotas, que si un día Michael faltaba, Charles prescindiría de una manera u otra de Lady Charles y se casarían. Pero Michael tenía una salud de hierro.

En aquella ocasión, Julia disfrutó mucho del almuerzo en Hill Street. Todos los asistentes eran personas distinguidas. Nunca había animado a Charles a que invitara a ningún actor o autor de modo que ella era allí la única que trabajaba para ganarse la vida. Se había sentado entre un viejo ministro, gordo, calvo y muy locuaz, que se desvivía por darle conversación, y un joven duque de Westreys que tenía aspecto de mozo de cuadra y se jactaba de conocer el argot francés mejor que los nativos. Cuando supo que Julia hablaba francés, quiso hablar con ella en ese idioma. Después del almuerzo, la persuadieron de que recitase un fragmento de *Fedra* como lo declamaban en la Comédie Française, y después tal como lo declamaría una alumna de la Real Academia Británica de Arte Dramático. Hizo reír mucho a los invitados y se marchó de la reunión rebosante de éxito. Era un día hermoso y claro y decidió volver a pie a Stanhope Place. Mientras caminaba entre la multitud que llenaba Oxford Street, se percató de que mucha gente la reconocía y, aunque avanzaba con la mirada fija al frente, notaba que la observaban.

«Es un fastidio no poder ir a ningún sitio sin que la gente te mire», pensó.

Aflojó un poco el paso. El tiempo era realmente espléndido.

Entró en la casa con el llavín y mientras cerraba la

puerta sonó el teléfono. Sin pararse a pensar, levantó el auricular y se lo llevó a la oreja.

—¿Sí?

Por lo general, cuando contestaba al teléfono, desfiguraba la voz, pero en esa ocasión lo olvidó.

—¿Señora Lambert?

—No sé si está en casa. ¿Quién es, por favor? —preguntó, adoptando rápidamente el acento *cockney* propio de la clase baja londinense.

El monosílabo, sin embargo, la había traicionado y al otro lado de la línea sonó una risita.

—Sólo quería darle las gracias por la nota que me envió. No tenía que haberse molestado. Han sido tan amables invitándome a almorzar que he pensado que debía mandarle unas flores.

Por el timbre de la voz y el contenido de sus palabras cayó en la cuenta de que se trataba del joven apocado cuyo nombre ignoraba. Ni siquiera se había acordado de él al ver su tarjeta. Lo único que le había llamado la atención era que vivía en Tavistock Square.

—Ha sido todo un detalle —respondió Julia, sin disimular ya la voz.

—Supongo que no querría venir a tomar el té conmigo un día, ¿verdad?

¡Qué audacia! ¡Pero si ella no iba a tomar el té ni con duquesas! El muchacho estaba tratándola como si fuese una corista, aunque pensándolo bien, resultaba divertido.

—No veo por qué no.

—¿Lo dice de veras? —preguntó él con vehemencia, en un tono agradable—. ¿Cuándo?

Esa tarde, a Julia no le apetecía tumbarse a dormir la siesta.

—Hoy.

—De acuerdo. Saldré antes de la oficina. ¿Le parece bien a las cuatro y media? La direción es Tavistock Square, 138.

Muy considerado por su parte haber sugerido su casa en lugar de proponer algún sitio de moda, donde la gente no dejaría de mirarla. Con eso el joven demostraba que lo que buscaba no era precisamente que lo viesen con ella.

Julia tomó un taxi hasta Tavistock Square. Se sentía satisfecha de sí misma. Estaba haciendo una buena acción. Para él, sería estupendo poder decirles a su mujer y a sus hijos al cabo de unos años que cuando no era más que un contable insignificante Julia Lambert había tomado el té con él. Y ella se había comportado de una manera tan sencilla y natural... Nadie que la hubiese oído parlotear habría adivinado que era la actriz más eminente de Inglaterra. Y si no le creían, tendría la fotografía que lo demostraba, firmada y con la frase «sinceramente suya». Él se reiría y diría que de no haber sido tan crío nunca se habría atrevido a invitarla.

Cuando Julia llegó a la casa y hubo pagado al taxista, recordó de repente que ignoraba el nombre de su anfitrión y que cuando la criada abriese la puerta no sabría por quién preguntar. Pero al buscar el timbre advirtió que había ocho, en cuatro hileras de dos, y que al lado de cada uno había una tarjeta con los nombres escritos con tinta. Era una casa vieja que habían dividido en pisos. Empezó a leer las tarjetas, con la vana esperanza de que alguno de aquellos nombres le sonara de algo cuando, de repente, se abrió la puerta y se lo encontró delante.

—La he visto llegar y he bajado corriendo. Lo que ocurre es que vivo en el tercer piso; espero que no le importe.

—Por supuesto que no.

Julia subió las escaleras sin alfombrar, y cuando llegó al tercer rellano resollaba un poco. Él había ascendido alegremente, como una cabra joven, había pensado ella, aunque no le había apetecido sugerirle que prefería subir más despacio. La hizo pasar a una habitación bastante grande pero deslucidamente amueblada. Sobre la mesa había un par de tazas, un plato con trozos de tarta, una azucarera y una jarra de leche. La vajilla era de las más baratas.

—Póngase cómoda —le dijo—. El agua no tardará en hervir. Tengo un hornillo de gas en el cuarto de baño.

Salió y ella miró alrededor. «Pobrecillo —pensó—. Debe de ser tan pobre como una rata de sacristía.» La estancia le recordó mucho algunas de las viviendas que había ocupado al principio de su carrera artística. Se apercibió de los patéticos intentos del joven inquilino por ocultar el hecho de que la habitación era sala y dormitorio a la vez. El diván arrimado a la pared se convertía en cama por la noche. En la imaginación de Julia los años transcurridos se borraron y se sintió extrañamente joven de nuevo. ¡Cuánto se habían divertido en cuartos como aquél y cómo habían disfrutado de las suculentas comidas a base de huevos fritos con beicon cocinados en el hornillo! El joven regresó con una tetera marrón. Julia comió un bizcocho cuadrado recubierto de azúcar glas rosada. Hacía años que no lo probaba. El té de Ceilán, muy fuerte, con azúcar y leche, la devolvió a unos días que creía olvidados. Revivió los tiempos en que era una actriz joven y desconocida que luchaba por hacerse un nombre, y la sensación le resultó deliciosa. Necesitaba acompañar el momento con un gesto y no se le ocurrió más que uno: quitarse el sombrero y sacudir levemente la cabeza.

Conversaron. Él se mostraba mucho más tímido de

lo que le había parecido por teléfono; no era de extrañar, porque su presencia debía de cohibirle. Julia se propuso conseguir que se sintiera cómodo. Él le habló de sus progenitores, que residían en Highgate, donde su padre era procurador; había vivido con ellos hasta que decidió que debía independizarse, y había alquilado ese pisito en su último año como becario. Se preparaba para los exámenes finales. Hablaron de teatro. Desde que tenía doce años, había ido a ver todas las obras en que ella actuaba. Le contó que en una ocasión, cuando contaba catorce, la esperó a la salida de artistas tras una sesión de tarde y le pidió un autógrafo.

El muchacho era encantador, con aquellos ojos azules y el cabello castaño claro; lástima que lo llevara tan pegado a la cabeza. Tenía la piel muy blanca y las mejillas coloradas, por lo que Julia se preguntó si sería tísico. Aunque vestía ropa barata, la llevaba con distinción; aquello le agradó, y además parecía increíblemente limpio.

Julia le preguntó por qué había elegido Tavistock Square. Era un sitio céntrico, explicó él, y le gustaban los árboles. Desde la ventana, la vista era muy hermosa. Ella se puso en pie para verla, aunque de hecho con ese movimiento pretendía disponerse a partir; luego se pondría el sombrero y se marcharía.

—Sí, muy cierto, es encantadora. Tan londinense... Transmite una especie de sentimiento de alegría...

Mientras decía aquello, se volvió hacia el joven, que estaba a su lado. Él le pasó un brazo por la cintura y le dio un beso en los labios. Nunca ninguna mujer se había quedado tan sorprendida. La pilló tan de improviso que no atinó a reaccionar. Tenía unos labios suaves y desprendía un aroma de juventud que resultaba delicioso. Pero acto seguido hizo algo absurdo. Con la punta de la lengua la obligó a separar los labios y la rodeó con los dos brazos.

Ella no se enfadó, ni se echó a reír, no sabía definir lo que sentía. Y a continuación le pareció que él la arrastraba con suavidad sin despegar la boca de la suya y percibió el calor que emanaba su joven cuerpo; era como si hubiese una caldera en su interior, algo extraordinario. Después se encontró tumbada en el diván junto a él, que le besaba la boca, el cuello, las mejillas, los ojos. De pronto notó una extraña punzada de dolor en el corazón. Tomó la cabeza de él entre las manos y le dio un beso en los labios.

Unos minutos más tarde, de pie junto a la chimenea, se miró en el espejo y se compuso el peinado.

—Mira mi pelo.

Él le tendió un peine y ella se lo pasó por los cabellos. Luego se encasquetó el sombrero. El joven se hallaba a su espalda y, por encima del hombro, Julia vio su cara, con aquellos ardorosos y sonrientes ojos azules.

—Y pensar que creí que eras un chico muy tímido —dijo Julia al reflejo del muchacho en el espejo.

Él rió por lo bajo.

—¿Cuándo te veré otra vez? —preguntó.

—¿Quieres volver a verme?

—Por supuesto.

Julia reflexionó brevemente. Era absurdo; no tenía ninguna intención de encontrarse de nuevo con él, se había comportado como una estúpida, pero lo mejor sería seguirle la corriente. Si le decía que aquel incidente no tendría continuidad, quizá se pusiera pesado.

—Ya te telefonearé un día de éstos.

—¿Lo juras?

—Por mi honor.

—No me hagas esperar demasiado.

Insistió en acompañarla al portal y dejarla en un taxi. Ella habría querido bajar sola para poder echar un vistazo a las tarjetas que había junto a los timbres de la puerta. «Maldición, al menos tendría que saber cómo se llama», pensó. Pero él no le dio esa oportunidad. Cuando el taxi arrancó, Julia se hundió en un rincón del asiento y estalló en risas.

«Vaya, si prácticamente me ha violado. A mi edad. Y sin decir siquiera "con permiso". Me ha tratado como si fuera una prostituta. Una comedia del siglo XVIII, eso ha parecido. Yo podría haber sido una criada, con miriñaque y todo, y esas cosas que se ponían las mujeres para realzar las caderas, ¿cómo demonio se llamaban?, un delantal y un pañuelo alrededor del cuello.» Entonces, recordando vagamente las obras de Farquhar y Goldsmith, inventó un diálogo: «Sí, milord, es una vergüenza aprovecharse de una pobre chica campesina. ¿Qué diría la señora Abigail si supiera que vuestro hermano me ha arrebatado el tesoro más precioso que una joven de mi edad puede tener en mi situación, es decir, la inocencia? ¡Qué vergüenza, oh que vergüenza!»

Cuando llegó a casa, la masajista ya estaba esperándola, hablando con Evie, quien al verla le preguntó:

—¿Dónde ha estado, señora Lambert? ¿Y su rato de descanso? Ya me gustaría saberlo, ya.

—Al diablo mi rato de descanso.

Julia se desvistió y tiró las prendas de ropa por toda la habitación con amplios ademanes. Entonces, desnuda por completo, se acercó a la cama y se subió en ella quedándose de pie un momento, como Venus surgida de las olas, y luego se tumbó, estirando las extremidades.

—¿Le sucede algo? —preguntó Evie.

—Me siento bien.

—Vaya, pues si yo me comportara de ese modo, la gente diría que he empinado el codo.

La señorita Phillips empezó a hacerle masaje en los

pies y se los frotó suavemente para relajarla y aliviarle el cansancio.

—Cuando usted ha entrado —le dijo—, parecía un torbellino. Me ha dado la impresión de que tenía veinte años menos. Sus ojos brillaban de un modo maravilloso.

—Oh, guárdese los halagos para el señor Gosselyn, señorita Phillips. —A continuación, como si se le hubiera ocurrido a posteriori, añadió—: Me siento como una niña de dos años.

Más tarde, en el teatro le sucedió lo mismo. Archie Dexter, que era el protagonista masculino, entró en su camerino para comentarle algo. Julia acababa de maquillarse.

—¡Caramba, Julia! —exclamó asombrado—. ¿Qué te ocurre esta noche? Estás preciosa, no aparentas más de veinticinco años.

—Con un hijo de dieciséis, es inútil que finja que soy joven. Tengo cuarenta y no me importa que se sepa.

—¿Qué te has hecho en los ojos? Nunca los había visto tan chispeantes.

Julia se sentía exultante. Llevaban semanas interpretando una obra que se llamaba *La borla de polvos*, pero esa noche Julia actuó como si fuera la primera vez. Su interpretación fue brillante. Consiguió que el público se riera como nunca. Siempre había tenido magnetismo, pero en aquella ocasión éste pareció difundirse a partir del escenario como un resplandor. Dio la casualidad de que Michael presenció los dos últimos actos desde su palco, y al terminar la función, fue a verla a su camerino.

—¿Sabes que el apuntador me ha dicho que hoy la función ha durado nueve minutos más, por lo mucho que el público se ha reído?

—El telón se ha levantado siete veces. Creía que la gente no se marcharía nunca.

—Pues la única culpable has sido tú, cariño. No hay nadie en el mundo que actúe como lo has hecho esta noche.

—Si he de serte sincera, te diré que lo he disfrutado mucho. Dios, qué hambre tengo. ¿Qué vamos a cenar?

—Callos con cebolla.

—Mmm, divino. —Le echó los brazos al cuello y lo besó—. Me encantan los callos con cebolla. Ah, Michael, y si me quieres, si en tu duro corazón hay una pizca de ternura, déjame tomar una botella de cerveza.

—¡Julia!

—Sólo esta noche. Ya sabes que pocas veces te pido que hagas algo por mí.

—Bueno, después de tu actuación de hoy, supongo que no puedo negarme, pero te aseguro que me ocuparé de que la señorita Phillips te dé una buena tunda mañana.

12

Julia se metió en la cama y deslizó los pies hasta notar el agradable bienestar que le proporcionaba la bolsa de agua caliente. Contempló embelesada la habitación de tonalidades rosa pastel y azul *Nattier* con sus querubines dorados en el tocador y suspiró de satisfacción. Se dijo que tenía un aire muy Madame de Pompadour. Enseguida apagó la luz, pero no tenía ni una pizca de sueño. Lo que le habría apetecido realmente era salir a bailar a Quag's, pero no con Michael, sino emparejada con Luis XV o con Luis de Baviera, o con Alfred de Musset. La famosa actriz Clarion y el Bal de l'Opéra; recordó la miniatura que le había regalado Charles. Así era como se sentía. Hacía siglos que no le sucedía una aventura como aquélla. La última la había vivido ocho años atrás. Fue un episodio del cual hubiera debido avergonzarse toda la vida —¡qué asustada la tuvo durante un tiempo!—, y sin embargo, cada vez que lo recordaba no podía evitar reírse de contento para sus adentros.

También había sido algo imprevisto. Julia llevaba mucho tiempo trabajando sin descanso y necesitaba un respiro. El éxito de la comedia que tenían en cartel empezaba a decaer y estaban a punto de iniciar los ensayos de la siguiente obra cuando a Michael se le presentó la oportunidad de alquilar el teatro durante seis semanas a una compañía francesa. Parecía la coyuntura perfecta para que Julia hiciese su escapada. Podría ir a Cannes, donde Dolly había alquilado una casa para toda la temporada. Emprendió el viaje poco antes de Pascua; los trenes iban tan llenos que no había encontrado litera, pero en la agencia de viajes le habían dicho que no se preocupara porque a partir de París le habían conseguido un compartimiento en el coche-cama. Para su consternación, al llegar a la estación parisina se encontró con que nadie sabía una palabra de su situación y el jefe de tren le aseguró que todos los coches-cama iban al completo. La única posibilidad era que algún viajero no compareciese en el último momento. A Julia no le agradaba la perspectiva de pasar toda la noche sentada en el rincón de un departamento de primera clase, y fue a cenar bastante alterada. Ocupó un asiento en una mesa para dos y no tardó en llegar un caballero que se acomodó frente a ella. Julia no le prestó atención. Al rato, se presentó el jefe de tren y le dijo que, lamentándolo mucho, no podía hacer nada por solucionarle el problema. Julia montó un escándalo sin obtener resultado alguno. Cuando el funcionario se hubo alejado, su compañero de mesa se dirigió a ella. Aunque hablaba un francés fluido y expresivo, Julia advirtió por su acento que no era del país. En respuesta al afable interés del desconocido, ella le explicó su situación y manifestó la opinión que le merecían la agencia de viajes, la compañía de ferrocarriles y la ineficiencia de la especie humana en general. Él se mostró muy comprensivo y le dijo que, cuando acabaran de cenar, se daría una vuelta por el tren para ver si encontraba la manera de solucionarle el problema. Con una buena propina, un revisor era capaz de hacer milagros.

—Estoy sencillamente exhausta —dijo ella—. Con gusto daría quinientos francos por una litera.

Habiendo entablado así conversación, el caballero le

contó que era agregado de la Embajada de España en París y que se dirigía a Cannes a pasar la Semana Santa. Si bien Julia llevaba un cuarto de hora hablando con él, aún no se había detenido a observarlo. Se fijó en que lucía una barba negra y crespa y un bigote también negro y rizado, pero la barba estaba recortada de manera bastante original, con sendos espacios perfectamente rasurados bajo las comisuras de los labios, lo cual le proporcionaba un curioso aspecto. Con aquel cabello oscuro, los párpados caídos y una nariz bastante larga, a Julia su cara se le antojaba conocida. De repente, recordó dónde la había visto y se llevó tal sorpresa que soltó bruscamente:

—¿Sabe una cosa? He estado preguntándome a quién me recuerda usted. Le encuentro un extraño parecido con un retrato del Louvre, el de Francisco I pintado por Tiziano.

—¿Por aquellos ojillos porcinos?

—No por eso, no; usted los tiene grandes. Creo que es la barba, sobre todo.

Julia observó la piel tersa y ligeramente violácea de sus ojeras. A pesar de que la barba lo envejecía, era bastante joven; no debía de pasar de los treinta. Se preguntó si sería tal vez algún Grande de España. A pesar de que no iba muy bien vestido —un rasgo bastante habitual en los extranjeros—, su traje, aunque de corte defectuoso, le había costado seguramente una buena suma; en cuanto a la corbata, saltaba a la vista que era una Charvet. Cuando llegaron los cafés, él le preguntó si podía invitarla a un licor.

—Es muy amable. Tal vez me haga dormir mejor.

Él le ofreció un cigarrillo de una pitillera de plata, cosa que la desconcertó un poco, pero cuando la cerró, Julia advirtió que en una esquina destacaba una pequeña corona dorada. Debía de ser un conde o algo así. Llevar una pitillera de plata con una corona de oro resultaba bastante chic. ¡Lástima que vistiera esas ropas modernas! Ataviado como Francisco I, habría tenido un aspecto de lo más distinguido. Se dispuso a mostrarse tan encantadora como era capaz de ser.

—Creo que debo decirle —señaló él— que sé quién es usted. Y me permito añadir que la admiro profundamente.

Ella le dedicó una prolongada mirada de sus ojos espléndidos.

—¿Me ha visto actuar?

—Sí, el mes pasado estuve en Londres.

—Una obrita interesante, ¿verdad?

—Sólo porque usted la hizo interesante.

Cuando el camarero se presentó con la cuenta, Julia tuvo que insistir en pagar su parte. El español la acompañó al vagón y, una vez allí, dijo que recorrería el tren para tratar de encontrarle una cama. Volvió al cabo de un cuarto de hora con un revisor y le anunció que le había conseguido un compartimiento en el coche-cama; si le daba sus maletas al hombre, él mismo la acompañaría. Julia estuvo encantada. Él arrojó su sombrero sobre el asiento que ella desocupó y la precedió por el pasillo. Cuando llegaron al compartimiento, el caballero indicó al revisor que llevara la valija y el baúl al vagón que la señora acababa de dejar.

—Pero ¿no estará cediéndome su propio compartimiento, verdad? —exclamó Julia.

—No había otro en todo el tren.

—¡Oh, no puedo permitirlo!

—*Allez* —dijo el español al ferroviario.

—No, no.

Obedeciendo un gesto del desconocido, el revisor se llevó el equipaje.

—No tiene importancia. Yo soy capaz de dormir en cualquier parte, pero no podría pegar ojo si supiese que una artista tan magnífica se ve obligada a pasar la noche en un compartimiento sofocante, con tres personas más.

Julia continuó protestando, aunque no demasiado. Qué amabilísimo de su parte; no sabía cómo agradecérselo. Ni siquiera le dejaba pagar el coche-cama. Él le rogó, casi con lágrimas en los ojos, que le concediera el gran privilegio de hacerle aquel obsequio insignificante. Julia sólo llevaba consigo un neceser en el que guardaba las cremas faciales, un camisón y los enseres de tocador; el desconocido se apresuró a poner todo eso en la mesilla. Su admirador sólo le pidió que le permitiera sentarse a su lado para fumar un par de cigarrillos hasta que a ella le apeteciese acostarse. Julia no pudo por menos de aceptar. La cama ya estaba preparada y se acomodaron en ella. Al cabo de unos minutos el revisor volvió con una botella de *champagne* y dos copas. Aquélla era una extraña aventurilla y Julia la estaba disfrutando. Su admirador se mostraba extraordinariamente cortés. ¡Ah, esos extranjeros!, ellos sí que sabían tratar a una gran actriz. Por supuesto, cosas semejantes le sucedían a la Bernhardt cada día. Y cuando la Siddons entraba en un salón todo el mundo se ponía de pie como si fuera un miembro de la realeza. Él la felicitó por su perfecto francés. ¿Nacida en Jersey y educada en Francia? ¡Ah!, aquello lo explicaba todo. Pero ¿por qué no había elegido actuar en el teatro francés, en lugar de en el inglés? De haberlo hecho, sin duda gozaría de tanta fama como la Duse. Sí, le recordaba a la Duse, los mismos ojos espléndidos, la misma tez pálida, la misma emoción y aquella naturalidad maravillosa en sus interpretaciones.

Bebieron la mitad de la botella y Julia advirtió que era ya muy tarde.

—Creo que debería acostarme enseguida.

—Pues voy a dejarla.

Él se levantó y le besó la mano. Cuando se hubo marchado, Julia corrió el pestillo y se desvistió. Apagó todas las luces menos la lamparilla que había detrás de su cabeza y se dispuso a leer. Al poco rato, llamaron a la puerta.

—¿Sí?

—Lamento molestarla. He olvidado el cepillo de dientes en el lavabo. ¿Me permite que lo coja?

—Ya estoy acostada.

—No soy capaz de dormir sin cepillarme los dientes.

«Vaya, en cualquier caso es un hombre limpio.»

Con un ligero encogimiento de hombros, Julia alargó la mano y descorrió el pestillo. Dadas las circunstancias, sería ridículo por su parte mostrarse gazmoña. Él entró, pasó al lavabo y salió enseguida, blandiendo un cepillo, que Julia ya había visto mientras se aseaba, pero pensó que pertenecía al ocupante del compartimiento contiguo. Por esa época, los departamentos anexos tenían un lavabo común. El español hizo como si inesperadamente se fijara en la botella.

—Estoy sediento. ¿Le importaría que tomara una copa más de *champagne*?

Julia guardó silencio un instante. El espumoso lo había comprado él y estaban en su compartimiento. «Bien —pensó—, de perdidos al río.»

—Claro que no.

El desconocido se sirvió la copa, encendió un cigarrillo y se sentó al borde de la cama. Ella se apartó un poco para dejarle más sitio. Él parecía encontrar la situación completamente natural.

—Le habría sido imposible pegar ojo en ese departamento —comentó—. Hay un individuo que respira de un modo muy ruidoso. Casi preferiría que roncase. Si roncara, uno podría despertarle.

—Cuánto lo siento.

—No se preocupe. Si las cosas van a peor, me enroscaré en el pasillo ahí delante de su puerta.

«¡No esperará que le pida que se quede a dormir conmigo! —pensó Julia—. Empiezo a creer que todo esto ha sido un ardid. ¡Ni soñarlo, señor mío!» Luego comentó en voz alta:

—Sería romántico, desde luego, pero incómodo.

—Es usted una mujer tremendamente atractiva.

Julia se alegró de lucir un camisón bonito y de no haberse untado la cara con crema. En realidad, ni se había molestado en quitarse el maquillaje. Sus labios tenían un brillante color escarlata y se daba perfecta cuenta de que, con la luz de la lamparilla detrás de ella, ofrecía un aspecto encantador. Con todo, replicó, irónica:

—Si cree que porque me haya cedido su compartimiento voy a dejarle dormir conmigo, se equivoca por completo.

—Lo que usted quiera, naturalmente, pero... ¿por qué no?

—No soy de esa clase de mujeres arrebatadoramente atractivas.

—¿Qué clase de mujer es, entonces?

—Una esposa fiel y una madre abnegada.

—Muy bien. —Exhaló un leve suspiro—. En ese caso, le deseo buenas noches.

Aplastó la colilla del cigarrillo en el cenicero y le cogió la mano y la besó. Después recorrió lentamente con los labios la cara interna de su antebrazo. Julia experimentó una curiosa sensación. Era la barba, que le producía un ligero cosquilleo. Después, él se inclinó sobre la cama y la besó en la boca. La barba despedía un ligero olor a humedad que se le antojó singular; no estaba segura de si le repugnaba o la atraía. Se dijo que, pensándolo bien, hasta entonces nunca la había besado un hombre barbudo. Le pareció extrañamente indecente. Él apagó la luz.

No la dejó hasta que un rayo de luz que se filtraba por una rendija de la cortinilla los avisó de que se hacía de día. Julia se sentía moral y físicamente perturbada.

«Cuando lleguemos a Cannes estaré hecha un auténtico adefesio.»

¡Y lo mucho que se había arriesgado! Él hubiera podido asesinarla, o robarle el collar de perlas. Al imaginar el peligro que había arrostrado, le recorrió un escalofrío. Él también se dirigía a Cannes. Si una vez allí revelaba que se conocían, ¿qué explicación daría ella a sus amistades? A Dolly él no le gustaría, eso seguro. Y a ella, tal vez tratara de hacerle chantaje. Por otro lado, ¿qué haría si él insistía en repetir el encuentro? Era un hombre apasionado, no cabía duda de ello; el desconocido le había preguntado dónde se alojaría y, si bien Julia no se lo había revelado, estaba convencida de que lo descubriría si se lo proponía; en un lugar como Cannes, resultaría casi imposible no cruzarse con él. Quizá la importunase. Si la amaba tanto como decía, era inconcebible que la dejara en paz y los extranjeros eran tan poco de fiar que tal vez le montase una escena terrible. El único consuelo era que el desconocido sólo se quedaría en Cannes durante la Semana Santa; ella fingiría estar agotada y le diría a Dolly que prefería quedarse tranquilamente en la villa.

—¿Cómo he podido ser tan estúpida? —exclamó, colérica.

Dolly acudiría a recibirla a la estación y si él cometía la indiscreción de acercarse a despedirse, explicaría a su amiga que el caballero le había cedido su compartimiento. Nada de malo había en eso y siempre era mejor contar tanta verdad como era posible. Pero en Cannes se apeó del tren una multitud de pasajeros y Julia salió de la estación y montó en el coche de Dolly sin vislumbrar al español.

—No he hecho ningún plan para hoy —comentó Dolly—. He pensado que estarías cansada y quería tenerte para mí sola, al menos durante veinticuatro horas.

Julia le apretó afectuosamente el brazo.

—Me parece un plan maravilloso. Nos quedaremos en la villa, nos embadurnaremos la cara y charlaremos un buen rato.

Pero al día siguiente Dolly había decidido que saldrían a almorzar, y tenían que encontrarse con sus invitados en uno de los bares de la Croisette donde tomarían unos cócteles. Hacía un día espléndido, claro, cálido y soleado. Cuando se apearon del coche, Dolly se detuvo a dar instrucciones al *chauffeur* para que las recogiera y Julia la esperó. De repente, el corazón le dio un vuelco cuando vio que el español avanzaba hacia ella flanqueado por una mujer a la que daba el brazo y por una niña pequeña a la que asía de la mano. Julia no tuvo tiempo de volverse de espaldas porque en aquel momento Dolly regresó junto a ella para echar a andar por la acera. El hombre llegó a su altura, le dedicó una mirada en la que no había el menor asomo de reconocimiento y continuó caminando en animada conversación con la mujer que lo acompañaba. En un relámpago de intuición, Julia comprendió que tenía tan pocas ganas de encontrársela como ella de verlo a él. Aquella mujer y la niña eran sin duda su esposa y su hija, con las que había ido a reunirse en Cannes para pasar juntos la Pascua. ¡Qué alivio! Ahora sí que ella podría disfrutar de su estancia sin temor. Con todo, mientras acompañaba a Dolly hasta el bar, recapacitó sobre lo odiosos que resultaban los hombres. No podía una fiarse ni un ápice de ellos. Era un escándalo que un hombre que tenía una esposa encantadora y una hija tan bonita y dulce se dedicara a seducir a otra mujer en un tren. Sería de esperar que los varones tuvieran algún sentido de la decencia.

No obstante, con el paso del tiempo la indignación se aplacó y Julia llegó a recordar la aventura con una buena dosis de deleite, pues, al fin y al cabo, había resultado divertida. En ocasiones se dejaba llevar por sus ensoñaciones y revivía los detalles de aquella noche singular. El desconocido había sido un amante muy atento. Cuando fuera anciana le gustaría recordar aquel episodio. Lo que la había impresionado tanto había sido la barba, la extraña sensación que le había producido el contacto con su rostro y aquel leve olor a humedad que resultaba repulsivo y, a la vez, extrañamente excitante. Durante años Julia continuó fijándose en los hombres barbudos y tenía la sensación de que, si alguno le hacía proposiciones, sería incapaz de resistirse. Sin embargo, eran ya escasos los que se dejaban la barba —por fortuna para ella, pues sólo con ver uno ya le flojeaban las rodillas— y ninguno de ellos le hizo nunca proposiciones amorosas.

Le hubiera gustado averiguar la identidad del español. Volvió a verlo un par de días más tarde, jugando al *chemin de fer* en el casino, y preguntó a dos o tres personas si lo conocían. Nadie supo darle razón y el desconocido quedó en su recuerdo, y en lo más íntimo de sí misma, desprovisto de un nombre. Qué curiosa coincidencia, rayana en lo cómico, que tampoco supiera cómo se llamaba el otro joven que esa tarde se había comportado de un modo tan inesperado.

«Si hubiera sabido de antemano que iban a tomarse libertades conmigo, al menos les habría pedido su tarjeta de visita.»

Con este pensamiento, se quedó plácidamente dormida.

13

Al cabo de unos días, una mañana en que Julia estaba tumbada en la cama leyendo un guión, la llamaron desde el sótano para preguntarle si quería hablar con el señor Fennell. El nombre no le decía nada y estaba en un tris de negarse cuando se le ocurrió que acaso se tratara del joven con quien había tenido aquella aventura. La curiosidad la movió a pedir que le pasaran la llamada, y enseguida reconoció su voz.

—Me prometiste que me telefonearías —dijo él—, y como me he cansado de esperar, pues te he llamado yo.

—Estos últimos días he estado terriblemente ocupada.

—¿Y cuándo voy a verte?

—En cuanto disponga de un momento libre.

—¿No podría ser esta misma tarde?

—Hoy tengo función de tarde, precisamente.

—Pues ven a tomar el té cuando termines.

Julia sonrió. «No, jovencito —pensó—, no me vas a pescar por segunda vez de esa manera.»

—No creo que pueda —respondió—. Siempre me quedo en el camerino y descanso hasta la función de la noche.

—¿Y no puedo pasar a verte mientras descansas?

Ella dudó unos instantes. Tal vez lo mejor sería acceder; como Evie estaría entrando y saliendo y la señorita

Phillips acudiría a darle el masaje a las siete, no tendrían ocasión de hacer bobadas y sería una buena oportunidad para decirle amistosamente —porque era un encanto de muchacho— pero con firmeza que el incidente del otro día no iba a repetirse. Con unas cuantas palabras bien escogidas le explicaría que era un disparate y que tenía que hacerle el favor de borrar el episodio de su memoria.

—Muy bien. Ven a las cinco y media y te invitaré a una taza de té.

En su ajetreada vida, el rato que mayor placer le proporcionaba eran esas tres horas que pasaba en el camerino entre la función vespertina y la de la noche. Los demás miembros de la compañía se marchaban y allí sólo quedaban Evie, para atender a sus necesidades, y el portero, para proteger su intimidad. El camerino era como el camarote de un barco. El mundo parecía quedar muy lejos y Julia disfrutaba de su aislamiento. Experimentaba una maravillosa sensación de libertad. Echaba una cabezada, leía un poco o, tumbada en el sofá, dejaba vagar sus pensamientos. Meditaba sobre el personaje que estaba interpretando y sobre los papeles que más le habían gustado entre todos los que había representado en el pasado. Pensaba en Roger, su hijo. Unas agradables ensoñaciones discurrían por su mente como unos amantes que pasearan por un verde bosque. Le cautivaba la poesía francesa y a veces recitaba versos de Verlaine.

A las cinco y media en punto entró Evie con una tarjeta en la mano.

—El señor Thomas Fennell —leyó.

—Hazlo pasar y trae el té.

Julia había decidido cómo iba a tratarlo. Se mostraría cordial pero distante. Se tomaría un interés amistoso por su trabajo y le preguntaría por los exámenes. Luego le hablaría de Roger, que ya tenía diecisiete años y el curso siguiente ingresaría en Cambridge. Insinuaría que ella tenía la edad suficiente para ser su madre. Fingiría que nunca había sucedido nada entre ellos y él se marcharía para no verla nunca más salvo en el escenario, medio convencido de que todo el asunto había sido producto de su imaginación. Sin embargo, cuando lo vio, tan delgado, con su rubor febril y sus ojos azules, encantadoramente juvenil, sintió una punzada repentina de emoción. Evie cerró la puerta detrás de él. Julia estaba recostada en el sofá y extendió la mano con la sonrisa afable de madame Récamier, pero él se arrodilló a su lado y la besó apasionadamente en la boca. Incapaz de contenerse, ella le echó los brazos al cuello y lo besó con la misma pasión. «Oh, Dios mío, mis buenos propósitos... ¿Será que me he enamorado de él?», se preguntó.

—Siéntate, por el amor de Dios. Evie va a entrar con el té.

—Pues dile que no nos moleste.

—¿Qué es lo que pretendes? —Lo que pretendía era obvio, y el corazón empezó a latirle con fuerza—. Es ridículo. No puedo. ¿Y si entra Michael?

—Te deseo.

—¿Qué crees que pensaría Evie? Sería una idiotez correr semejante riesgo. No, no, no.

Llamaron a la puerta y Evie entró con el té. Julia le indicó que acercara la mesa al sofá y pusiera una silla al otro lado para el joven. Retuvo a Evie con una charla innecesaria y notó que, con la vista fija en ella, él seguía con atención todos sus gestos y las expresiones de su rostro; Julia procuró evitar sus ojos, pero captó su ansiedad y la vehemencia de su deseo. Estaba turbada y le pareció que su voz no sonaba natural.

«¿Qué demonios me pasa? Dios, si casi no puedo respirar.»

Cuando Evie llegó a la puerta, el chico hizo un gesto tan instintivo que Julia lo captó más con su sensibilidad que con la vista. Lo miró y advirtió que había palidecido.

—Oh, Evie —dijo—. Este caballero ha venido a hablarme de una obra suya. Que nadie nos moleste. Ya te llamaré, si te necesito.

—Muy bien, señora.

Evie salió y cerró la puerta.

«Soy una necia —pensó Julia—. Una necia. ¡Oh, maldición!»

Él retiró la mesa, se arrodilló y ella lo abrazó.

Lo despidió poco antes de la hora en que debía llegar la señorita Phillips, y mientras él se marchaba, llamó a Evie.

—¿Qué tal la obra? —preguntó ésta.

—¿Qué obra?

—La obra de la que él ha venido a hablarle.

—Es un chico listo. Claro que es muy joven.

Evie estaba observando el tocador. Julia quería que todo estuviera siempre en el mismo sitio, y si un tarro de crema o el lápiz de ojos no se hallaban exactamente donde debían, montaba una escena.

—¿Y su peine?

El joven lo había utilizado antes de marcharse y, en un descuido, lo había dejado en la mesita del té. Evie lo localizó y se quedó mirándolo, pensativa.

—¿Cómo demonios habrá llegado hasta aquí? —comentó Julia en tono festivo.

—Es lo que me estaba preguntando —respondió la criada.

Julia se sintió alarmada. Tener esta clase de intimidad en un camerino era una locura, por supuesto, y ni siquiera había llave en la cerradura. Era Evie quien la guardaba. Pero al mismo tiempo, el riesgo había añadido emoción al encuentro. Le hacía gracia pensar que podía ser tan insensata. En cualquier caso, habían concertado una cita. Tom —Julia le había preguntado cómo lo llamaban en casa y él le había dicho que Thomas, pero ella no debía llamarlo de aquella manera—, Tom quería llevarla a cenar a algún sitio donde pudieran bailar, y daba la casualidad de que Michel iba a pasar una noche en Cambridge para ensayar unas comedias de un solo acto escritas por los estudiantes, de modo que tendrían la ocasión de estar unas horas juntos.

—Podrás regresar a casa a la hora del lechero —había dicho él.

—¿Y la función del día siguiente?

—No vamos a preocuparnos por eso.

Julia no quiso que él pasase a recogerla por el teatro y cuando llegó al restaurante en el que se habían citado, Tom la esperaba en el vestíbulo. Nada más verla, su rostro se iluminó.

—Se estaba haciendo tan tarde que temí que no vinieras.

—Lo siento; después de la obra, han venido a verme unos pesados y no he podido librarme de ellos.

No era cierto. Toda la noche había estado tan excitada como una muchacha antes de asistir a su primer baile. No pudo evitar decirse que se estaba comportando de un modo ridículo. Pero cuando se hubo quitado el maquillaje de escena y quiso embellecerse de nuevo el rostro, nada le satisfacía. Se puso sombra azul en los párpados y se la quitó, se dio colorete en las mejillas y se lo frotó para probar después otro color.

—Pero ¿qué está intentando hacer? —preguntó Evie.

—Tratar de aparentar que tengo veinte años, idiota.

—Pues como siga intentándolo, aparentará tener su verdadera edad.

Julia nunca había visto a Tom vestido de etiqueta. Estaba hecho un pincel. Aunque era de estatura corriente, su delgadez lo hacía parecer muy alto. A ella la conmovió observar que, pese a todos sus aires de hombre de mundo, se mostraba tímido con el *maître* a la hora de ordenar la cena. Bailaron, y aunque él no bailaba muy bien, a Julia aquella ligera torpeza se le antojó fascinante. La gente la reconocía y notó que el muchacho gozaba con la gloria que denotaban las miradas fijadas en ellos. Una pareja joven que había estado bailando se acercó a la mesa a saludarlos. Cuando se marcharon, él preguntó:

—¿Ésos no son Lord y Lady Dennorant?

—Sí. Conozco a George desde que iba a Eton.

—Y ella era Lady Cecily Laweston, ¿verdad?

—Lo he olvidado. No lo sé.

A ella no parecía interesarle. Al cabo de un rato otra pareja pasó junto a ellos.

—Mira, ahí está Lady Lepard —dijo Tom.

—¿Quién es?

—Hace unas semanas dieron una gran fiesta en Cheshire a la que asistió el príncipe de Gales, ¿no te acuerdas? Salió en el *Bystander*.

Oh, así era como conseguía toda su información... Pobrecito. Leía las notas de sociedad sobre personas distinguidas y, de vez en cuando, en un restaurante o en un teatro, las veía en carne y hueso. Para él resultaba emocionante, por supuesto. Un mundo fabuloso. Si supiera lo aburridos que eran en realidad... Aquella pasión inocente por las personas cuyas fotos aparecían en las revistas ilustradas delataba que era increíblemente ingenuo, y Julia lo miró con ternura.

—¿Has llevado a cenar a alguna actriz, antes que a mí?

Él se puso como la grana.

—No, nunca.

A Julia le hacía maldita la gracia que él pagara la cuenta, ya que intuía que el importe equivaldría a lo que cobraba en una semana, pero sabía que si se ofrecía a pagar ella, le heriría en su orgullo. Le preguntó qué hora era y Tom se miró instintivamente la muñeca.

—Oh, he olvidado ponerme el reloj.

Ella le lanzó una mirada inquisidora.

—¿Lo has empeñado?

El joven se ruborizó de nuevo.

—No, esta noche me he vestido muy deprisa.

Sólo con fijarse en el nudo impecable de la corbata Julia advirtió que no era verdad. Él le estaba mintiendo y supo que había empeñado el reloj a fin de poder invitarla a cenar. Se le hizo un nudo en la garganta y habría querido abrazarlo y besarle aquellos ojos azules allí mismo. Lo adoraba.

—Marchémonos —dijo ella.

Tomaron un taxi y fueron a la habitación de él en Tavistock Square.

14

Al día siguiente, Julia se dirigió a Cartier y compró un reloj para mandárselo a Tom Fennell a cambio del que había empeñado, y dos o tres semanas después, cuando se enteró de que celebraba su aniversario, le envió una pitillera de oro.

—Es algo que había deseado tener toda la vida, ¿sabes? —comentó él.

Julia se preguntó si había lágrimas en sus ojos. Él la besó apasionadamente.

Luego, con una excusa u otra, Julia le envió una aguja para la solapa y unos gemelos y unos botones de perla para el chaleco. Hacerle obsequios la fascinaba.

—Y yo no puedo darte nada a cambio. Es terrible... —dijo él.

—Dame el reloj que empeñaste para invitarme a cenar.

Era un relojito de oro que no podía costar más de diez libras, pero a ella la divertía ponérselo de vez en cuando.

Julia no se confesó que se había enamorado de Tom hasta después de la noche en que cenaron juntos por primera vez. El descubrimiento la conmocionó pero, al mismo tiempo, se sintió alborozada.

«Yo que creía que no volvería a enamorarme nunca más... Esto no puede durar, por supuesto, pero ¿por qué no he de sacar de ello toda la diversión que pueda?»

Decidió que él tenía que aparecer otra vez por Stanhope Place. No tardó mucho en presentarse la oportunidad.

—¿Te acuerdas de ese contable tuyo? —le dijo a Michael—. Se llama Tom Fennell. La otra noche me lo encontré en una cena y lo he invitado a la cena del domingo por la noche. Nos faltaba un caballero.

—Pero ¿no crees que se sentirá fuera de lugar?

Fue una fiesta muy distinguida. Lo había invitado precisamente por eso. Pensó que le gustaría conocer en carne y hueso a algunas de esas personas cuyos rostros sólo había visto en las fotos. Ya se había percatado de que el muchacho era un tanto esnob, lo cual ponía aún mejor las cosas; podía presentarle a toda la gente de buen tono que él quisiera. Con su sagacidad, Julia se daba perfecta cuenta de que Tom no estaba enamorado de ella, sino que aquella aventura le halagaba la vanidad. Era un joven con unas pulsiones sexuales muy fuertes y que gozaba mucho del acto carnal. Por alusiones e historias que ella le había sonsacado, había descubierto que desde los diecisiete años había estado con muchas mujeres. Le atraía el acto en sí antes que la persona, y lo consideraba el más divertido del mundo. Julia comprendía cuál era el motivo de que tuviese tanto éxito. Su delgadez tenía algo que seducía, su cuerpo era poco más que piel y huesos, y precisamente por eso la ropa le caía tan bien, y además había algo muy seductor en su limpia lozanía. Su timidez y su descaro combinados lo hacían irresistible. Para una mujer, resultaba extrañamente halagador verse tratada como una insignificante bagatela que uno podía tumbar a su capricho en la cama.

«Lo que tiene, naturalmente, es atractivo sexual.»

Julia sabía que la apostura de Tom se debía a su juventud. Cuando madurase se marchitaría y se le vería reseco y ojeroso; el delicioso rubor de sus mejillas se convertiría en unas manchas purpúreas y su delicada piel se volvería amarillenta y se llenaría de arrugas. Sin embargo, la certeza de que lo que le gustaba de él duraría tan poco la enternecía y le inspiraba una extraña compasión. Tom poseía la fogosidad de la juventud y Julia la absorbía con fruición, lo mismo que un gatito se harta de leche. Pero Tom carecía de gracia y, si bien reía cuando ella decía algo divertido, nunca se le ocurría nada jocoso. A Julia no le importaba y su insipidez le resultaba relajante. Nunca se había sentido tan alegre en compañía de nadie y podía ser ingeniosa por los dos.

La gente no cesaba de comentarle que parecía diez años más joven y que nunca había actuado tan bien. La propia Julia se percataba de ello y sabía cuál era la razón, pero le convenía obrar con cautela y no perder la cabeza. Charles Tamerley siempre repetía que una actriz no necesitaba inteligencia sino sensibilidad, y acaso tuviera razón; tal vez ella no fuese muy brillante, pero sus sentimientos siempre estaban alerta y confiaba en ellos. En ese momento la prevenían de que no debía confesar jamás a Tom que lo amaba. Tuvo buen cuidado en dejarle claro que no le exigía nada y que era libre de hacer lo que le viniese en gana. Con aquella actitud, le demostraba que su relación era una nadería a la que ninguno de los dos debía dar mayor importancia. Sin embargo, hizo todo lo posible para atarlo a ella. A Tom le gustaban las fiestas y a fiestas lo llevó. Julia logró que Dolly y Charles Tamerley lo convidaran a almorzar y, como le gustaba bailar, le consiguió invitaciones a bailes. Para complacerlo, ella también se quedaba cosa de una hora y notaba la satisfacción que sentía Tom al constatar lo pendiente de ella que estaba la gente. Consciente de que los personajes de la alta sociedad lo deslumbraban, lo presentó a unos cuantos. Por fortuna, Michael le tomó afecto al muchacho. Al primero le gustaba mucho hablar, y Tom sabía escuchar. Realizaba con inteligencia su trabajo y un día Michael le dijo a Julia:

—Un tipo listo, este Tom. Sabe muchísimo de impuestos. Me ha enseñado la manera de ahorrarme doscientas o trescientas libras en la próxima declaración.

A menudo, en su búsqueda de nuevos talentos, Michael se llevaba consigo a Tom al teatro, ya fuera en Londres o en los suburbios. Luego, pasaban a recoger a Julia después de su función y salían a cenar los tres. Los domingos, de vez en cuando, Michael lo invitaba a jugar al golf y si ese día no había ningún convite, lo llevaba a comer a casa.

—Tener cerca a un joven como ése resulta muy ventajoso —decía—. Evita que uno se apolille.

La presencia de Tom en la casa también era muy grata. Jugaba al backgammon con Michael o hacía solitarios con Julia, y cuando ponían música en el gramófono, siempre se encargaba de cambiar los discos.

—Sería un amigo perfecto para Roger —dijo Michael un día—. Tom es muy sensato y parece mucho más maduro que él. Ejercería una buena influencia sobre nuestro hijo. ¿Por qué no le pides que venga a pasar sus vacaciones con nosotros?

«Por fortuna, soy una buena actriz», pensó Julia. Sin embargo, le costó bastante disimular la alegría en la voz y evitar que su rostro delatase el alborozo que le hacía latir el corazón con tanta violencia.

—No es mala idea —respondió—. Si quieres, se lo pediré.

La obra que representaban iba a mantenerse en cartel todo el mes de agosto y Michael alquiló una casa en

Taplow. Julia tendría que ir a Londres para sus funciones, y Michael cuando sus negocios lo requirieran, pero ella podría pasar el día en el campo y también los domingos. Tom, que tenía dos semanas de vacaciones, se apresuró a aceptar la invitación.

No obstante, un día, Julia notó que estaba desacostumbradamente callado. Se le veía pálido y su buen humor lo había abandonado. Sin duda le ocurría algo, pero Tom no quiso contárselo; lo único que le dijo fue que estaba muy preocupado. Al final ella le obligó a confesar que había contraído deudas y que los acreedores lo acosaban. La vida a la que Julia lo había arrastrado le había forzado a gastar más dinero del que tenía y, avergonzado de su ropa barata en las suntuosas fiestas a las que había asistido, había encargado unos trajes nuevos a un sastre caro. Con la esperanza de pagar sus deudas, había apostado a un caballo, pero sin suerte. La suma que debía, ciento treinta y cinco libras, era una cantidad muy pequeña para Julia, a quien le pareció absurdo que alguien se sintiera agobiado por semejante nimiedad. De inmediato anunció que le daría el dinero.

—Oh, no. No podría aceptarlo de una mujer.

Tom se ruborizó; la mera idea de que Julia le adelantara esos fondos le avergonzaba. Ella utilizó todas sus artes de persuasión. Razonó, fingió sentirse agraviada, incluso lloró un poco y al final, como si de un gran favor se tratase, él accedió a que le prestase el dinero. Al día siguiente, Julia le mandó una carta en la que introdujo billetes de banco por valor de doscientas libras. Tom la telefoneó y le dijo que le había enviado más de lo que necesitaba.

—Oh, sé que todo el mundo miente con respecto a sus deudas —dijo ella entre risas—. Estoy segura de que debes más de lo que afirmas.

—Te prometo que no. Eres la última persona a quien mentiría.

—Entonces, guárdate el resto para cualquier gasto que surja. No soporto verte pagar la cuenta cuando salimos a cenar juntos, ni los taxis ni todas esas cosas.

—No, no puedo. Es tan humillante...

—¡Qué ridiculez! Ya has visto que tengo más dinero del que sabría gastar. ¿Vas a escatimarme la felicidad que me produce sacarte del aprieto?

—Es tan amable de tu parte... Y no sabes lo mucho que me tranquiliza. No sé cómo agradecértelo.

Sin embargo, su voz reflejaba aflicción. Pobrecito, tenía una mentalidad tan convencional... Pero Julia hubo de reconocer que darle dinero le despertaba una emoción que nunca había sentido; provocaba en ella una pasión asombrosa. Además tenía en mente otro plan para la quincena que Tom pasaría en Taplow y estaba convencida de que podía funcionar. Al principio, la habitación de Tom en Tavistock Square se le había antojado encantadora en su sordidez y el humilde mobiliario la había enternecido pero, con el tiempo, el cuchitril había perdido aquel atractivo sentimental. Un par de veces se había cruzado con otros inquilinos en la escalera y le había parecido que la miraban de un modo raro. Una asistenta bastante desaliñada se encargaba de limpiar la habitación de Tom y de prepararle el desayuno, y Julia tenía la sensación de que la mujer estaba al corriente de lo que sucedía y que la espiaba. Una vez, alguien había intentado abrir la puerta cerrada con llave y cuando ella había salido del piso, se había encontrado con la asistenta que sacaba el polvo de la barandilla del rellano. Ésta le dirigió una mirada hostil. Julia no soportaba el olor a comida rancia que impregnaba la escalera y sus ojos perspicaces no tardaron en advertir que la habitación de Tom distaba mucho de estar limpia; las cortinas cochambrosas, la alfombra desgastada y los muebles de mala calidad habían llegado a asquearla. Y quiso el azar que poco antes, Michael, siempre en busca de una buena inversión, hubiera comprado una hilera de antiguas cocheras cerca de Stanhope Place calculando que, si alquilaba las que no quería, la suya no le costaría nada. Encima de las cocheras había una serie de habitaciones que dividió en dos pisos pequeños, uno sería para su *chauffeur* y el otro pensaba arrendarlo. Este último seguía vacante y Julia le sugirió a Tom que lo tomara en alquiler. Sería estupendo. Ella podría escaparse a pasar juntos una hora cuando él regresara de la oficina; otras veces podría dejarse caer por allí después del teatro y nadie se enteraría. En ese pisito tendrían libertad. Le habló de lo divertido que sería amueblarlo. Estaba segura de que en su villa de Regent's Park tenían muchísimas cosas que no necesitaban y si él podía aprovecharlas, les haría un favor. Los demás enseres los comprarían juntos. A Tom le tentó la idea de tener todo un piso para él solo, pero eso no iba a ser posible; el alquiler, si bien reducido, no estaba a su alcance. Julia lo sabía. Tampoco ignoraba que si se ofrecía a pagárselo, él se negaría indignado. Pero se le había ocurrido que, durante aquellas dos semanas de solaz y lujo a orillas del río, lograría vencer sus escrúpulos. Veía lo mucho que le atraía el proyecto y se convenció de que encontraría algún medio para persuadirlo de que, si accedía a su propuesta, le estaría haciendo un favor.

«La gente no precisa de razones para hacer lo que le apetece; lo que necesita son excusas», reflexionó.

Julia esperaba con ansiedad la visita de Tom a Taplow. Sería maravilloso navegar juntos por el río por la mañana y sentarse por la tarde en el jardín. Como Roger estaría en casa, decidió que entre Tom y ella no debía haber intimidad alguna, la decencia no lo permitía, pero sería fabuloso pasar casi todo el día con él, y cuando ella tuviera función de tarde, el joven podría entretenerse con Roger.

Pero las cosas no sucedieron en absoluto como esperaba. Nunca se le había pasado por la cabeza que Roger y Tom se tomarían tanto afecto. Como se llevaban cinco años, Julia pensó —o habría pensado, si hubiera llegado a hacerlo— que Tom consideraría a Roger un chicuelo, muy simpático, desde luego, pero al que sólo se tiene en cuenta para pedirle que traiga o lleve eso o lo otro, y a quien se envía a jugar a otra parte cuando uno ya no quiere ocuparse más de él. Roger tenía diecisiete años y era un muchacho de pelo rojizo, ojos azules y aspecto agradable, pero poco más podía decirse de él. No tenía la vivacidad ni la versatilidad de expresión de su madre, ni la belleza de rasgos de su padre. Julia se sentía un tanto decepcionada con él. De pequeño, en la época en que no cesaban de fotografiarlos juntos, era un niño encantador, pero con el paso del tiempo se había vuelto flemático y tenía un aspecto serio. En realidad, si una lo examinaba con atención, lo único que tenía bonito eran los dientes y el cabello. Julia lo quería mucho, pero no podía por menos de considerarlo un poco insulso. Cuando se quedaba a solas con él, el tiempo se le hacía largo. Julia trataba de mostrar un vivo interés por las cuestiones que creía que debían interesarlo, como el críquet y demás, pero él nunca tenía gran cosa que decir al respecto. Julia temía que no fuese muy inteligente.

«Claro que todavía es muy joven —se decía, esperanzada—. Cuando vaya madurando mejorará.»

Desde que a los ocho años empezó a asistir a la escuela privada, su madre lo veía muy poco. Durante las vacaciones, ella siempre actuaba de noche y el chico salía con su padre o con un amigo; y los domingos, Roger y su padre jugaban al golf. Si por casualidad Julia almorzaba fuera, durante dos o tres días únicamente lo veía unos minutos por la mañana, cuando él iba a saludarla a su dormitorio. Era una lástima que ya no fuese aquel chiquillo tan mono que jugaba en su habitación sin molestarla y que se dejaba fotografiar, sonriendo a la cámara y abrazado a su madre. Desde que ingresó en Eton, Julia lo visitaba de vez en cuando y tomaba el té con él. Le halagaba que tuviera fotografías suyas en el dormitorio y era consciente de que, cuando ella aparecía en el selecto colegio, su presencia causaba un pequeño alboroto, y el señor Brackenbridge, en cuya casa Roger se alojaba, se mostraba atentísimo con ella. Cuando terminó aquel semestre, Michael y Julia ya se habían trasladado a Taplow y Roger se dirigió directamente allí. Julia lo acogió besándole con emoción, aunque comprobó que el hecho de regresar a casa no lo hacía tan feliz como ella había esperado. Roger se lo tomaba con indiferencia y parecía haberse vuelto, de la noche a la mañana, un hombre de mundo.

Enseguida le expuso a Julia que quería dejar Eton en Navidad, puesto que creía que allí ya había aprendido todo cuanto podían enseñarle, para ir a Viena y quedarse unos meses en la ciudad estudiando alemán antes de matricularse en Cambridge. Michael deseaba que ingresara en el ejército, pero Roger no quiso ni oír hablar de eso. Aún no había decidido qué quería ser. Tanto Julia como Michael habían vivido obsesionados por el miedo de que pretendiera dedicarse al teatro, pero al parecer no sentía ninguna afición por la escena.

«Y de todas formas, no sería un buen actor», pensaba Julia.

Roger llevaba su propia vida. Salía en barca por el río

y se tumbaba a leer en el jardín. El día que cumplió diecisiete años, Julia le regaló un elegante coche de dos plazas con el que recorría la comarca a una velocidad de vértigo.

«Lo que me consuela —se decía Julia—, es que no molesta. Parece muy capaz de divertirse solo.»

Los domingos recibían a muchos invitados, actores y actrices, algún que otro escritor y unos cuantos de sus amigos de más alcurnia. Julia se divertía mucho y se felicitaba de que a todos les gustara acudir a sus fiestas. El primer domingo después de la llegada de Roger hubo una numerosa concurrencia. El chico se mostró muy cortés con los invitados, y cumplió con su deber de anfitrión como un hombre de mundo, pero a Julia le pareció que se mantenía algo distante, como si interpretase un papel que no le cuadraba. Tuvo la desagradable sensación de que su hijo no aceptaba a todas aquellas personas sino que las juzgaba con frialdad. No parecía tomarse en serio a ninguna de ellas.

Tom había quedado en ir a la casa el sábado siguiente, y Julia acudió a recogerlo en coche a la salida de la función. Era una noche de luna y a aquella hora las carreteras estaban vacías. El trayecto fue delicioso y a Julia le habría gustado que no terminase nunca. Se acurrucó a su lado y él la besó en la oscuridad.

—¿Eres feliz? —le preguntó ella.

—Muchísimo —respondió Tom.

Michael y Roger ya estaban acostados, pero la cena los esperaba en el comedor. El silencio de la mansión les hizo sentir que estaban allí clandestinamente. Habrían podido ser una pareja de vagabundos que de noche se habían colado en una casa desconocida en la que habían encontrado una abundante colación preparada para ellos. Resultaba romántico y tenía cierto aire de cuento de *Las mil y una noches.* Julia le enseñó su habitación, que era contigua a la de Roger, y luego fue a acostarse. A la mañana siguiente despertó tarde. Hacía un tiempo magnífico. A fin de tener a Tom para ella sola, aquel día no había invitado a nadie. Desayunó y tomó un baño. Se puso un vestido blanco que le sentaba muy bien y era perfecto para la soleada orilla del río, y se encasquetó un gran sombrero de paja roja cuyo color prestaba un tono encendido a su rostro. Se maquilló muy poco, se miró al espejo y sonrió con satisfacción. Estaba muy bonita y parecía muy joven. Bajó tranquilamente al jardín, y en la amplia extensión de césped que llegaba hasta el río encontró a Michael, a solas, rodeado de la prensa del domingo.

—Creía que te habías marchado a jugar al golf.

—No, han ido los chicos. He pensado que se divertirían más si les permitía ir solos. —Esbozó una de sus cordiales sonrisas—. Son demasiado activos para mí. A las ocho de la mañana ya estaban bañándose en el río y en cuanto han terminado de desayunar, han salido disparados en el coche de Roger.

—Celebro que se hayan hecho amigos.

Julia lo decía de corazón. Le decepcionaba un poco no poder navegar en el río con Tom, pero deseaba que Roger le tomase cariño. Barruntaba que su hijo solía poner reparos a la hora de aceptar a sus conocidos y, al fin y al cabo, a ella le quedaban quince días para estar con Tom.

—Para serte franco —comentó Michael—, me han hecho sentir que ya soy muy madurito.

—¡Tonterías! Eres mucho más guapo que ellos, cariño, y lo sabes.

Michael adelantó la barbilla y escondió la tripa.

Los muchachos no regresaron hasta que el almuerzo estuvo casi a punto.

—Lamento llegar tarde —se disculpó Roger—. Había una multitud y tuvimos que esperar prácticamente en todos los hoyos. Hemos quedado empatados.

Estaban hambrientos y sedientos y se mostraban alegres y satisfechos de sí mismos.

—Es fantástico que hoy no vengan invitados —prosiguió el chico—. Temía que la casa estuviera llena de gente y tuviésemos que comportarnos como unos caballeros.

—He pensado que no nos vendría mal un descanso —explicó Julia.

Roger le lanzó una mirada.

—Sí, te sentará bien, mamá. Se te ve terriblemente fatigada.

«¡Qué oportuno! Pero debo fingir que no me importa. Gracias a Dios que soy una actriz.»

Soltó una alegre carcajada.

—No he podido dormir en toda la noche pensando qué demonios vamos a hacer con tus granos.

—Ya lo sé, son horribles, ¿verdad? Tom dice que él también los tuvo.

Julia miró a Tom. Con su polo de tenis desabrochado, el cabello alborotado y el rostro ya enrojecido por el sol, se le veía increíblemente joven. De hecho, no parecía mayor que Roger.

—De todos modos, se le va a pelar la nariz —prosiguió Roger, riendo entre dientes—. Entonces estará horrible.

Julia se sintió un poco inquieta. Le parecía que Tom se había quitado años de encima y que era contemporáneo de Roger no sólo en edad. Los muchachos no pararon de decir tonterías, comieron en abundancia y bebieron jarra tras jarra de cerveza. Michael, que comía y bebía con la misma frugalidad de siempre, los observaba divertido. Le agradaban su juventud y buen humor. Julia pensó que era igual que un perro viejo que, tumbado al sol, golpea el suelo con el rabo mientras contempla a un par de cachorros que retozan a su alrededor. Luego salieron al jardín a tomar el café. A Julia le resultó muy agradable sentarse allí a la sombra, mirando el río. Tom estaba esbelto y elegante con sus pantalones largos blancos. Hasta entonces nunca lo había visto fumar en pipa, y se le antojó extrañamente enternecedor, pero Roger se mofó de él.

—¿Por qué fumas? ¿Para dártelas de hombre o porque te gusta?

—Cierra el pico —dijo Tom.

—¿Has terminado el café?

—Sí.

—Pues entonces, vamos al río.

Indeciso, Tom miró a Julia y Roger, que lo advirtió, dijo:

—Oh, no te preocupes por mis respetados padres: tienen la prensa dominical para entretenerse. Mamá acaba de regalarme una batea de regatas.

«No voy a perder los estribos —pensó Julia—. No voy a perder los estribos. ¿Por qué se me ocurriría regalarle una batea, estúpida de mí?»

—Muy bien —les dijo con una sonrisa condescendiente—, id al río, pero cuidado con caeros al agua.

—Caer al agua no nos haría ningún daño. Regresaremos a la hora del té. ¿Han marcado la cancha de tenis, papá? Queremos jugar un partido a última hora de la tarde.

—Se me ocurre que tu padre podría buscarse una pareja; de este modo podríais hacer un partido de dobles.

—Oh, no te preocupes. Los individuales son más divertidos y uno hace más ejercicio. —Se volvió hacia Tom—. A ver quién llega antes al cobertizo del amarre.

Tom se puso en pie de un salto y salió corriendo detrás de Roger. Michael cogió uno de los periódicos y buscó las gafas.

—Parece que han congeniado, ¿verdad?

—Yo diría que sí.

—Temía que Roger se aburriera, aquí, con nosotros dos por toda compañía. Le vendrá bien tener a alguien con quien jugar.

—¿Y no crees que es un tanto desconsiderado?

—¿Por lo del tenis, quieres decir? ¡Oh, querida! Me da lo mismo. Es natural que esos dos muchachos deseen jugar solos. Desde su punto de vista, no soy más que un viejo que les estropearía el partido. Al fin y al cabo, lo que importa de verdad es que se lo pasen bien.

Julia sintió una punzada de remordimiento. Michael era un hombre prosaico, muy apegado al dinero y vanidoso pero, en cambio, qué extraordinariamente amable y altruista se mostraba a menudo... No conocía la envidia y le producía auténtica satisfacción hacer feliz al prójimo, siempre y cuando no le costara dinero. Julia le leía el pensamiento como si de un libro abierto se tratase. Era cierto que jamás tenía un pensamiento original, pero tampoco indigno. Resultaba exasperante que con tantos atributos que lo hacían merecedor de su afecto, Julia se aburriera en su compañía.

—Creo que tú, como hombre, eres mejor que yo como mujer, cariño —dijo ella.

Michael le dedicó su sonrisa bondadosa y amable y sacudió levemente la cabeza.

—No, querida, yo tenía un buen perfil pero tú tienes talento.

Julia soltó una risilla. En cierto modo, era gracioso que la alabara un hombre que jamás sabía de lo que ella estaba hablando. Pero ¿a qué se refería la gente cuando decía que una actriz tenía talento? Julia se había preguntado a menudo qué era lo que la había llevado a destacar tanto entre sus contemporáneas. No le habían faltado los detractores y en alguna ocasión la gente la había comparado desfavorablemente con una u otra actriz que en aquel momento gozaba del favor del público, pero ya nadie discutía su supremacía. Era cierto que no poseía la fama mundial de las estrellas de cine. Julia había probado suerte en las películas, pero no había tenido éxito. Su rostro, tan dúctil y expresivo en el escenario, por alguna razón desconocida parecía difuminarse en la pantalla, y después de haberlo intentado una vez con la aprobación de Michael, se negó a aceptar las ofertas que de vez en cuando le llegaban. Aquella actitud digna le proporcionó una amplia publicidad. Sin embargo, Julia no envidiaba a las estrellas cinematográficas, que aparecían y desaparecían mientras ella perduraba. Cuando tenía ocasión, iba a ver la actuación de las primeras actrices en los teatros londinenses; siempre las ensalzaba generosamente y sus elogios eran sinceros. A veces las consideraba tan buenas que no se explicaba por qué la gente se entusiasmaba tanto con ella. Era demasiado inteligente para no saber lo mucho que la valoraba el público, pero siempre había sido modesta. No dejaba de sorprenderle que la gente se maravillase ante algo que ella había hecho con naturalidad y sin considerar siquiera que fuese posible hacerlo de otra forma. Los críticos admiraban su versatilidad. Elogiaban sobre todo su capacidad de introducirse en un personaje. Julia no se daba cuenta de que observaba adrede a la gente, pero cuando empezaba a estudiar un papel nuevo acudían a su memoria vagos recuerdos surgidos de quién sabe dónde y descubría que, sobre el personaje que iba a representar, estaba al tanto de las cosas que nunca había sospechado. Le resultaba conveniente pensar en algún conocido o incluso en alguien con quien se había cruzado por la calle o había visto en una fiesta. Combinando su propia personalidad con aquellas reminiscencias elaboraba un personaje basado en el guión pero enriquecido con su experiencia, con su conocimiento de la técnica y con su asombroso magnetismo. El público creía que sólo actuaba las dos o tres horas que estaba en el escenario e ignoraba que el personaje que interpretaba moraba todo el día en algún rincón de su mente, cuando hablaba con los demás aparentando que les prestaba toda la atención o mientras llevaba a cabo cualquier actividad en la que se ocupase. A menudo le parecía que era dos personas, la actriz, la favorita del público, la mujer mejor vestida de Londres, que en realidad era una sombra, y la mujer que encarnaba en escena, y que ésta era la sustancia.

«Que me aspen si sé qué es el talento —se decía—. Lo que sí sé es que daría cualquier cosa por tener dieciocho años.»

Sin embargo, sabía que eso no era cierto. Si le brindasen la oportunidad de retroceder en el tiempo, ¿aceptaría? No; a decir verdad, no. No era la popularidad, la fama, lo que le importaba, no era el hechizo con que subyugaba al público ni el amor auténtico que éste le profesaba, y aún menos era el dinero que todo ello le había aportado; era el poder que sentía en sí misma, el dominio del medio artístico; eso era lo que la cautivaba. Cuando asumía un papel, incluso uno que no fuera muy bueno, con unos diálogos estúpidos, valiéndose de su personalidad y de la destreza innata que poseía, era capaz de infundirle vida. Nadie podía hacer lo que ella con un personaje. A veces se sentía como Dios.

«Y además —pensó, risueña—, si yo tuviera dieciocho años, Tom no habría nacido.»

Al fin y al cabo, era perfectamente natural que a Tom

le gustase hacer deporte con Roger. Pertenecían a la misma generación, era su primer día de vacaciones y ella tenía que dejarlo disfrutar. Quedaban dos semanas por delante. Tom no tardaría en hartarse de pasar el día con un muchacho de diecisiete años. Roger era simpático pero aburrido, y Julia no permitía que el amor materno la cegara hasta el punto de no verlo. Debía esmerarse en ocultar que se sentía un tanto decepcionada. Desde el principio, había decidido que a Tom nunca le exigiría nada; sería terrible que él llegara a sentir que estaba en deuda con ella.

—Michael, ¿por qué no le alquilas a Tom ese piso de las cocheras? Ahora que ha aprobado el examen y lo han contratado de contable, no puede seguir viviendo en una sola habitación.

—No es mala idea. Se lo sugeriré.

—Además, te ahorrarías los honorarios de un agente de la propiedad. Lo ayudaremos a amueblarlo. Tenemos muchos cachivaches almacenados y tal vez sería mejor que los utilizara él, en vez de dejar que se enmohezcan en el desván.

Tom y Roger regresaron, tomaron una copiosa merienda y fueron a jugar al tenis hasta que oscureció. Después de la cena jugaron al dominó y Julia hizo una espléndida interpretación de una madre todavía joven que contempla embelesada a su hijo y al amigo de éste. Se acostó temprano y al cabo de un rato los muchachos subieron a sus habitaciones, que estaban justo encima de la de ella. Oyó que Roger entraba en la estancia de Tom, y se ponía a hablar; por las ventanas abiertas le llegó el rumor de una animada conversación. Exasperada, se preguntó qué tendrían que decirse a aquellas horas. Ninguno de los dos le había parecido nunca demasiado locuaz. Al cabo de un rato, la voz de Michael interrumpió aquel diálogo.

—Vamos, chicos, es hora de acostarse. Mañana seguiréis con vuestra charla.

Julia los oyó reír.

—Está bien, papá —gritó Roger.

—Sois un par de cotorras, eso es lo que sois.

Julia oyó de nuevo la voz de Roger.

—Bueno, amigo, que descanses.

—Hasta mañana, compañero —fue la respuesta espontánea de Tom.

«¡Idiotas!», pensó Julia, enfadada.

A la mañana siguiente, mientras desayunaba, Michael entró en su alcoba.

—Los muchachos han ido a jugar al golf a Huntercombe. Se proponen completar un par de recorridos y han preguntado si tenían que regresar para el almuerzo. Les he dicho que hicieran lo que les apeteciese.

—Pues a mí no acaba de gustarme la idea de que Tom utilice esta casa como si fuera un hotel.

—Oh, querida, no son más que un par de chiquillos. Dejemos que se diviertan.

Julia no vería a Tom en todo el día y si quería llegar a tiempo al teatro tenía que ponerse en camino a Londres entre las cinco y las seis. Era muy propio de Michael mostrarse tan ecuánime acerca de la cuestión, pero ella estaba dolida e incluso sentía ciertas ganas de llorar. Pensando en Tom se dijo que ella no debía importarle nada. A pesar de que había decidido que aquel día sería diferente del anterior, y al despertarse había resuelto ser tolerante y tomarse las cosas como vinieran, Julia no estaba preparada para recibir semejante bofetón en la cara.

—¿Ha llegado la prensa? —preguntó, malhumorada.

Aquella tarde condujo hasta la ciudad con rabia en el corazón.

Al día siguiente, las cosas no mejoraron. Los muchachos no se marcharon a jugar al golf pero se entretuvieron con un partido de tenis. Aquella actividad incesante irritaba profundamente a Julia. En pantalón corto y camisa de críquet, Tom no aparentaba más de dieciséis años. Como los jóvenes se bañaban tres o cuatro veces al día, Tom no conseguía alisarse el cabello que, en cuanto se le secaba, se desplegaba sobre su cabeza en indómitos rizos. Parecía más joven que nunca pero, oh, estaba tan encantador... Julia se sentía acongojada. Le parecía que la conducta de Tom había cambiado de manera extraña; al estar continuamente con Roger, se había despojado de su aura de joven mundano tan preocupado de su vestimenta, tan pendiente de llevar la prenda adecuada, y se había convertido de nuevo en un desaliñado escolar. En ningún momento llegó a delatar, ni con una expresión ni con una mirada, el hecho de que él y Julia fueran amantes. La trataba como si no fuera más que la madre de Roger. Con cada uno de sus comentarios, con su picardía, con sus delicadas atenciones, Tom le hacía sentir que pertenecía a otra generación. Su conducta no tenía nada de la cortés caballerosidad con que un joven suele tratar a una mujer fascinante; era la tolerante amabilidad con la que trataría a una tía solterona.

A Julia la irritaba que Tom siguiera dócilmente las iniciativas de un mozalbete mucho más joven que él. Eso indicaba falta de carácter, pero no lo hacía responsable de ello; la culpa era de Roger. El egoísmo de su hijo la repugnaba. Que fuera joven no lo justificaba en absoluto, y el que sólo le importara su propio placer sin pensar en el de los demás denotaba un temperamento deleznable. Carecía de tacto y era desconsiderado. Se comportaba como si la casa, sus padres y el servicio estuvieran allí para su conveniencia. A menudo Julia habría sido más dura con él, pero en presencia de Tom no se atrevía a adoptar el papel de madre sermoneadora. Y además, cuando alguien reprendía a Roger, éste tenía la exasperante costumbre de mostrarse profundamente ofendido, como si le hubieran azotado el trasero, de modo que el otro sentía que había sido cruel e injusto. Julia también sabía poner esa cara, esa expresión de los ojos que Roger había heredado. Ella la había utilizado una y otra vez en escena con un efecto conmovedor, sabiendo que no quería decir gran cosa, pero cuando la veía en el rostro del muchacho, la destrozaba. El mero hecho de pensar en esa expresión la llenó de ternura hacia él. Y aquel repentino cambio de sentimientos le reveló la verdad: estaba celosa de Roger, enormemente celosa. Ese descubrimiento le provocó una conmoción: no sabía si reír o avergonzarse. Reflexionó unos instantes.

«Ya me encargaré yo de desbaratarle los planes», se dijo.

No iba a permitir que el domingo siguiente fuera como el anterior. Por fortuna, Tom era un esnob. «Una mujer atrae a los hombres con su encanto y los retiene gracias a los vicios de ellos», murmuró, preguntándose si habría inventado el aforismo o lo recordaba de alguna obra en la que hubiese actuado.

A continuación dio instrucciones para que se hicieran unas cuantas llamadas telefónicas. Invitó a los Dennorant a pasar el fin de semana en Taplow. Charles Tamerley, que se encontraba en Henley, en casa de sir Mayhew Bryanston, el ministro de Hacienda, aceptó acudir el domingo con su anfitrión. Para entretenerlos, toda vez que sabía que las clases altas procuran no coincidir con lo que consideran gente bohemia, sino que prefieren encontrarse con artistas de una u otra clase, convidó también a Archie Dexter, el primer actor de la obra en la que ella trabajaba en aquel momento, y a su bonita esposa, que actuaba con el nombre de soltera, Grace Hardwill. Julia estaba casi segura de que la presencia de unos marqueses y un ministro del gabinete impresionaría a Tom, y éste no se marcharía a jugar al golf con Roger ni se pasaría la tarde en una batea. En una reunión de aquel tipo, Roger se vería relegado al papel que le correspondía, el de un escolar en el que nadie se fijaba, y Tom comprobaría lo deslumbrante que podía mostrarse ella cuando se tomaba la molestia. Saboreando anticipadamente su triunfo, consiguió soportar con entereza las jornadas que faltaban. Vio muy poco a Roger y a Tom. Los días que tuvo función vespertina no los vio, ya que cuando no estaban jugando a algo recorrían a toda velocidad la comarca en el dos plazas de Roger.

Después del teatro, Julia llevó en coche a los Dennorant a la villa de Taplow. Roger se había acostado, pero Michael y Tom los esperaban para cenar todos juntos. Fue una cena estupenda. Los criados también se habían ido a la cama y se sirvieron ellos mismos. Julia reparó en el tímido afán con el que Tom procuraba que los Dennorant tuviesen cuanto quisieran y en su presteza en echar una mano cuando hacía falta. Su cortesía parecía, en cierto modo, obsequiosa. Los Dennorant eran una pareja joven y sin pretensiones a la que jamás se le había ocurrido que su rango pudiera impresionar a nadie, y George Dennorant se sintió algo incómodo cuando Tom le retiró el plato sucio y le acercó uno limpio para el asado.

«Creo que mañana Roger se va a quedar sin golf», pensó Julia.

Estuvieron charlando y riendo hasta las tres de la mañana, y cuando Tom le dio las buenas noches, Julia observó que le brillaban los ojos, aunque ignoraba si debido al amor o al *champagne*. Él le estrechó la mano y le dijo:

—Ha sido una velada maravillosa.

Era ya bien entrada la mañana cuando Julia se presentó en el jardín, bellísima, con un vestido de organdí. Allí se encontró con Roger, instalado en una tumbona con un libro en las manos.

—¿Estás leyendo? —le preguntó, enarcando sus hermosas cejas—. ¿Cómo es que no has ido a jugar al golf?

Roger parecía un tanto irascible.

—Según Tom hoy hace demasiado calor.

—¿Ah, sí? Temía que te hubieras quedado por obligación para entretener a mis huéspedes. Pero seremos tantos que nos las habríamos apañado sin ti. ¿Dónde se han metido los demás?

—No lo sé. Tom está dándose aires ante Cecily Dennorant.

—Es muy bonita, ¿sabes?

—Me temo que será un día aburridísimo.

—Pues espero que a Tom no se lo parezca —dijo ella, como si eso la preocupara mucho.

Roger permaneció callado.

El día transcurrió exactamente como Julia había esperado. A decir verdad, vio poco a Tom, pero Roger le vio aún menos. Tom tuvo mucho éxito con los Dennorant; les explicó la manera de reducir la cantidad exorbitante que pagaban en concepto de impuesto sobre la renta. Escuchó respetuosamente al canciller mientras platicaba sobre teatro y a Archie Dexter, que expresó sus opiniones acerca de la situación política. Julia estaba en plena forma. Por su parte, Archie Dexter, que poseía un ingenio perspicaz, era una fuente inagotable de anécdotas del mundo del teatro y tenía un fabuloso don para contarlas. Entre los dos, hicieron reír a carcajadas a los comensales durante el almuerzo; y después del té, cuando los tenistas se cansaron de jugar, Julia se dejó convencer (sin ofrecer demasiada resistencia) para que hiciera sus imitaciones de Gladys Cooper, Constance Collier y Gertie Lawrence. Pero no olvidó que Charles Tamerley era su amante devoto y no correspondido y procuró dar un paseo a solas con él a la hora del crepúsculo. En su compañía no se mostraba alegre ni brillante, sino tierna y nostálgica. Le dolía el corazón a pesar de la deslumbrante actuación que había ofrecido aquel día, y fue casi sincera cuando, entre suspiros, miradas tristes y frases entrecortadas, le hizo comprender lo vacía que estaba su vida y que, pese a su exitosa carrera, sentía que había perdido algo. A veces pensaba en la villa sorrentina de la bahía de Nápoles. Era un hermoso sueño. Acaso habría hallado la felicidad sólo con pedirla. Qué necia había sido; al fin y al cabo, ¿qué eran los triunfos en el escenario sino ilusión? *Pagliacci*. La gente nunca se daría cuenta de cuán cierto era lo de *Vesti la giubba* y todo lo demás. Estaba terriblemente sola. No había necesidad, desde luego, de contarle a Charles que el corazón no se le partía a causa de las oportunidades perdidas sino por un joven que, al parecer, prefería jugar al golf con su hijo a hacer el amor con ella.

Más tarde, Julia y Archie Dexter se confabularon y poco después de la cena , cuando todos se encontraban sentados en el salón, cruzaron unas cuantas palabras y se enzarzaron en una fuerte disputa por celos, como si fueran amantes. Por unos instantes los demás no advirtieron que se trataba de una broma, hasta que las acusaciones se tornaron tan escandalosas e indecentes que no lograron contener la risa. A continuación improvisaron una escena en la que un caballero completamente borracho abordaba a una prostituta francesa en Jermyn Street. Después, mientras su reducido público reía a mandíbula batiente, Julia, muy seria, encarnó a la señora Alvin, de

Espectros, intentando conquistar al reverendo Manders. Concluyeron con un sainete que ambos habían representado bastante a menudo en veladas teatrales, de modo que les salía bordado. Se trataba de la traducción al inglés de un trozo de una obra de Chéjov, pero en los momentos apasionados ambos actores pasaban a expresarse en algo que sonaba exactamente como el ruso. Julia desplegó su gran talento para la tragedia pero confiriendo a sus palabras un énfasis vago, de modo que el efecto resultó increíblemente cómico. Volcó en su interpretación la angustia que atenazaba su corazón, pero, con su vivaz sentido del ridículo, se mofó de ella. Los asistentes no podían parar de reír. Quizá Julia nunca había actuado así hasta entonces. Estaba actuando para Tom y sólo para él.

—He visto a la Bernhardt y a la Réjane —dijo el ministro—. He visto a la Duse y a Ellen Terry y a la señora Kendal. *Nunc Dimittis*.

Julia, radiante, volvió a hundirse en un sillón y apuró de un trago la copa de *champagne*.

«Apostaría cualquier cosa a que he desbaratado los planes de Roger», pensó.

No obstante, cuando bajó a la mañana siguiente comprobó que los dos muchachos se habían marchado al campo de golf. Michael había llevado a los Dennorant de regreso a la ciudad y Julia se sentía cansada. Cuando Tom y Roger regresaron para el almuerzo, le supuso un esfuerzo mostrarse ingeniosa y locuaz. Por la tarde, los tres fueron al río, pero Julia tuvo la sensación de que la llevaban no porque les apeteciera sino porque no les quedaba otro remedio. Al recordar con qué ganas había esperado las vacaciones de Tom, ahogó un suspiro. Ahora, en cambio, contaba los días que faltaban para que terminasen. Cuando montó en el coche para ir a Londres, inspiró el aire con alivio. No estaba enojada con Tom sino profundamente herida. Pero consigo misma estaba irritada por haber perdido de tal manera el control de sus sentimientos. Sin embargo, al llegar al teatro, comprobó que podía librarse de la obsesión por Tom como quien, al despertar, se sacude una pesadilla que le ha estado atormentando. Allí, en su camerino, recuperó el dominio de sí misma y los asuntos de la vida cotidiana se desvanecieron hasta volverse insignificantes. Nada importaba realmente cuando tenía al alcance de la mano aquella posibilidad de sentirse libre.

Así transcurrió la semana. Michael, Roger y Tom se lo pasaron de maravilla. Se bañaron, jugaron al tenis y al golf y navegaron lentamente por el río. Sólo quedaban cuatro días de vacaciones. Sólo quedaban tres.

«Ahora ya puedo soportarlo. Cuando volvamos a Londres será diferente. No debo mostrar lo desgraciada que soy, he de fingir que todo va bien.»

—Qué suerte hemos tenido con ese tiempo espléndido —dijo Michael—. La estancia de Tom ha sido todo un éxito, ¿no crees? Es una lástima que no pueda quedarse una semana más.

—Sí, una verdadera lástima.

—Creo que para Roger es estupendo tenerlo como amigo. Un joven inglés de corazón puro, completamente normal.

—Oh, sí. Completamente. —«Que estúpido, maldita sea, qué estúpido», pensó.

—Verlos comer es todo un placer.

—Sí, han disfrutado mucho con la comida. —«Ojalá se hubieran atragantado con ella.»

Tom iba a regresar a la ciudad en tren, el lunes a primera hora. Los Dexter, que tenían una casa en Bourne End, los habían invitado a comer el domingo. Michael, Julia y los chicos habían decidido hacer el recorrido en la lancha. Puesto que las vacaciones de Tom tocaban a su fin, Julia se alegró de no haber delatado la irritación que sentía. Estaba segura de que Tom no sabía cuán hondamente la había herido. Al fin y al cabo, debía mostrarse tolerante, él no era más que un muchacho y si se quería hilar muy fino, ella tenía la edad suficiente para ser su madre. Era una lata estar tan colada por él, pero ahí estaba, no podía evitarlo. Se había dicho desde el principio que nunca debía permitir que Tom sintiera que ella le exigía algo. El domingo no habría invitados a cenar. Le hubiera gustado tener a Tom sólo para ella en su última noche en la casa. Era impensable, claro, en cualquier caso podrían salir a dar un paseo por el jardín.

«¿Habrá reparado en que no me ha besado ni una sola vez desde que está aquí?», pensó.

Sería maravilloso salir en la batea, yacer en sus brazos unos minutos; eso la compensaría de todo lo demás.

La comida de los Dexter contó con una sobremesa teatral. La esposa de Archie, Grace Hardwill, se dedicaba a la comedia musical, de modo que estuvo presente un grupo de chicas bonitas que bailaban en la obra en la que ella aparecía.

Julia interpretó con gran naturalidad el papel de la primera actriz que no se da importancia. Se mostró encantadora con aquellas muchachas de cabello platino y ondulado que ganaban tres libras a la semana como coristas. Bastantes invitados llevaron máquinas fotográficas y ella accedió, afable, a que le sacaran instantáneas. Aplaudió con entusiasmo cuando Grace Hardwill cantó su famosa canción con el acompañamiento del compositor. Rió con tantas ganas como cualquiera cuando la cómica la imitó en uno de sus personajes más conocidos. Todo muy alegre, un tanto ruidoso y agradablemente despreocupado. Julia disfrutó, pero cuando dieron las siete de la tarde, no lamentó tener que marcharse. Estaba agradeciendo con efusividad a sus anfitriones aquella agradable fiesta cuando Roger se le acercó.

—Mamá, venía a decirte que muchos de los invitados irán a Maidenhead a cenar y a bailar y quieren que Tom y yo los acompañemos. No te importa, ¿verdad?

Sintió que se le encendían las mejillas y no pudo evitar contestar con cierta aspereza.

—¿Y cómo volveréis?

—Oh, no te preocupes. Alguien nos traerá.

Ella lo miró con desesperación. Se había quedado sin palabras.

—Será una parranda estupenda —añadió Roger—. Tom tiene muchas ganas de ir.

Se sintió anonadada. Le supuso un gran esfuerzo no montar una escena, pero se dominó.

—Muy bien, querido, pero no volváis tarde. Recuerda que Tom tiene que levantarse al amanecer.

Tom se había acercado y había oído las últimas palabras.

—¿Está segura de que no le importa? —preguntó.

—Por supuesto que no. Espero que lo paséis en grande.

Le dedicó una alegre sonrisa, pero sus ojos tenían un brillo acerado de odio.

—Me alegro de que esos dos chicos se hayan marchado —comentó Michael cuando hubieron subido a la lancha—. Hace siglos que tú y yo no pasamos una velada a solas.

Julia tuvo que controlarse para evitar decirle que no fuera tan estúpido. Estaba rabiosa. Aquélla era la gota que colmaba el vaso. Tom la había rehuido durante dos semanas, ni siquiera la había tratado con amabilidad, mientras que ella se había conducido con él de una manera angelical. Ninguna otra mujer en el mundo hubiese demostrado semejante paciencia. Cualquier otra le habría dicho que si no se comportaba con la misma educación, sería mejor que se marchase. Era egoísta, estúpido y vulgar, de eso no cabía la menor duda. Casi deseó que Tom no tuviera previsto marcharse al día siguiente, para ser ella quien lo pusiese de patitas en la calle. ¿Y cómo se había atrevido a tratarla así, él, un don nadie de medio pelo? Poetas, ministros del gobierno y pares del reino se mostraban encantados de cancelar compromisos importantísimos para cenar con ella y, en cambio, él la abandonaba por ir a bailar con un grupo de rubias teñidas que no tenían ni idea de lo que era actuar. Eso demostraba lo estúpido que era. Cabía esperar que diera señales de cierto agradecimiento, si hasta la mismísima ropa que lucía la había pagado ella. Y aquella pitillera, de la que tan orgulloso estaba, ¿no se la había regalado ella? Y el anillo que llevaba. Oh, Dios, tenía que vengarse de él. Sí, y sabía el modo de hacerlo. Sabía cuál era su punto más sensible y cómo podía herirlo con mayor crueldad. Aquello lo heriría en lo más hondo. Julia experimentó una tenue sensación de alivio mientras urdía su plan. Estaba impaciente por ponerlo en práctica de inmediato y en cuanto llegaron a casa, subió a su habitación. Sacó cuatro billetes de una libra y uno de diez chelines del bolso y escribió una breve nota.

> Querido Tom:
>
> Te adjunto el dinero para las propinas ya que no te veré por la mañana. Entrega tres libras al mayordomo, una a la doncella que te ha atendido y diez peniques al *chauffeur*.
>
> JULIA

Llamó a Evie y le dio instrucciones para que la doncella encargada de despertar a Tom le entregase la carta. Cuando bajó a cenar, se sentía mucho mejor. En la mesa, entabló una animada conversación con Michael y a continuación jugaron unas partidas de pinacle. Aunque se hubiera devanado los sesos durante una semana, no se le habría ocurrido nada que fuera a humillar más intensamente a Tom.

Pero cuando se acostó, no pudo conciliar el sueño. Esperaba oír que Roger y Tom volvían a casa. La asaltó un pensamiento que la dejó desasosegada. Tal vez Tom advertiría que su conducta había sido pésima; si se paraba a pensarlo un momento vería lo infeliz que la estaba haciendo. Quizá cuando le hubiera dado las buenas noches a Roger, Tom bajaría y se colaría en la alcoba de ella. Si lo hacía, Julia se lo perdonaría todo. La carta debía de estar en la despensa del mayordomo y le resultaría muy fácil bajar y recuperarla. Por fin llegó un coche. Encendió la luz para ver qué hora era y oyó que los jóvenes subían las escaleras y se dirigían a sus respectivas estancias. Esperó. Dejó encendida la lámpara de la mesilla de noche para que él no se desorientase al abrir la puerta. Se haría la dormida y, cuando Tom avanzase hacia la cama de puntillas, abriría los ojos y le sonreiría. Esperó. En el silencio de la noche, oyó que Tom se acostaba y apagaba la luz. Julia permaneció unos minutos con la mirada clavada al frente y luego, tras encogerse de hombros, abrió una gaveta de la mesilla de noche y sacó un par de somníferos de un frasquito.

«Me volveré loca si no duermo.»

15

Julia despertó pasadas las once. Entre la correspondencia que había llegado por la mañana encontró una carta que no había traído el cartero. Reconoció la caligrafía pulcra y comercial de Tom y rasgó el sobre. No contenía nada más que las cuatro libras y el billete de diez chelines y, cuando vio el dinero, sintió un ligero mareo. No se había parado a pensar de qué modo reaccionaría Tom al recibir su desdeñosa misiva y el humillante regalo. Ni por un instante se le había pasado por la cabeza que fuera a devolvérselo. Molesta con él, había querido herir sus sentimientos, pero empezaba a temerse que había llevado las cosas demasiado lejos.

—En cualquier caso, espero que haya dado unas monedas a los criados —murmuró para tranquilizarse, y encogiéndose de hombros añadió—: Ya se le pasará. Y no le sentará del todo mal descubrir que no soy toda dulzura.

A pesar de ello, se mantuvo pensativa todo el día. Cuando llegó al teatro, tenía un paquete esperándola, y tan pronto como vio la dirección adivinó lo que contenía. Evie le preguntó si quería que lo abriese.

—No —respondió, pero en cuanto se quedó a solas en el camerino, lo hizo personalmente. Allí estaban los gemelos y los botones del chaleco que eran perlas, la aguja para la solapa y la pitillera de la que Tom estaba tan orgulloso. Ni una palabra de explicación. Julia sintió que se le encogía el corazón y que se echaba a temblar.

—¡Qué tonta he sido! ¿Por qué no contuve mi mal genio?

En aquel momento, cada latido de su corazón era como una punzada. Se dijo que no podía salir al escenario mientras aquella angustia la atenazara, pues en aquel estado ofrecería una interpretación penosa; tenía que hablar con él, costara lo que costase. En casa de Tom había teléfono y tenía un supletorio en su habitación. Lo llamó y, afortunadamente, lo encontró.

—Tom...

Él respondió al cabo de un momento, y cuando lo hizo su voz sonó malhumorada.

—¿Sí?

—¿Qué significa esto? ¿Por qué me has enviado todas esas cosas?

—¿Has recibido el dinero, esta mañana?

—Sí. Y no sé cómo interpretarlo. ¿Te he ofendido?

—No, no —respondió él—. Me encanta que me traten como a un mantenido. Me gusta que me echen en cara que ni siquiera las propinas que doy salen de mi bolsillo. Incluso me ha extrañado que no me mandases el importe de un billete de regreso a Londres en tercera clase.

Aunque se encontraba en un penoso estado de ansiedad, hasta el punto de que apenas era capaz de pronunciar palabra, Julia casi sonrió ante sus vanidosas ironías. Qué tontito era, el pobre.

—Pero no es posible que creas que quería herir tus sentimientos —dijo—. Me conoces lo suficiente para saber que sería lo último que haría.

—Peor que peor.

«¡Maldita sea!», pensó Julia.

—Nunca debería haberte permitido que me hicieras regalos —añadió él—. Ni que me prestaras dinero.

—No comprendo a qué viene eso. Es un terrible malentendido. Ven a buscarme después de la representación y lo aclararemos. Estoy segura de que podré explicarte...

—Esta noche voy a cenar con mi familia y dormiré en casa.

—Mañana, entonces.

—Tengo un compromiso.

—Es necesario que nos veamos, Tom. Hemos sido demasiado importantes el uno para el otro para que nos separemos de esta manera. No puedes condenarme sin que me hayas escuchado. Es injusto que me castigues cuando no tengo ninguna culpa.

—Pues yo creo que es mucho mejor que no volvamos a vernos.

—¡Pero yo te amo, Tom, te amo! —Julia estaba cada vez más desesperada—. Deja que te vea una vez más y luego, si todavía sigues enfadado conmigo, nos diremos adiós.

Se produjo un largo silencio antes de que Tom respondiera.

—Muy bien. Vendré después de la función vespertina del miércoles.

—Tom, no tengas mala opinión de mí.

Julia colgó el auricular. En cualquier caso, volvería a verlo.

Empaquetó de nuevo los regalos que él le había devuelto y los ocultó donde a buen seguro Evie no los descubriría. Se desvistió, se envolvió en su vieja bata rosa y empezó a maquillarse. Estaba disgustada: era la primera vez que le decía que lo amaba. La irritaba profundamente haberse visto forzada a humillarse suplicándole que acudiera a verla. Hasta aquel momento, siempre había sido él quien había buscado su compañía y a Julia no le hacía ninguna gracia que la situación entre ellos se hubiera invertido de aquella manera.

El miércoles, en la función vespertina, la actuación de Julia fue muy mediocre. La ola de calor había afectado al negocio y el público se mostraba apático. A ella le daba igual. La angustiosa aprensión que le corroía el corazón hacía que le importara muy poco la calidad de la representación. «Pero ¿qué demonios hace esta gente en el teatro en un día como éste?», se preguntó. Cuando cayó el telón, se alegró mucho.

—Espero al señor Fennell —le dijo a Evie—. Mientras esté aquí, no quiero que nos molesten.

Evie no respondió. Julia le dirigió una mirada y vio su expresión sombría. «Que piense lo que quiera», dijo para sí.

Pasaban de las cinco y Tom aún no había llegado. No podía dejar de presentarse; al fin y al cabo, lo había prometido, ¿no? Julia se puso una bata, no la que usaba cuando se maquillaba, sino una de hombre, de seda color ciruela. Evie se entretuvo un tiempo interminable en ordenar el camerino.

—Por el amor de Dios, Evie, basta de revolver. Déjame sola.

Sin abrir la boca, Evie continuó colocando metódicamente cada objeto del tocador en el lugar exacto en el que Julia siempre lo quería.

—¿Por qué demonios no me respondes cuando te hablo?

Evie se volvió y la miró. Con aire pensativo, se frotó la punta de la nariz con el dedo y dijo:

—Por muy gran actriz que sea...

—¡Vete de una vez!

Cuando se hubo quitado el maquillaje, Julia no se retocó el rostro; solamente se puso una sombra de un azul palidísimo bajo los párpados inferiores. Tenía la piel tan suave y clara que sin colorete ni carmín parecía demacrada. El batín le confería un aire desvalido y frágil, a la vez que valiente. El corazón le latía dolorosamente y se sentía muy nerviosa, pero se contempló en el espejo y murmuró:

—Mimí en el último acto de *La Bohéme*.

Casi sin quererlo, emitió unas tosecillas de tuberculosa. Apagó las luces del tocador y se recostó en el sofá. Al poco, llamaron a la puerta y Evie anunció al señor Fennell. Julia extendió una mano blanca y fina.

—Estoy descansando un poco. Me temo que no me encuentro bien. Acerca una silla. Has sido muy amable al venir.

—Cuánto lo siento. ¿Qué tienes?

—¡Oh, nada! —Con esfuerzo, Julia esbozó una sonrisa con sus labios cenicientos—. Estas dos o tres últimas noches no he dormido demasiado bien.

Volvió sus bellos ojos hacia él y lo contempló durante un rato. Vio su expresión hosca, pero notó que estaba asustado.

—Estoy esperando que me digas qué tienes contra mí —dijo por fin con voz baja y algo estremecida, no sin advertir que ese temblor era completamente espontáneo. «¡Dios santo, creo que yo también estoy asustada!», pensó.

—No tiene sentido que volvamos sobre el asunto —respondió Tom—. Sólo he venido a decirte lo siguiente: Me temo que no podré pagarte inmediatamente las doscientas libras que te debo; no dispongo de ellas, eso es todo, pero te las devolveré a plazos. Detesto tener que pedirte que me concedas tiempo, pero no puedo evitarlo.

Ella se incorporó en el sofá y se llevó las manos a su corazón doliente.

—No lo entiendo. He pasado dos noches en vela dándole vueltas al asunto. Pensaba que me volvía loca. He intentado comprenderlo y no puedo, no lo consigo. —«¿En qué obra declamo esta frase?», pensó.

—Claro que sí, lo entiendes perfectamente. Estabas enojada conmigo. Querías desquitarte y lo hiciste. No podrías haberme demostrado tu desprecio de forma más clara.

—Pero ¿de qué había de desquitarme? ¿Por qué tenía que estar enfadada?

—Porque me marché a esa fiesta de Maidenhead con Roger y tú querías que volviera a casa.

—Pero si te dije que fueras, que esperaba que te divirtieses.

—Ya sé lo que dijiste, pero tus ojos ardían de cólera. Tampoco yo deseaba ir, pero Roger insistió. Le dije que, en mi opinión, debíamos regresar a cenar contigo y con Michael, pero él dijo que te alegrarías de librarte de nosotros durante un rato y no quise discutir. Y cuando vi que te enfurecías, ya era demasiado tarde para volverse atrás.

—No estaba furiosa. No entiendo cómo se te pudo meter tal idea en la cabeza. Era perfectamente lógico que quisieras ir a la fiesta. No me creerás tan pérfida como para tomarme a mal que te distrajeras un poco en tu quincena de vacaciones, ¿verdad? Pobrecito mío, lo único que temía era que te aburrieses. Deseaba tanto que te lo pasaras bien...

—¿Por qué, entonces, me mandaste el dinero y me escribiste esa carta? Fue algo tan insultante...

Julia quiso hablar pero le falló la voz y su mandíbula inferior empezó a temblar de un modo incontrolable. Verla perder así el dominio de sus músculos resultaba extrañamente conmovedor, y Tom desvió la mirada, incómodo.

—No soportaba la idea de que tuvieras que malgastar tu dinero en propinas —consiguió articular por fin—. Sé que no eres tremendamente rico y no se me escapó que habías gastado mucho en esas gratificaciones. Detesto a esas mujeres que salen con jóvenes y dejan que ellos lo paguen todo. Es una falta de consideración. Te traté como hubiera tratado a Roger. Ni se me ocurrió pensar que con ello heriría tus sentimientos.

—¿Lo juras?

—Claro que sí. ¡Dios mío!, ¿es posible que después de tantos meses no me conozcas? ¡Si fuera cierto lo que piensas, qué mujer tan mezquina, cruel y despreciable sería, qué canalla, qué fría, qué arpía tan vulgar! ¿Es ése el concepto que tienes de mí?

Una buena pregunta.

—Poco importa eso, al fin y al cabo. Jamás debería haber aceptado que me hicieras regalos valiosos, ni permitido que me prestaras dinero. Esto me ha dejado en una posición falsa. La razón de que pensara que me despreciabas es que no puedo evitar la sensación de que tienes derecho a ello. No puedo permitirme andar con gente que es mucho más rica que yo, eso está claro. Fui un estúpido al pensar lo contrario. Ha sido divertido y me lo he pasado en grande, pero se acabó. No volveré a verte más.

Julia soltó un profundo suspiro.

—No te importo nada. De eso se trata, en resumidas cuentas.

—Eres injusta conmigo.

—Y tú lo eres todo para mí, ya lo sabes. Estoy muy sola y tu amistad significa mucho. Estoy rodeada de parásitos y aprovechados y sabía que eras desinteresado. Sentía que podía confiar en ti. Deseaba tanto tu compañía... Eras la única persona en el mundo con la que podía ser yo misma por entero. No sabes la satisfacción que me daba ayudarte un poco. Si te ofrecía algún regalito, no era tanto para tu placer como para el mío; me hacía muy feliz verte utilizar las cosas que te daba. Si me hubieras querido un poco, no te habrías sentido humillado al recibirlas, sino que te habría enternecido deberme algo.

Volvió los ojos hacia él una vez más. Siempre había sido capaz de llorar con facilidad, y en aquel momento se sentía tan desconsolada que no tuvo que hacer el menor esfuerzo para que se le saltaran las lágrimas. Era la primera vez que él la veía llorar. Sabía hacerlo sin sollozar, con sus espléndidos ojos oscuros abiertos como platos y las facciones casi rígidas. Unos gruesos lagrimones rodaron por sus mejillas y su quietud, la inmovilidad trágica de su cuerpo, resultaban tremendamente patéticas. No lloraba así desde *El corazón herido*. ¡Ah, cuánto la había conmovido aquella obra! Ya no miraba a Tom, sino que mantenía la vista fija al frente; estaba realmente destrozada de dolor, pero ¿qué le ocurría? Otro yo dentro de ella sabía lo que estaba haciendo, un yo que compartía su infelicidad y, al mismo tiempo, observaba cómo la expresaba. Notó que Tom palidecía. Notó que una súbita angustia le atenazaba el corazón, que su carne y su sangre no podían soportar la aflicción intolerable que ella manifestaba.

—Julia...

Se le quebró la voz. Ella lo miró con los ojos arrasados en lágrimas, y lo que Tom vio no fue a una mujer que lloraba, sino toda la congoja de la especie humana, la desdicha inconmensurable, inconsolable, que es el sino del hombre. Cayó de rodillas ante ella y la rodeó con sus brazos. Estaba destrozado.

—¡Oh, amor mío! ¡Amor mío!

Ella continuó inmóvil un minuto más, como si fuera

ajena a su presencia. Tom besó sus párpados húmedos y buscó sus labios. Julia se los entregó sin resistirse, como si, apenas consciente de lo que sucedía, no tuviera voluntad propia. Con un movimiento casi imperceptible acercó su cuerpo al de él y, poco a poco, le deslizó las manos alrededor del cuello. Se entregó en sus brazos, rendida, como si hubiera desaparecido de ella toda la fuerza, toda la vitalidad, y Tom probó en sus labios el sabor salado de sus lágrimas. Finalmente, agotada, asida a él con brazos exánimes, volvió a recostarse en el sofá mientras Tom no despegaba la boca de la suya.

Un cuarto de hora más tarde, viéndola tan serena y alegre y con las mejillas levemente encendidas, nadie habría imaginado que muy poco rato antes había pasado por semejante tormenta de llanto. Los dos tenían sendos vasos de whisky con soda y un cigarrillo en la mano, y se contemplaban tiernamente.

«¡Que encanto de criatura!», pensó Julia, y se le ocurrió un modo de complacerlo.

—Esta noche vienen a ver la obra los duques de Rickaby y después los llevaré a cenar al Savoy. Supongo que no querrás venir, ¿verdad? Necesito desesperadamente un hombre para que seamos dos parejas.

—Si lo deseas, iré, por supuesto.

El tono encendido que adquirieron las mejillas de Tom revelaba la emoción que sentía ante la perspectiva de conocer a unas personas tan distinguidas. Lo que Julia se guardó de explicarle fue que los Rickaby irían donde fuera por una invitación a cenar. Tom recuperó los regalos que había devuelto; lo hizo con cierta timidez, pero se los llevó. Una vez se hubo marchado, Julia se sentó delante del tocador y se observó con detenimiento.

—Tengo suerte al poder llorar sin que los párpados

se me hinchen —murmuró, y se los frotó ligeramente—. De todos modos, ¡qué tontos son los hombres!

Se sentía dichosa. En adelante, todo saldría bien. Lo había recuperado. A pesar de ello, en el fondo de su corazón o en lo más recóndito de su mente había un levísimo sentimiento de desdén hacia Tom por el hecho de que fuese tan pánfilo.

16

El altercado, que de alguna extraña forma derribó la barrera que existía entre ambos, no hizo sino unirlos más. Cuando ella volvió a sacar a colación el tema del piso, Tom ofreció menos resistencia de la que Julia esperaba. Todo parecía indicar que después de la reconciliación, tras haber aceptado de nuevo los regalos y consentido en olvidarse del préstamo, él había dejado a un lado los escrúpulos morales. Los dos se lo pasaron en grande amueblando el apartamento. La mujer del *chauffeur* se encargaba de la limpieza y le preparaba el desayuno a Tom. Julia guardaba una llave y de cuando en cuando entraba y se sentaba a esperarlo en el saloncito hasta que él volvía de la oficina. Dos o tres veces por semana, salían a cenar y a bailar y regresaban al piso en taxi. Julia disfrutó de un otoño de felicidad. La obra que representaban era un éxito y se sentía joven y viva. Roger iba a volver por Navidad, pero sólo estaría en casa quince días y luego iría a Viena. Julia supuso que monopolizaría a Tom y estaba dispuesta a no tomárselo a mal. Era natural que la juventud atrajera a la juventud, se dijo, y no había motivo para inquietarse si, durante unos días, los dos amigos estaban tan absortos disfrutando de su mutua compañía que Tom se olvidaba de ella. Ahora lo tenía bien atrapado. El joven se sentía orgulloso de ser su amante, eso le daba seguridad, y le complacía tener trato de confianza con un gran número de personas más o menos distinguidas a las que, a fin de cuentas, sólo conocía a través de ella. Estaba impaciente por hacerse socio de un buen club y Julia le preparaba el terreno. Como Charles nunca le negaba nada a ella, estaba segura de que, con tacto, podría convencerlo mediante halagos para que propusiera la candidatura de Tom en algún club de los que era miembro. El hecho de disponer de dinero era para el joven una sensación nueva y deliciosa, y ella lo animó a que derrochase, con la idea de que se acostumbrara a cierto nivel de vida y luego cayera en la cuenta de que no podía mantenerlo sin ella.

«Naturalmente, esto no durará —se dijo—, pero cuando concluya habrá sido una experiencia maravillosa para él. Saldrá de ella convertido en todo un hombre.»

Sin embargo, aunque se decía que su relación no se prolongaría, en realidad no veía por qué había de terminar. Cuando pasaran los años y Tom se hiciera más adulto, no existirían tantas diferencias entre los dos. Con diez o quince años más, él ya no sería tan jovencito y ella seguiría teniendo casi la misma edad que ahora. Estaban muy a gusto juntos. Los hombres eran animales de costumbres; por eso las mujeres ejercían tal dominio sobre ellos. No se sentía ni un día más vieja que él y estaba convencida de que Tom no se había detenido ni por un instante a considerar la diferencia de edades. Pero, a decir verdad, sobre este punto ella había experimentado en una ocasión un momento de inquietud. Cierto día, se encontraba tendida en la cama de Tom mientras él, de pie ante el tocador, en mangas de camisa, se cepillaba el pelo. Ella, completamente desnuda, se había recostado en la postura de una Venus de Tiziano que recordaba haber visto en una casa de campo que había visitado. Convencida de que ofrecía una visión encantadora, se mantuvo en aquella posición. Se sentía feliz y satisfecha.

«Qué romántico», pensó, y en sus labios se dibujó una sonrisa alegre y relajada.

Tom la contempló en el espejo, se volvió y, sin pronunciar palabra, la cubrió con la sábana. Y aunque ella le sonrió afectuosamente, le dio un vuelco el corazón. ¿Lo había hecho para que no cogiera frío, o era quizá que la pudibundez tan inglesa de Tom se había escandalizado ante su desnudez? ¿O acaso, una vez satisfecha su lujuria juvenil, sentía un ligero desagrado ante su cuerpo avejentado? Cuando llegó a casa, Julia volvió a quitarse toda la ropa y se examinó ante el espejo, dispuesta a no perdonarse ni un defecto. Se inspeccionó el cuello y no encontró indicio alguno del paso del tiempo, en especial cuando levantó el mentón; sus pechos, pequeños y firmes, eran todavía los de una jovencita. Tenía el vientre plano y las caderas estrechas, aunque algo más arriba se notaba un rollito de grasa, semejante a una longaniza, pero aquello lo tenía todo el mundo y, en cualquier caso, la señorita Phillips sería capaz de solucionarlo. En cuanto a sus piernas, largas, delgadas y bien torneadas, nadie osaría decir que no eran bonitas. Se recorrió el cuerpo con las manos; su piel tenía la suavidad del terciopelo y no apreció en ella la menor imperfección. Por descontado que debajo de los ojos se insinuaban unas arruguitas, pero había que aguzar la vista para descubrirlas; además, había oído decir que en la actualidad se practicaba una operación que las eliminaba; quizá valdría la pena informarse al respecto. Era una suerte que su pelo no hubiera perdido el color, y así evitaba tener que teñirse, ya que por bueno que fuera el tinte, endurecía las facciones. También su dentadura era correcta.

«No ha sido más que mojigatería», decidió.

Recordó por un instante al español de la barba en el

coche-cama y se miró en el espejo esbozando una sonrisa pícara.

«Ése sí que carecía del menor pudor.»

Sin embargo, a partir de aquel día tuvo buen cuidado de adecuarse a los cánones de decencia de Tom.

Julia gozaba de una reputación tan excelente que ni se planteaba la posibilidad de que pudiera perjudicarla el atrevimiento de exhibirse con Tom en lugares públicos. El hecho de acudir a las salas de fiesta constituía una nueva experiencia de la que disfrutaba en grado sumo, y aunque era la primera en darse cuenta de que no podía ir a ninguna parte sin que todo el mundo se volviera a mirarla, no se le pasó por la cabeza que su cambio de costumbres fuera a despertar comentarios. Con veinte años de fidelidad conyugal a su espalda —pues, naturalmente, el español no contaba, era un accidente que podía sucederle a cualquier mujer—, Julia estaba segura de que nadie, ni por un momento, imaginaría que tenía un *affaire du coeur* con un joven que tenía edad para ser su hijo. No se le ocurrió pensar que tal vez Tom no fuera siempre tan discreto. No cayó en la cuenta de que la expresión de sus ojos la traicionaba cuando bailaba con él. Se consideraba en una posición tan privilegiada que ni sospechó que la gente, finalmente, empezaba a murmurar.

Cuando esos chismes llegaron a oídos de Dolly de Vries, ésta se los tomó a broma. A petición de Julia, había invitado a Tom a varias fiestas y en un par de ocasiones se lo había llevado a pasar un fin de semana en el campo, pero nunca le había prestado la menor atención. Le parecía un joven agradable, un acompañante útil para Julia cuando Michael andaba ocupado, pero rotundamente insignificante. Para ella era una de esas personas que pasan inadvertidas en cualquier parte y cuyo aspecto nadie es capaz de recordar. Era el joven al que se invitaba a cenar para que ninguna dama se quedara sin pareja. Julia se refería a él alegremente como «mi muchacho» o «mi acompañante»; de haber algo de cierto en las habladurías, seguro que no se mostraría tan tranquila y franca. Además, Dolly sabía que en la vida de Julia sólo había dos hombres, Michael y Charles Tamerlay. Con todo, resultaba curioso que, después de cuidarse tanto durante años, empezara de pronto a frecuentar salas de fiesta tres o cuatro veces a la semana. Dolly no la había visto mucho últimamente y, a decir verdad, estaba un poco resentida por verse así abandonada. Dado que tenía bastantes amistades en los círculos teatrales, hizo indagaciones y lo que le contaron no le gustó un ápice. No sabía qué pensar, pero un hecho era evidente: Julia no debía de saber lo que se rumoreaba acerca de ella y era preciso que alguien la informara. Pero Dolly no quiso hacerlo: no se atrevía. A pesar de los años transcurridos, seguía teniéndole un poco de miedo.

Julia era una mujer de excelente carácter y, aunque con frecuencia empleaba un tono un poco brusco, no se irritaba con facilidad, sin embargo, había en ella un no sé qué que impedía que una la tratase con demasiada familiaridad y que hacía temer que sería peligroso pasarse de la raya. Aun así, había que hacer algo. Estuvo dándole vueltas al asunto durante un par de semanas, muy inquieta; procuró dejar a un lado sus sentimientos heridos y limitarse a contemplar la cuestión desde el punto de vista de la carrera de Julia y, por último, llegó a la conclusión de que Michael debía hablar con ella. Michael no le caía bien pero, al fin y al cabo, era el marido y Dolly se sentía en la obligación de contarle, al menos, lo suficiente para inducirlo a poner fin a lo que fuera que estuviese sucediendo.

Llamó a Michael y concertaron una cita en el teatro.

Michael la apreciaba tan poco como ella a él, aunque por distintas razones, y al saber que Dolly quería verlo, soltó un juramento. Le irritaba no haber sido capaz de convencerla para que le vendiera su participación en la compañía y cualquier sugerencia que pudiera hacer Dolly le parecía una intromisión intolerable. No obstante, cuando ella se presentó en el despacho la recibió con cordialidad e incluso le dio sendos besos en las mejillas.

—Siéntate y ponte cómoda. ¿Vienes a comprobar si este viejo negocio todavía rinde dividendos?

Dolly de Vries ya había cumplido los sesenta. Estaba muy gorda y su rostro, de nariz grande y labios carnosos untados de carmín, parecía muy ancho. El vestido de raso negro tenía un ligero toque masculino, pero lucía un collar de perlas de dos vueltas, un broche de diamantes en la cintura y otro en el sombrero. Llevaba el pelo corto y teñido de un caoba intenso, y las uñas y los labios pintados de un rojo subido. Tenía una voz sonora y grave, pero cuando se alteraba solía atropellarse al hablar revelando un ligero acento *cockney*.

—Michael, Julia me preocupa.

Michael, un perfecto caballero en toda ocasión, se limitó a arquear ligeramente las cejas y a apretar sus finos labios. No estaba dispuesto a hablar de su esposa ni siquiera con Dolly.

—Creo que lleva una vida demasiado agitada. No entiendo qué le pasa últimamente, no para de asistir a cenas, de frecuentar las salas de baile y cosas así. Al fin y al cabo, ya no es una jovencita y terminará agotándose.

—¡Bah, tonterías! Julia es fuerte como un roble, goza de una salud magnífica, y está más joven de lo que la había visto en años. No irás a echarle en cara que se divierta un poco cuando termina la jornada de trabajo. El papel que representa esta temporada no le exige demasiado y me parece bien que quiera salir a entretenerse; eso sólo demuestra cuánta vitalidad posee.

—Hasta hoy, a Julia no le gustaban esa clase de diversiones. Parece tan extraño que de repente se dedique a bailar hasta las dos de la madrugada en la atmósfera horrible de esos antros...

—Es el único ejercicio que hace. No puedo esperar que se ponga unos pantalones cortos y salga a correr por el parque conmigo.

—Creo que debes saber que la gente empieza a hablar. Todo esto perjudica mucho su reputación.

—¿A qué diablos te refieres?

—A que es absurdo que, a su edad, se deje ver tanto en compañía de un joven.

Michael la miró un momento sin comprender, pero cuando captó el sentido de su comentario, soltó una carcajada.

—¿De Tom? ¡No seas ridícula, Dolly!

—No lo soy. Sé muy bien lo que digo. Cuando una persona tan conocida como Julia anda siempre acompañada del mismo hombre, es natural que la gente murmure.

—Pero Tom es tan amigo mío como de ella. Sabes perfectamente que yo no puedo llevar a Julia a bailar. Tengo que levantarme todas las mañanas a las ocho para hacer mis ejercicios antes de empezar la jornada de trabajo. ¡Que caramba!, después de treinta años en el teatro, algo sabré de la naturaleza humana. Tom es el prototipo de joven inglés limpio y honesto, y va camino de convertirse en todo un caballero. Admira a Julia, eso no lo dudo; los muchachos de su edad tienen propensión a creer que se han enamorado de una mujer madura; bueno, después de todo, eso no le hará ningún daño, al contrario, será bueno para él. Pero pensar que Julia pueda prestarle la menor atención... ¡Mi pobre Dolly, no me hagas reír!

—Ese joven es aburrido, soso, vulgar y un esnob.

—Pues si te merece esa opinión, ¿no te resulta extraño que Julia esté tan embelesada con él como pareces creer?

—Sólo una mujer sabe de qué es capaz otra mujer.

—No es una mala frase, Dolly. A este paso, pronto te veremos escribiendo una obra dramática. En fin, a ver si ponemos en claro todo esto. ¿De verdad estás convencida de que Julia tiene un lío con Tom?

Dolly lo miró a los ojos. En los de ella se leía una profunda aflicción. Porque, si bien al principio se había reído al oír lo que se decía de Julia, no había logrado acallar del todo las dudas que muy pronto la asaltaron; recordaba una decena de pequeños incidentes a los que en su momento no había dado importancia, pero que resultaban terriblemente sospechosos si los consideraba con frialdad. Había sufrido más de lo que nunca habría creído poder soportar. ¿Pruebas? No las tenía; sólo una intuición, de la que no podía desconfiar. Quiso responder que sí y el impulso a hacerlo fue casi incontenible, pero logró dominarlo. No podía delatar a Julia. El muy bobo de su marido podía irle con el cuento y Julia no volvería a dirigirle la palabra. O tal vez Michael hiciera seguir a su mujer y descubriera el pastel. Era imposible adivinar qué sucedería si le contaba la verdad.

—No, no puedo.

Se le llenaron los ojos de lágrimas que empezaron a correr por sus gordas mejillas. Michael observó su desazón y la encontró absurda, pero no tardó en advertir que estaba sufriendo y su corazón bondadoso lo impulsó a consolarla.

—Estaba seguro de que no lo creías de verdad. Ya sabes el cariño que Julia te profesa. No debes sentir celos porque tenga otros amigos, querida.

—¡Sabe Dios que no le reprocho nada! —le dijo Dolly entre sollozos—. Pero ¡últimamente me trata de un modo tan distinto! Se muestra, tan fría... Y yo siempre he sido una amiga tan leal, Michael...

—Sí, Dolly, ya lo sé.

—«Si hubiera servido a mi Dios con la mitad del celo con que serví a mi rey...»

—¡Oh, vamos!, la cosa no es tan grave. ¿Sabes?, no soy de la clase de hombres que hablan de su esposa con otras personas; siempre me ha parecido de un mal gusto espantoso. Pero, francamente, opino que no tienes la menor idea de cómo es Julia. No le da ninguna importancia al sexo. De recién casados era otra cosa, y no me importa admitir, después de tantos años, que me hizo un poco difícil la vida. No digo que fuera ninfómana ni nada parecido, pero a veces se ponía bastante pesada; la cama está muy bien, pero en la vida hay otras cosas. Sin embargo, con el nacimiento de Roger cambió por completo. Tener un hijo la serenó y volcó todos esos instintos en la interpretación. Tú que has leído a Freud, Dolly, ¿cómo denomina él este fenómeno?

—¡Oh, Michael, qué me importa a mí Freud!

—Sublimación. Eso es. Muchas veces he pensado que fue la sublimación lo que la convirtió en una diva. El oficio de un artista teatral le exige una dedicación continua y si quiere llegar a ser bueno de verdad ha de entregarse a su trabajo en cuerpo y alma. Harto estoy de ese público que cree que los actores y las actrices llevan una vida desenfrenada. No disponemos de tiempo para esas frivolidades.

El comentario irritó tanto a Dolly que recuperó el dominio de sí misma.

—Pero, Michael, aunque tú y yo sepamos que no hay nada malo en que Julia se pasee continuamente con tamaño mequetrefe de tres al cuarto, eso deteriora su buena reputación. Al fin y al cabo, uno de vuestros mayores activos ha sido vuestra vida conyugal ejemplar. Todo el mundo os ha puesto como modelo. Al público le encanta pensar que formáis una pareja tan amante y unida.

—¡Y lo somos!

—Te repito que la gente murmura. —Dolly se consumía de impaciencia—. No puedes ser tan estúpido como para no ver que dadas las circunstancias es inevitable. Mira, si Julia hubiera tenido un sonado lío tras otro, nadie prestaría atención, pero después de la vida que ha llevado durante tantos años, que se desmelene así, de repente... Es natural que todo el mundo chismorree. Y es muy malo para el negocio.

Michael le dirigió una rápida mirada y esbozó una sonrisa.

—Ya veo lo que insinúas, Dolly. Supongo que en lo que dices y dada la situación tienes perfecto derecho a decirlo. Fuiste enormemente generosa con nosotros cuando empezábamos y detestaría fallarte ahora. Voy a hacerte una propuesta: te compro tu parte.

—¿Comprarme mi parte?

Dolly se irguió y su rostro, momentos antes descompuesto y angustiado, adquirió una expresión dura. Hervía de indignación. Él continuó, con suavidad:

—Comprendo tus temores, de veras. Si Julia se pasa las noches bailando por ahí, su modo de actuar se resentirá. Es lógico pensarlo. Tiene un público muy especial, de mujeres mayores que vienen a las sesiones vespertinas porque la consideran una persona dulce y encantadora. No niego que si corren comentarios desagradables sobre ella, es posible que notemos un bajón en la taquilla, pero conozco a Julia lo suficiente para saber que no toleraría ninguna interferencia en su libertad de acción. Yo soy su marido y tengo que soportarlo. Tú, sin embargo, estás en una posición muy diferente y no me opondré en absoluto si decides deshacerte de tus acciones antes de que se acabe la buena racha.

Dolly, que no tenía un pelo de tonta, se puso en guardia. En lo referente a los negocios, era un digno rival para Michael. Estaba enfadada, pero el enojo le proporcionaba dominio de sí misma.

—Era de esperar que después de tantos años me conocieras mejor, Michael. He considerado mi deber prevenirte, pero estaré a las duras y a las maduras. No es propio de mí abandonar el barco que se hunde. Y estoy segura de que puedo permitirme perder mi inversión sin que esa merma me afecte tanto como a ti.

Observar la cara de decepción de Michael le produjo un placer profundo. Sabía lo mucho que le importaba el dinero y tenía la esperanza de que lo que acababa de decir calara hondo en él. Michael se sobrepuso con rapidez.

—En fin, Dolly, piénsatelo un poco más.

Ella cogió el bolso y se despidieron con mutuas expresiones de afecto y de buenos deseos.

—Vieja bruja —masculló él en cuanto Dolly se hubo marchado.

—Necio pomposo —dijo ella entre dientes mientras bajaba en el ascensor.

Pero cuando subió a su espléndido y carísimo automóvil y emprendió el regreso a Montagu Square, no pudo contenerse, y unas abundantes lágrimas de aflicción brotaron de sus ojos. Se sentía vieja, sola, desgraciada y desesperadamente celosa.

17

Michael se ufanaba de su sentido del humor. La noche del sábado que siguió a su conversación con Dolly, entró en la estancia de Julia mientras ésta se vestía. Después de una cena temprana, habían previsto ir al cine.

—¿Quién vendrá esta noche, además de Charles? —preguntó.

—No he logrado encontrar a otra mujer —repuso Julia—. He invitado a Tom.

—Me parece estupendo, porque quería verlo.

Al pensar en la broma que le tenía reservada, Michael rió para sus adentros. Julia esperaba con ganas la velada. Cuando llegaran al cine, se las ingeniaría para que Tom se ubicara en el asiento contiguo y así lo tomaría de la mano mientras hablaba en voz baja con Charles, sentado al otro lado. El bueno de Charles... Qué encantador por su parte haberla amado tanto tiempo y de forma tan incondicional; pondría todo su empeño en mostrarse muy amable con él. Charles y Tom llegaron juntos. Tom llevaba por primera vez el esmoquin nuevo. Intercambiaron una mirada secreta, de satisfacción por parte de él, y de alabanza por parte de Julia.

—Bueno, jovencito —dijo Michael con cordialidad, frotándose las manos—, ¿sabes lo que he oído contar de ti? He oído que estás comprometiendo a mi esposa.

Tom lo miró y se puso como la grana. La tendencia

a ruborizarse lo mortificaba terriblemente, pero no conseguía librarse de ella.

—¿No es maravilloso? —exclamó Julia, divertida—. Llevo toda la vida intentando que alguien me comprometa. ¿Quién te lo ha dicho, querido?

—Un pajarito —respondió Michael con socarronería.

—Bueno, Tom, si Michael me pide el divorcio, tendrás que casarte conmigo, claro.

Charles sonrió con expresión apacible y un tanto melancólica.

—¿Qué has estado haciendo, Tom? —le preguntó.

Charles acogió la turbación del joven con templada ironía, mientras que a Michael le causó un ruidoso alborozo. Aunque parecía compartir el regocijo de ambos, Julia permanecía alerta y vigilante.

—Bueno, pues se asegura que el joven calavera ha llevado a Julia a salas de fiesta cuando ella debería haber estado en la cama durmiendo.

Julia rió encantada.

—¿Vamos a negarlo, Tom, o jactarnos descaradamente de ello?

—¿Sabéis lo que le dije al pajarito? —prosiguió Michael—. Os lo voy a contar. Le dije que siempre y cuando Julia no me obligue a ir con ella a esos establecimientos nocturnos...

Julia dejó de escuchar lo que decía su marido. «Ha sido Dolly», pensó y, por extraño que resultara, la calificó con las mismas palabras que Michael había utilizado un par de días antes. El mayordomo anunció la cena y aquella ingeniosa conversación derivó hacia otros temas. Pero pese a que Julia participó en ella con actitud festiva, pese a que aparentó dedicar toda su atención a los invitados e incluso escuchó con ostentosa aprobación una anécdota teatral que oía contar a Michael por vigésima vez al menos, en su fuero interno mantenía una animada charla con Dolly, a quien le decía todo cuanto realmente pensaba de ella.

«Tú, vieja arpía —le gritaba—. ¿Cómo te atreves a inmiscuirte en mis asuntos privados? No, no trates de excusarte. Sé lo que le dijiste a Michael. Es imperdonable. Pensaba que eras amiga mía, creía que podía confiar en ti. Bueno, con esto se acaba todo. Jamás volveré a hablarte, jamás, jamás. ¿Crees que tu maldito y podrido dinero me impresiona? No, no servirá de nada que ahora vengas con que no era ésa tu intención. Me gustaría saber dónde estarías si no fuera por mí. La poca distinción de la que gozas, la única importancia que tienes en el mundo procede de la suerte de conocerme. ¿Quién ha animado tus fiestas durante todos estos años? ¿Crees que la gente acudía a ellas para verte a ti? Lo hacía para verme a mí. Nunca, nunca más.»

En realidad, se trataba más de un monólogo que de una conversación.

Después, en el cine, se sentó junto a Tom como había planeado y le tomó la mano, aunque la encontró extrañamente insensible, como la aleta de un pez. Sospechó que estaría pensando con inquietud en lo que había dicho Michael y deseó haber tenido la oportunidad de intercambiar unas palabras con él para tranquilizarlo al respecto. Al fin y al cabo, nadie habría podido afrontar el incidente con más brillantez que ella. Aplomo, ésa era la palabra. Le habría gustado saber qué le había dicho Dolly a Michael exactamente; sería mejor que lo averiguara. No le convenía preguntárselo a su marido, pues parecería que le daba importancia a la cuestión. Tenía que descubrirlo a través de la propia Dolly. Lo más prudente sería no regañar con ella. Sonrió al pensar en el papel que interpretaría ante Dolly. Sería la dulzura personificada, se lo sonsacaría todo y no daría ninguna muestra de estar enojada. Resultaba curioso que sólo con pensar en lo que la gente decía de ella, un escalofrío le recorriera la espalda. Al fin y al cabo, si ella no podía hacer lo que le apetecía, ¿quién podría hacerlo? Su vida privada no era asunto de nadie. Al mismo tiempo, no podía negar que no le resultaría agradable que la gente se riera de ella. Se preguntó qué haría Michael si descubría la verdad. No podría divorciarse y seguir siendo su agente. A poco sentido común que tuviera, haría la vista gorda. Pero en determinados aspectos, Michael era peculiar. De vez en cuando, se encabritaba y empezaba a actuar como el coronel al que había encarnado en escena. Era muy capaz de declarar de repente que ¡maldita sea!, él debía comportarse como un caballero. Ay, los hombres..., eran tan idiotas... Con tal de vengarse no dudaban en destruirse a sí mismos. Desde luego, a ella no le importaría demasiado. Podía ir a América y actuar allí durante un año mientras el escándalo se disipaba, y luego formar compañía propia con otro empresario. Pero sería un fastidio. Y además, había que tener en cuenta a Roger. Lo sentiría, el pobrecito, para él sería una humillación, naturalmente; además, no se podía soslayar el hecho de que ella quedaría como una perfecta estúpida si a su edad se divorciaba por culpa de un muchacho de veintitrés años. Y, por descontado, no iba a ser tan tonta como para casarse con Tom. ¿Querría Charles desposarla? Se volvió y en la penumbra miró su perfil distinguido. Llevaba años locamente enamorado de ella. Era uno de esos caballerosos ilusos que una mujer podía dominar a voluntad. Acaso a Charles no le importaría hacerse pasar por responsable de su divorcio. Sí, sería una muy buena salida. Lady Tamerley. Sonaba bien. Quizás había obrado de una forma un tanto imprudente. Cuando iba al piso de Tom, siempre lo hacía con enorme cautela, pero cabía la posibilidad de que uno de los *chauffeurs* de las cocheras hubiese sospechado al verla entrar o salir. Esa clase de gente tenía una mente muy obscena. Y por lo que se refería a las salas de fiesta, ella se habría conformado con ir a locales pequeños y tranquilos donde nadie los viera, pero a Tom eso no le gustaba. Le agradaban las multitudes, quería ver personas de buen tono y que éstas lo vieran. Y le encantaba exhibirla.

«Maldita sea —pensó Julia—. Maldita sea.»

No disfrutó tanto como había esperado de la velada en el cine.

18

Al día siguiente, Julia llamó a Dolly a su teléfono particular.

—Querida, hace siglos que no nos vemos. ¿Qué has estado haciendo todo este tiempo?

—Poca cosa —repuso Dolly fríamente.

—Escucha, mañana llega Roger. Ya sabes que abandona Eton. Mandaré el coche a buscarlo temprano y quiero que vengas a almorzar. No será una fiesta; sólo tú y yo, Michael y Roger.

—Mañana almuerzo fuera.

En veinte años, Dolly nunca había rehusado una invitación. La voz al otro lado de la línea era hostil.

—¿Cómo puedes ser tan cruel, Dolly? Roger se sentirá terriblemente decepcionado. Es su primer día en casa; además, quiero verte. Te echo mucho de menos. ¿No puedes cancelar ese almuerzo por esta vez, querida? Después de comer nos dedicaremos a chismorrear a solas tú y yo, como en los viejos tiempos.

Julia era sumamente persuasiva cuando se lo proponía y nadie era capaz de sonar más tierna e irresistible en la voz. Se produjo un breve silencio y Julia supo que Dolly estaba luchando con sus sentimientos heridos.

—Muy bien querida, trataré de arreglarlo.

—Gracias, querida —dijo Julia, pero al colgar murmuró entre dientes: «Vieja arpía...»

Dolly asistió al almuerzo. Roger la escuchó cortésmente cuando ella le comentó que había crecido mucho, y le respondió adecuadamente con su seria sonrisa, mientras Dolly le decía todas esas cosas que creía apropiadas para un muchacho de su edad. A Julia su hijo la intrigaba. Sin hablar apenas, Roger escuchaba con aparente atención, pero ella tenía la extraña sensación de que, entretanto, estaba pensando en sus propios asuntos. Parecía observarlos a todos con una curiosidad distante, la misma con la que contemplaría a los animales en un zoo. Resultaba un tanto inquietante. Cuando se presentó la oportunidad, Julia declamó aquel pequeño diálogo que había preparado especialmente para Dolly.

—Oh, Roger querido, ya sabes que esta noche tu padre está terriblemente ocupado. Tengo dos butacas para la última sesión del Palladium y a Tom le gustaría que cenases con él en el café Royal.

—¡Oh! —exclamó Roger, y tras una breve pausa añadió—: De acuerdo.

Julia se volvió hacia Dolly.

—Es tan maravilloso que Roger tenga a alguien como Tom para salir. Son grandes amigos, ¿sabes?

Michael miró a Dolly con un centelleo malicioso en los ojos y dijo:

—Tom es un muchacho muy decente y no permitirá que Roger se meta en ningún lío.

—Pues yo imaginaba que Roger prefería salir con sus amigos de Eton —repuso Dolly.

«Vieja arpía —pensó Julia—. Vieja arpía.»

Cuando concluyó el almuerzo, le pidió a Dolly que subiera con ella a su habitación.

—Me acostaré y tú me hablarás mientras descanso. Una buena sesión de chismes, eso es lo que me apetece.

La tomó afectuosamente por la cintura y la llevó al

piso de arriba. Charlaron durante un rato sobre cosas intrascendentes, como ropa, criados, maquillaje y escándalos diversos; luego, Julia, apoyada sobre el codo, miró a Dolly con expresión confiada.

—Hay algo que me gustaría contarte —dijo—. Necesito un consejo y tú eres la única persona del mundo a quien se lo pediría. Sé que puedo confiar en ti.

—Por descontado, querida.

—Al parecer, la gente anda diciendo cosas desagradables sobre mí. Alguien le ha contado a Michael que corren muchos rumores sobre mí y el pobre Tom Fennell.

Aunque en sus ojos aún brillaba el encanto y el atractivo que sabía que Dolly encontraba irresistibles, la observó con atención a fin de detectar en su amiga cualquier sobresalto o el menor cambio de expresión, pero no vio nada.

—¿Quién le habrá contado eso a Michael? —inquirió Dolly.

—Lo ignoro, y no me lo dirá. Ya sabes cómo es cuando empieza a comportarse como un perfecto caballero.

Julia se preguntó si el alivio que le pareció advertir en la actitud de Dolly al oír aquello sólo sería producto de su imaginación.

—Quiero saber la verdad, Dolly.

—Celebro que me lo pidas, querida. Ya sabes cuánto detesto inmiscuirme en las vidas ajenas y, si tú no hubieras sacado este asunto a colación, nada me habría inducido a mencionarlo.

—Querida mía, si yo no supiera que eres una amiga leal, ¿quién lo sabría?

Dolly se quitó los zapatos y acomodó su pesado cuerpo en el sillón. Julia no dejó de observarla ni por un instante.

—No hace falta que te explique lo maliciosa que es la gente, y tú siempre has llevado una vida tan tranquila y regular... Has salido poco y sólo lo has hecho con Michael o con Charles Tamerley. Con Charles es distinto. Todo el mundo está al corriente de que te adora desde hace años. Pero resulta insólito que ahora, de la noche a la mañana, empieces a dejarte ver por toda la ciudad con un contable de la empresa que os lleva las cuentas del teatro...

—No es un mero contable. Su padre le ha comprado unas acciones en la empresa y ahora es un socio más.

—Sí, gana cuatrocientas libras al año.

—¿Cómo lo sabes? —preguntó Julia al momento.

Esta vez supo que no era figuración suya el desconcierto que reflejaba la cara de Dolly.

—Fuiste tú quien me convenció de que acudiera a su empresa para asesorarme sobre la declaración de la renta —explicó Dolly—. Uno de los socios principales me dijo cuánto gana Tom. Y parece un poco extraño que esa suma le alcance para mantener un piso, vestir como viste e invitar a nadie a las salas de fiestas.

—Su padre debe de pasarle una asignación mensual.

—Su padre ejerce de abogado en el norte de Londres. Sabes muy bien que después de comprarle acciones, no va a pasarle, además, una asignación.

—No estarás pensando que lo mantengo yo, ¿verdad? —preguntó Julia entre risas.

—Yo no pienso nada, querida. Otros, en cambio, sí.

A Julia no le gustaron las palabras de Dolly ni el tono con que las había pronunciado, pero no dio ninguna muestra de irritación.

—Es demasiado absurdo. Es mucho más amigo de Roger que mío. Y por supuesto que he salido con él. Sentí que me estaba anquilosando. Estoy harta de no hacer otra cosa más que ir al teatro y cuidarme. Esto no es vida. Al fin y al cabo, si ahora no disfruto un poco, ¿cuándo lo haré? Voy cumpliendo años, Dolly, de nada sirve negarlo. Y ya sabes cómo es Michael; encantador, por supuesto, pero un verdadero pelmazo.

—No es más pelmazo ahora de lo que ha sido siempre —replicó Dolly con aspereza.

—Y yo que me figuraba que, de todas las mujeres del mundo, sería la última que la gente creería capaz de tener una aventura con un muchacho veinte años más joven.

—Veinticinco —la corrigió Dolly—. Yo también lo pensaba, pero lamentablemente, el chico no es muy discreto.

—¿A qué te refieres con eso?

—Pues que le ha dicho a Avice Crichton que le conseguirá un papel en tu próxima obra.

—¿Y quién demonios es Avice Crichton?

—Una joven actriz conocida mía. Es bonita como un ángel.

—Tom no es más que un chiquillo sin seso. Supongo que cree que es capaz de convencer a Michael; ya sabes cómo es con los papeles secundarios.

—Asegura que puede conseguir lo que quiera de ti. Dice que comes de su mano.

Afortunadamente, Julia era muy buena actriz. Por un instante, sintió que se le detenía el corazón. ¿Cómo podía Tom decir una cosa así? «Estúpido, más que estúpido», pensó, pero se recuperó de inmediato y rió alegremente.

—¡Qué ridiculez! No me creo ni una sola palabra.

—Es un joven muy corriente, casi vulgar, diría yo. No es de extrañar que, al verse convertido en el centro de tu atención, haya perdido la cabeza.

Julia le dirigió una sonrisa casi afable al tiempo que la miraba con candor.

—Pero no creerás que es mi amante, ¿verdad, querida?

—Si no lo creo, soy la única persona que no lo hace.

—¿Y lo crees?

Dolly no respondió enseguida. Se miraron fijamente, con el corazón henchido de odio; no obstante, Julia seguía sonriendo.

—Si me das tu solemne palabra de honor de que no es tu amante, te creeré, desde luego.

Julia bajó la voz imprimiéndole un tono grave y un acento de sinceridad.

—Jamás te he mentido, Dolly, y ya soy demasiado mayor para empezar a hacerlo. Te doy mi solemne palabra de honor de que Tom nunca ha sido para mí más que un amigo.

—Me quitas un gran peso de encima.

Julia sabía que Dolly no la creía, y Dolly se daba cuenta de que Julia lo sabía.

—Pero en ese caso —prosiguió—, y por tu propio bien, Julia querida, sé sensata, no salgas más con él. Prescinde de su compañía.

—Imposible. Eso sería reconocer que la gente tiene razón al murmurar. Al fin y al cabo, mi conciencia está limpia. Puedo andar con la cabeza bien alta. Me despreciaría a mí misma si permitiera que las habladurías influyesen en mi conducta.

Dolly volvió a ponerse los zapatos, sacó del bolso la barra de carmín, se pintó los labios y dijo:

—Bueno, querida, ya eres lo bastante mayor para saber lo que quieres.

Se despidieron con frialdad.

Sin embargo, un par de comentarios de Dolly habían sobresaltado a Julia; su significado le escocía. La desconcertaba que los chismorreos se hubiesen acercado tanto a la verdad. Pero ¿acaso importaba? Incontables mujeres tenían amantes, nadie se preocupaba por ello. Y mucho menos tratándose de una actriz. Nadie esperaba que una actriz fuese un modelo de decoro.

«Es por culpa de mi maldita virtud. Ahí radica el problema.»

Tenía fama de ser un dechado de moralidad, una mujer a quien las maledicencias no alcanzaban, y, de repente, descubría que esa reputación era como una prisión que hubiera construido en torno a ella. Pero todavía había algo peor. ¿Qué había querido decir Tom con eso de que ella comía de su mano? Aquello la ofendía profundamente. Estúpido mequetrefe, ¿cómo se atrevía? Julia tampoco sabía qué hacer con respecto a eso. Le hubiera gustado echárselo en cara, pero ¿de qué serviría? Lo negaría. Lo único que podía hacer era callar, la situación había llegado demasiado lejos y no le quedaba otro remedio que aceptarlo. Negarse a afrontar la verdad no la ayudaría: él no la quería, era su amante porque eso satisfacía su autoestima, porque le aportaba cosas que le interesaban y porque, al menos a sus propios ojos, le proporcionaba cierta posición.

«Si fuera sensata, lo despediría —pensó Julia, furiosa—. Pero no es tan fácil, porque lo amo.»

Lo más extraño de todo, cuando examinaba sus propios sentimientos, era que aquel agravio no hería a Julia Lambert, la mujer, porque no sentía afecto por sí misma; lo que realmente le dolía era la afrenta hecha a Julia Lambert, la actriz. A menudo había tenido la sensación de que su talento, su genio, como afirmaban los críticos —aunque se trataba de una palabra muy grandilocuente—, su don, si se prefería, no era algo consustancial a ella, ni siquiera formaba parte de ella, sino que constituía un elemento externo que utilizaba como vehículo a Julia

Lambert, la mujer, a fin de expresarse. Lo percibía como una personalidad extraña e inmaterial que parecía poseerla y forzarla a hacer cosas de las que no se sabía capaz. Ella era una mujer entrada en años, corriente, más bien bonita, mientras que su don no tenía edad ni forma. Julia lo veía como un espíritu que interpretaba a través de ella, que la tocaba como un violinista tañe el violín. Era el desdén a ese espíritu lo que la ofendía.

Intentó dormir. Estaba tan acostumbrada a hacerlo por la tarde que siempre conciliaba el sueño en cuanto se tumbaba, pero en esa ocasión dio vueltas inquieta, a un lado y a otro, y no consiguió pegar ojo. Al final, miró el reloj. Tom solía llegar a casa procedente de la oficina pasadas las cinco. Anhelaba estar con él; en sus brazos hallaba sosiego, no importaba nada más. Marcó su número de teléfono.

—¿Sí, dígame? ¿Quién es?

Mantuvo el receptor pegado a la oreja, presa del pánico. Era la voz de Roger. Colgó.

19

Tampoco por la noche durmió bien. Estaba despierta cuando llegó Roger. Encendió la luz y torció el gesto al comprobar que eran las cuatro. Por la mañana, cuando empezaba a pensar en levantarse, lo oyó bajar corriendo por la escalera de piedra.

—¿Puedo entrar, mamá?

—Adelante.

Todavía llevaba el pijama y el batín, y su lozanía y juventud le inspiraron una sonrisa.

—Anoche llegaste muy tarde.

—No, no mucho. Cerca de la una.

—Mentiroso. Miré la hora. Eran las cuatro.

—Está bien. Las cuatro, entonces. —Roger asintió alegremente.

—¿Y qué estuviste haciendo?

—Después del gran espectáculo fuimos a un local a cenar. Y bailamos.

—¿Con quién?

—Con un par de muchachas con las que congeniamos. Tom ya las conocía.

—¡Ah! ¿Y cómo se llamaban?

—Una se llamaba Jill y la otra Joan. Ignoro los apellidos. Joan se dedica al teatro. Me pidió si podría conseguirle un puesto de suplente en tu próxima obra.

En cualquier caso, ninguna de las dos era Avice Crichton. Desde que Dolly lo había mencionado, no lograba quitarse aquel nombre de la cabeza.

—Pero esos establecimientos no están abiertos hasta las cuatro...

—No, volvimos al piso de Tom. Me hizo prometer que no te lo contaría. Dijo que te enfurecerías si te enterabas.

—Oh, cariño, para que me enfurezca es necesario mucho más. Te prometo que no diré una palabra.

—Si alguien tiene la culpa, soy yo. Ayer por la tarde fui a ver a Tom y allí lo planeamos. Con tantas tonterías sobre el amor como uno escucha en el teatro o lee en las novelas... Casi he cumplido los dieciocho, y pensé que era hora de enterarme por mí mismo de qué trata este asunto.

Julia se incorporó en la cama, y con los ojos muy abiertos, le dirigió una mirada inquisitiva.

—Roger, ¿qué me estás contando?

Él se mostraba serio y sereno.

—Tom dijo que conocía a un par de muchachas que resultarían muy indicadas. Ha estado con las dos. Viven juntas, de modo que telefoneamos y nos citamos con ellas para después del espectáculo. Les dijo que yo era virgen y que mejor sería que se me echaran a suertes. Cuando volvimos al piso, él se llevó a Jill al dormitorio y me dejó en el salón con Joan.

En un primer instante, lo que su hijo decía la trastornó de tal manera que ni siquiera pensó en Tom.

—No creo que sea para tanto, en realidad —comentó Roger—. No veo a qué vienen tantos aspavientos.

Julia fue incapaz de abrir la boca. Los ojos se le inundaron de lágrimas, que no tardaron en correr por sus mejillas.

—¿Qué tienes? ¿Por qué lloras?

—Pero si eres un chiquillo...

Él se acercó y, sentándose al borde de la cama, la abrazó.

—Mamá, por favor, enjuga esas lágrimas. De haber sabido que iba a trastornarte así, no te lo habría contado. Al fin y al cabo, tenía que suceder tarde o temprano.

—Pero tan pronto... Haces que me sienta vieja...

—No, no digas eso. «La edad no puede marchitarla, ni la costumbre estancar su infinita variedad.»

Ella rió a través de las lágrimas.

—Vamos, cariño, no seas tonto. ¿Crees que a Cleopatra le gustó lo que ese viejo borrico dijo de ella? Podrías haber esperado un poco más, hijo.

—Ha sido mejor así. Ahora, ya sé lo necesario al respecto. Y, para serte franco, lo encuentro bastante desagradable.

Julia exhaló un profundo suspiro. Tenerlo allí, abrazándola con tanta ternura, representaba un consuelo, pero aun así sentía una lástima terrible de sí misma.

—¿Estás muy enfadada conmigo, mamá?

—¿Enfadada? No. Pero si tenía que suceder, me habría gustado que no fuera de un modo tan pueril. Hablas como si no hubiera sido más que un experimento curioso.

—Supongo que lo fue, en cierto modo.

Ella le dedicó una tenue sonrisa.

—¿Y de veras crees que eso fue amor?

—Bueno, la mayoría de la gente lo entiende así, ¿no?

—No, no es cierto. Lo que la gente entiende por amor es dolor y angustia, vergüenza, éxtasis, paraíso e infierno; consiste en la sensación de vivir más intensamente y padecer un aburrimiento indecible; es la libertad y la esclavitud, la paz y el desasosiego.

Algo en la quietud con que Roger la escuchaba hizo que lo observara con suspicacia. Su hijo tenía una expresión curiosa que no supo interpretar. Parecía como si estuviera escuchando con seriedad un sonido que llegaba de muy lejos.

—Tu descripción no suena muy divertida... —murmuró.

Ella le tomó la tersa cara entre las manos y lo besó en los labios.

—Qué tonta soy, ¿verdad? Todavía te veo como un niño pequeño que acuno en mis brazos.

Un brillo de malicia iluminó los ojos de Roger.

—¿De que te ríes, grandullón?

—Sería una fotografía estupenda, ¿verdad?

Julia no pudo evitar reírse.

—¡Qué granuja! Eres un chico descarado.

—Oye, y acerca de la suplente... ¿Le darás una oportunidad a Joan?

—Dile que venga a verme cualquier día.

Cuando Roger se marchó, Julia soltó un profundo suspiro. Estaba deprimida y se sentía muy sola. Siempre había llevado una vida tan ajetreada e interesante que no le había quedado mucho tiempo para ocuparse de su hijo. Cuando Roger tuvo la tos ferina y el sarampión se desvivió por él, desde luego, pero el chico había crecido con buena salud y, con el tiempo, había pasado a ocupar un grato rincón en el fondo de su conciencia. Con todo, Julia siempre había tenido la sensación de que el muchacho estaría a su disposición cuando lo deseara, y muchas veces pensó que sería agradable compartir intereses con él, cuando su hijo tuviera edad suficiente. La afectó mucho percatarse de que, sin haber llegado nunca a poseerlo realmente, lo había perdido. Cuando pensó en la chica que se lo había arrebatado, apretó los labios.

«Una suplente. ¡Y un cuerno!»

Estaba tan afligida que no sintió el dolor que en otras

circunstancias habría experimentado ante el descubrimiento de la perfidia de Tom. En el fondo, siempre había tenido la certeza de que le era infiel. Con su juventud y su temperamento egocéntrico, mientras ella estaba atrapada por las funciones de teatro y por los mil y un compromisos inherentes a su posición, era indudable que Tom disponía de amplias oportunidades para satisfacer sus inclinaciones. Ella había querido ignorarlo. Lo único que pedía era no llegar a enterarse. Ésta era la primera vez que un suceso real la forzaba a abrir los ojos.

«Tendré que aguantarme. —Volvió a suspirar. Pensamientos dispares se agolpaban en su mente—. Es como mentir sin saber que mientes, eso es lo peligroso; supongo que es mejor ser una estúpida y saberlo que serlo y no darse cuenta.»

20

Tom fue a pasar la Navidad con su familia en Eastbourne. Como Julia tenía doble función el día de San Esteban, los Gosselyn se quedaron en la ciudad y asistieron a una concurrida recepción que Dolly de Vries daba en el Savoy para festejar el Año Nuevo. Unos días después, Roger partió hacia Viena. Mientras éste estuvo en Londres, Julia apenas vio a Tom. No preguntó a su hijo en qué ocupaban el tiempo cuando salían juntos por la ciudad, no quería saberlo; se obligó a no pensar en ello y se distrajo acudiendo a cuantas fiestas le fue posible. Además, siempre le quedaba su trabajo de actriz; en cuanto entraba en el teatro, su angustia, su humillación y sus celos se hacían más llevaderos. Encontraba entonces, como si la tuviese guardada en el tarro de crema, otra personalidad que era inmune a los sufrimientos humanos, y ello le proporcionaba una sensación de poder y de triunfo. Con aquel refugio siempre a mano, se sentía capaz de soportar lo que fuese.

El día de la partida de Roger, Tom la llamó desde su oficina.

—¿Tienes planes para esta noche? ¿Qué te parece si salimos de parranda? —propuso.

—Tengo un compromiso —respondió ella.

No era cierto, pero las palabras escaparon de sus labios sin que su voluntad interviniese.

—¿Ah, sí? Bueno, ¿y mañana?

Si Tom hubiese expresado decepción, si le hubiera pedido que anulase la cita que ponía como excusa, ella habría tenido la fuerza necesaria para romper con él en aquel mismo momento, pero su indiferencia la derrotó.

—Mañana me va bien.

—Magnífico. Pasaré por el teatro a recogerte después de la función. Hasta mañana.

Cuando se presentó ante la puerta del camerino, Julia ya lo esperaba, dispuesta para salir. Se sentía extrañamente inquieta. A Tom se le iluminó la cara al verla, y cuando Evie abandonó la estancia unos instantes, la cogió entre sus brazos y depositó un cálido beso en sus labios.

—¡Qué estupendamente me ha sentado! —exclamó riendo.

Al verlo tan joven, tan lozano e ingenuo y de tan buen humor, nadie hubiese dicho que era capaz de causarle un dolor tan grande. Nadie hubiese pensado que era tan falso. Resultaba evidente que ni siquiera había reparado en que durante más de dos semanas apenas la había visto.

«¡Oh, Dios mío, ojalá fuera capaz de mandarlo al infierno!», pensó. Pero lo contempló con una sonrisa alegre y un fulgor en sus ojos bellísimos.

—¿Adónde vamos?

—He reservado una mesa en Quag's. Hay una atracción nueva, un prestidigitador norteamericano que es formidable.

Julia se pasó la cena charlando animadamente. Le habló de las diversas fiestas a las que había asistido y de las galas teatrales en las que no había podido negarse a participar, de modo que llegó a parecer que, si no se habían visto más, había sido por culpa de sus múltiples compromisos. Con todo, la desconcertó constatar que él lo encontraba perfectamente natural. Se alegraba de verla, eso era obvio, y se interesaba por sus actividades y por la gente con la que se había relacionado, pero también saltaba a la vista que no la había echado de menos. Julia le contó entonces, para comprobar su reacción, que le habían propuesto llevar a Nueva York la obra que estaba representando, y le expuso las condiciones que le habían ofrecido.

—¡Son maravillosas! —exclamó él con los ojos brillantes—. ¡Vaya oportunidad! No arriesgas nada y, en cambio, se te presenta la oportunidad de ganar una fortuna.

—El único pero es que no me apetece demasiado dejar Londres.

—¿Por qué no? Lo lógico sería que te apresuraras a aceptar la oferta. Lleváis mucho tiempo representando esa obra, todo lo más aguantará hasta Pascua, y si quieres probar a tener éxito en Norteamérica no encontrarás un medio mejor.

—No veo por qué no habría de funcionar hasta el verano. Además, no me gustan los desconocidos. Prefiero estar con mis amigos.

—Qué tontería. Tus amigos sabrán pasar sin ti. Y en Nueva York disfrutarás mucho.

La alegre risa de Julia sonó muy convincente.

—Cualquiera diría que estás impaciente por librarte de mí.

—Oh, te echaré muchísimo de menos, por supuesto, pero sólo serán unos meses. Si yo tuviera una oportunidad como ésta, seguro que no la desaprovecharía.

Cuando terminaron de cenar y el portero les pidió un taxi, Tom indicó al taxista la dirección del piso como si hubiera quedado sobrentendido que irían allí. En el coche, la rodeó por la cintura y la besó, y más tarde, mientras yacía en sus brazos en la estrecha cama, Julia pensó que todo el sufrimiento que había padecido durante las últimas semanas no era un precio demasiado alto a cambio de la paz y la felicidad que colmaban su corazón.

Continuó saliendo con Tom; cenaron en restaurantes de lujo y acudieron a salas de fiesta. Si la gente quería pensar que eran amantes, pues bueno; a Julia había dejado de importarle. Sin embargo, en más de una ocasión ocurrió que Tom tenía un compromiso cuando ella quería que la acompañase a alguna parte. Entre los amigos más encumbrados de Julia había corrido la voz de que Tom era muy hábil a la hora de ayudar a hacer la declaración de la renta. Los Dennorant lo invitaron a pasar un fin de semana en su casa de campo; allí lo presentaron a varias personas que se mostraron encantadas de aprovechar sus conocimientos técnicos. Pronto empezaron a llegarle invitaciones de gente que Julia nunca había visto. Algunos conocidos incluso le hacían comentarios sobre él.

—Usted conoce a Tom Fennell, ¿no es cierto? ¿No le parece un muchacho muy listo? Me han dicho que les ha ahorrado cientos de libras a los Gillian en el pago de impuestos.

Julia, sin embargo, no estaba precisamente contenta. Antes, cuando Tom quería acudir a una fiesta, ella mediaba para que lo invitasen, pero al parecer en este punto ya podía valerse sin su ayuda. Era agradable y discreto, cada vez vestía mejor y tenía un aspecto fresco y limpio que lo hacía encantador; también sabía ahorrar dinero a la gente y Julia, buena conocedora del mundo en el que lo veía impaciente por entrar, se percataba de que pronto estaría bien situado en él. Julia no tenía muy buena opinión de la moralidad de las mujeres de ese ambiente, y podía nombrar a más de una aristócrata que estaría encantada de adueñarse de Tom. Lo único que la tranquilizaba era que todas esas damas eran increíblemente tacañas. Según había dicho Dolly, el joven sólo ganaba cuatrocientas libras al año, y esa cantidad no le permitía moverse en tales círculos.

Julia había rechazado con decisión la oferta norteamericana, antes incluso de mencionársela a Tom. La comedia que estaban representando rendía buenos beneficios; sin embargo, al poco ocurrió que en Londres el teatro sufrió uno de esos inexplicables bajones que le afectan de vez en cuando, y la recaudación experimentó una repentina merma. Daba la impresión de que no podrían mantener la obra mucho más allá de Pascua. Estaban preparando otra en la que tenían depositadas grandes esperanzas. Se titulaba *Hoy en día* y habían previsto estrenarla a principios de otoño. Contaba con un gran papel para Julia y con la ventaja de que a Michael el suyo le iba como anillo al dedo. Era una de esas comedias que bien podría mantenerse un año en cartel. A Michael no le gustaba mucho la idea de estrenarla en mayo, con el verano a la vuelta de la esquina, pero parecía inevitable que así fuera y empezó a buscar el elenco.

Una tarde, en el entreacto de la primera función, Evie le entregó una nota a Julia, que se sorprendió al reconocer la caligrafía de Roger.

> Querida madre:
>
> Sirva ésta para presentarte a la señorita Joan Denver, de quien ya te he hablado. Tiene un interés tremendo por hacerse un hueco en el Teatro Siddons y se contentaría con un papel de suplente, por pequeño que fuera.
>
> Tu hijo que te quiere,
>
> ROGER

Julia sonrió al observar el estilo tan formal de la redacción y le hizo gracia pensar que el muchacho ya tenía edad suficiente para intentar conseguirle trabajo a una amiguita. Luego, de improviso, recordó quién era Joan Denver. Joan y Jill. Se trataba de la muchacha que había seducido al pobre Roger. Su expresión cambió. Con todo, sentía curiosidad por verla.

—¿Anda por ahí George? —Se refería al portero.

Evie asintió y abrió la puerta.

—George.

El hombre entró.

—¿Está aquí la dama que ha traído esta carta?

—Sí, señorita.

—Dígale que la veré cuando termine la representación.

En el último acto llevaba un traje de noche con cola. Se trataba de un vestido suntuoso y elegantísimo que realzaba su hermosa figura. Una diadema y unas pulseras de diamantes terminaban de darle el aire majestuoso que, en efecto, requería el personaje. No bien hubo recibido la última ovación, mandó llamar a Joan Denver. Julia era capaz de pasar del personaje a la vida privada en un abrir y cerrar de ojos, pero en esa ocasión continuó interpretando sin el menor esfuerzo a la protagonista de la obra, arrogante, distante, majestuosa y de maneras refinadas.

—La he hecho esperar tanto que he creído mejor recibirla antes de cambiarme.

Su sonrisa cordial recordaba la de una reina; pero su gentileza era de las que mantienen al interlocutor a una distancia respetuosa. Una sola mirada le bastó para calibrar a la muchacha que acababa de entrar en el camerino. Era muy joven, tenía una carita menuda y bonita, una nariz respingona y llevaba mucho maquillaje, aunque no muy bien aplicado.

«Tiene las piernas muy cortas —observó—. Es muy vulgar.»

Era evidente que la chica se había vestido con sus mejores galas, cosa que Julia ya había captado en esa breve mirada.

«Shaftesbury Avenue. Grandes almacenes», pensó.

La pobrecilla estaba nerviosa y asustada. Julia le indicó que se sentara y le ofreció un cigarrillo.

—Tienes cerillas ahí al lado.

Julia se fijó en cómo le temblaban las manos al rascar contra la caja la cerilla; ésta se rompió y tuvo que rascar tres veces la segunda hasta que acertó a encenderla.

«¡Si Roger la viese ahora! Carmín y colorete baratos y encogida de miedo. Y él que la había tomado por una monada vivaracha...»

—¿Lleva tiempo trabajando en el teatro, señorita...? Lo siento, he olvidado su nombre.

—Joan Denver. —Tenía la boca seca y apenas conseguía articular palabra. El cigarrillo se le había apagado y continuaba sosteniéndolo entre los dedos, sin saber qué hacer con él. Por fin, respondió a la pregunta—: Dos años.

—¿Y qué edad tiene?

—Diecinueve.

«Mentira. Tienes veintidós, por lo menos.»

—Conoce usted a mi hijo, ¿no es cierto?

—Sí.

—Acaba de salir de Eton y se ha trasladado a Viena para estudiar alemán. Es muy joven, es verdad, pero su padre y yo hemos considerado que le convenía pasar unos meses en el extranjero antes de ingresar en Cambridge. ¿Y qué papeles ha interpretado? Se le ha apagado el cigarrillo. ¿Quiere otro?

—Oh, no, gracias. He actuado en provincias. Pero

tengo unas ganas enormes de debutar en la capital. —La desesperación le dio valor y consiguió pronunciar el discurso que, evidentemente, traía preparado—. Siento la más tremenda admiración por usted, señora Lambert. Siempre ando diciendo que es la mejor actriz de la escena. He aprendido más de usted que en todos los años que pasé en la Real Academia de Arte Dramático. Mi mayor ambición es actuar en su teatro y, si usted viera la posibilidad de concederme el más insignificante papelito, lo consideraría la más maravillosa oportunidad que una chica como yo pueda soñar.

—¿Quiere quitarse el sombrero?

Joan Denver así lo hizo y con un gesto rápido sacudió su corta y rizada melena.

—Qué bonito pelo tiene —comentó Julia.

Sin abandonar aquella sonrisa algo arrogante pero infinitamente cordial, semejante a la que una reina dedica a sus súbditos en pleno desfile real, Julia la miró en silencio.

Recordó la máxima de Jane Taitbout: «No te detengas a menos que sea necesario, pero luego haz la pausa más larga posible.» Casi le parecía oír los latidos del corazón de la muchacha, y percibió cómo se encogía bajo sus ropas de confección, incluso bajo su misma piel.

—¿Cómo se le ocurrió pedirle a mi hijo que me escribiera una carta de recomendación?

Joan se sonrojó debajo del maquillaje y tragó saliva antes de responder.

—Lo conocí en casa de una amiga. Le conté cuánto la admiro y me dijo que tal vez usted tendría algo para mí en su siguiente obra.

—En estos momentos estoy considerando a fondo el reparto.

—Yo no pensaba en un papel. Si pudiera ser suplente de alguna de las actrices... Verá, eso me daría la oportunidad de asistir a los ensayos y estudiar su técnica, señora Lambert. Eso sí que sería un verdadero curso de interpretación, todo el mundo lo dice.

«Eso, tontita, halágame —pensó Julia—. Como si yo no lo supiera. ¿Y por qué demonios tendría que enseñarte nada?»

—Le agradezco sus palabras. En realidad, sólo soy una persona muy corriente. El público es tan amable... Usted es muy bonita. Y joven. La juventud es hermosa. Nosotros siempre hemos seguido la política de dar oportunidades a la gente joven. Al fin y al cabo, no duraremos eternamente, y consideramos una obligación para con el público preparar actores y actrices a fin de que ocupen nuestro lugar cuando llegue el momento.

Julia, con su voz bellamente modulada, dijo estas palabras en un tono tan natural que Joan Denver se entusiasmó. Había engatusado a la vieja y tenía el puesto de suplente en el bolsillo. Ya le había dicho Tom Fennell que si jugaba bien sus cartas con Roger, fácilmente podía sacar provecho.

—Oh, falta muchísimo para eso, señora Lambert —exclamó con un destello en sus bonitos ojos oscuros.

«En eso tienes razón, querida, mucha razón —pensó Julia—. Seguro que cuando tenga setenta años todavía te daré mil vueltas en el escenario.»

—Tendré que estudiar su propuesta. Todavía no sé qué suplentes necesitaremos en la próxima obra.

—He oído algunos rumores de que la actriz joven quizá sea Avice Crichton. Pensaba que tal vez podría estudiar su papel.

Avice Crichton. Ni el menor pestañeo delató que el nombre tuviera algún significado para Julia.

—Mi marido ha mencionado su nombre —admitió—, pero todavía no hay nada decidido. No sé nada sobre ella. ¿Tiene aptitudes?

—Eso creo. Fuimos juntas a la academia.

—Y he oído que es bonita como un ángel. —Cuando se puso en pie para indicar que la audiencia había concluido, Julia dejó a un lado su majestuosidad, cambió el tono y, de improviso, se convirtió en la actriz jovial y de buen corazón dispuesta a hacer un favor a cualquiera, si eso estaba en su mano—. Bien, querida, déjeme su nombre y su dirección y, si sale algo, se lo haré saber.

—¿No se olvidará de mí, señora Lambert?

—No, querida, se lo prometo. Me ha encantado conocerla. Tiene una personalidad muy dulce. ¿Conoce la salida, verdad? Adiós.

«¡Ni en sueños pisarás el escenario de este teatro, pequeña zorra! —se dijo Julia cuando la joven se hubo marchado—. Seducir a mi hijo, el pobre inocente. Vergonzoso, eso es lo que es; las mujeres así deberían estar proscritas.»

Se estudió en el espejo mientras se despojaba del suntuoso vestido. Tenía la mirada dura y una mueca sardónica en los labios. Dirigiéndose a su imagen prosiguió en voz alta:

—Y una cosa voy a decirte, vieja amiga: si alguien debe olvidarse de contar con un papel en *Hoy en día*, es esa Avice Crichton.

21

Pero al cabo de una semana o un poco más, Michael la mencionó.

—Oye, ¿has oído hablar alguna vez de una muchacha llamada Avice Crichton?

—No, nunca.

—Pues me han dicho que es muy buena. Toda una dama y esas cosas. Su padre es militar. Me estaba preguntando si no nos interesaría para el papel de Honor.

—¿Cómo has sabido de ella?

—Por Tom. La conoce y dice que tiene talento. Está actuando en una de esas funciones de domingo por la noche. Este domingo, precisamente. Según él, tal vez sería conveniente que fuera a verla.

—Bien, ¿y por qué no lo haces?

—Porque tenía pensado acercarme a Sandwich a jugar al golf. ¿Te molestaría mucho ir tú? Supongo que la obra será pésima pero podrás decidir si merece la pena dejarle leer el guión. Tom te acompañará.

Julia sintió que se le desbocaba el corazón.

—Pues claro que iré.

Telefoneó a Tom y le pidió que pasara a buscarla, que tomarían un tentempié antes de ir al teatro. Él llegó cuando todavía no estaba preparada.

—¿Me he retrasado o es que has venido antes de tiempo? —le preguntó Julia cuando por fin bajó al salón.

Advirtió que había estado esperándola con impaciencia. Se le veía nervioso y anhelante.

—A las ocho en punto tocarán el timbre —le dijo Tom—. No soporto llegar al teatro cuando la obra ya ha comenzado.

Aquella ansiedad le indicó a Julia todo cuanto quería saber. Se entretuvo un poco con los cócteles.

—¿Cuál es el nombre de esa actriz a la que vamos a ver esta noche? —inquirió.

—Avice Crichton. Me muero por saber qué opinas de ella. Creo que es un hallazgo. Sabe que hoy irás a verla. Está muy nerviosa, pero le he dicho que no tiene motivos para estarlo. Ya sabes cómo son esas funciones nocturnas de los domingos; ensayos esporádicos y demás. Le he dicho que lo comprenderás y que serás indulgente.

Tom se pasó toda la cena consultando el reloj.

Julia interpretó el papel de una mujer de mundo. Habló primero de una cosa, luego de otra, y notó que él la escuchaba distraídamente. Tan pronto como pudo, el joven volvió a llevar la conversación a Avice Crichton.

—Creo que sería perfecta para Honor, aunque no le he dicho nada al respecto, desde luego. —Tom había leído *Hoy en día*, al igual que había leído, antes de que se estrenaran, todas las obras de Julia—. Es un papel a su medida, de eso estoy seguro. Ha tenido unos comienzos muy difíciles y ésta sería una oportunidad maravillosa para ella. Te admira enormemente y tiene unas ganas locas de trabajar contigo en una obra.

—Es comprensible, ya que eso supone estar un año en cartel y que la vean innumerables agentes.

—Su color de pelo es ideal, es muy rubia. Hará un gran contraste contigo.

—En la actualidad, con el tinte color platino y el agua oxigenada, no faltan rubias en los escenarios.

—El suyo es un rubio natural.

—¿En serio? Esta mañana he recibido una larga carta de Roger. Me parece que en Viena se lo está pasando de maravilla.

Tom dejó de poner interés en la charla. Consultó el reloj. Cuando les sirvieron el café, Julia declaró que estaba imbebible y que iba a ordenar que preparasen más.

—Oh, Julia, no merece la pena. Llegaremos terriblemente tarde.

—No creo que importe si nos perdemos los primeros minutos.

La voz de Tom sonó angustiada.

—Le he prometido que llegaríamos puntuales. Interpreta una escena muy buena casi al principio.

—Lo lamento, pero no puedo irme sin tomar café.

Mientras esperaban, Julia procuró que la conversación se mantuviera viva y fluida, pero él apenas respondía. Miraba con ansia hacia la puerta. Y cuando llegó el café, ella lo bebió con una calma irritante. Al subir al coche, Tom se hallaba en un estado de cólera fría y permaneció en silencio con la vista fija al frente y un mohín malhumorado en los labios. Julia no estaba descontenta de sí misma. Llegaron al teatro dos minutos antes de que subiera el telón y cuando Julia apareció, el público prorrumpió en aplausos. Pidiendo disculpas a las personas a quienes molestaba, ella se abrió paso hasta el centro de la hilera de butacas. Su tenue sonrisa agradecía el fervor con que era acogida su entrada, tan perfectamente calculada, pero su mirada baja negaba modestamente que aquel revuelo tuviera alguna relación con ella.

Se alzó el telón y tras una corta escena aparecieron dos muchachas, una joven y muy bonita y la otra mucho mayor y más fea. Al cabo de un minuto, Julia se volvió hacia Tom y le preguntó en voz baja:

—¿Cuál es Avice Crichton, la joven o la mayor?

—La joven.

—Oh, sí, claro, ya me habías dicho que era rubia, ¿verdad?

Julia lo miró de soslayo. La expresión de disgusto se había desvanecido y una sonrisa jugueteaba en sus labios. Julia se concentró en el escenario. Avice Crichton era muy linda, eso nadie podía negarlo, con unos hermosos cabellos dorados, unos bonitos ojos azules y una naricita recta; pero era un tipo de mujer que a Julia no le gustaba.

«Insípida —se dijo—. Una especie de corista.»

Durante unos minutos observó su actuación, la estudió atentamente y luego se recostó en la butaca con un leve suspiro.

«No tiene ni idea de lo que es actuar.»

Cuando bajó el telón, Tom se volvió hacia ella, anhelante. Se le había pasado por completo el mal humor.

—¿Qué opinas de ella?

—Es tan bonita como un ángel.

—Eso ya lo sé, me refiero a su interpretación. ¿No te parece buena?

—Sí, muy hábil.

—Me gustaría que te acercaras a los camerinos y se lo dijeras tú misma. Le darías unos ánimos tremendos.

—¿Yo?

Tom no se percataba de la enormidad de lo que acababa de pedirle. ¿Cuándo se había visto que ella, Julia Lambert, entrara a las bambalinas a felicitar a una actriz de reparto?

—Le prometí que después del segundo acto te llevaría a verla. Sé buena: no sabes lo mucho que la complacerá.

«Idiota. Maldito idiota. Muy bien. Accederé.»

—Si crees que significará tanto para ella, lo haré, por supuesto.

Después del segundo acto, cruzaron el telón metálico de las bambalinas y Tom la llevó al camerino de Avice Crichton, ésta lo compartía con la chica fea con la que había dialogado al comienzo del primer acto. Tom hizo las presentaciones y la muchacha tendió una mano lánguida de una manera un tanto afectada.

—No sabe cuánto me alegro de conocerla, señora Lambert. Ya me excusará por el camerino, ¿verdad?, pero es que no valía la pena ponerlo bonito por una sola noche.

No estaba en absoluto nerviosa; antes bien, parecía muy segura de sí misma.

«Dura como el pedernal —pensó Julia—. Y dispuesta a saltar sobre una buena oportunidad. Ahora adopta los aires de la hija del coronel.»

—Es un gesto muy amable el haber venido a verme. Me temo que la obra no es gran cosa, pero cuando una está empezando, tiene que conformarse con el papel que le den. Cuando me enviaron el guión para que lo leyera, dudé, pero le tomé cariño al personaje.

—Su interpretación ha sido maravillosa —dijo Julia.

—Es muy amable por su parte. Me habría gustado ensayar más para que viera de lo que soy capaz.

—Bueno, ya sabe que llevo mucho tiempo en esta profesión y siempre he pensado que cuando alguien tiene talento, es inevitable que lo demuestre, ¿no cree?

—Comprendo a lo que se refiere. Claro que necesito mucha más experiencia, eso ya lo sé, pero sólo quiero una oportunidad. Sé que puedo actuar, y si consiguiera un papel al que hincarle el diente...

Hizo una pequeña pausa a fin de permitirle a Julia que dijera que en la nueva obra que iba a estrenar había un papel adecuado para ella, pero Julia siguió mirándola risueña. Le resultaba amargamente divertido verse tratada como si fuera la mujer de un reverendo con quien la esposa del hacendado está siendo muy amable.

—¿Hace mucho que se dedica al teatro? —le preguntó al fin—. Es curioso que nunca haya oído hablar de usted.

—Bueno, durante una época me dediqué a la revista, pero me di cuenta de que era una pérdida de tiempo. La última temporada estuve de gira en provincias, pero este año no quiero marcharme de Londres, si consigo evitarlo.

—En el mundo del teatro hay una competencia feroz —dijo Julia.

—Sí, ya lo sé y, a menos que tengas influencia o algo así, resulta imposible abrirse camino. Me han dicho que pronto va a estrenar una nueva obra.

—Sí. —Julia siguió sonriendo con una dulzura casi irresistible.

—Si en ella hubiera un papel para mí, estaría encantada de actuar con usted. Lamento mucho que el señor Gosselyn no haya podido venir esta noche.

—Ya le hablaré de usted.

—¿De veras cree que tengo posibilidades? —A través de su seguridad, a través de los modales señoriales que había adoptado para impresionar a Julia, se transparentaba un inquieto afán—. Si usted me recomienda, sería una gran ayuda.

Julia la miró con aire pensativo.

—Sigo los consejos de mi marido más a menudo de lo que él sigue los míos —explicó con una sonrisa.

Cuando salieron del camerino para que Avice Crichton se cambiara para el tercer acto, Julia captó la mirada inquisitiva que la muchacha dedicó a Tom al despedirse.

Aunque éste no hizo ningún movimiento, Julia intuyó que sacudía levemente la cabeza. En aquel momento, su sensibilidad era tan extraordinariamente aguda que tradujo en palabras aquel diálogo mudo.

«—¿Después vendrás a cenar?

»—No, maldita sea. Tengo que acompañarla a casa.»

Julia presenció el tercer acto con un talante sombrío, que no desentonaba porque se trataba de una obra seria. Cuando terminó y no bien el pálido y demacrado autor hubo pronunciado un entrecortado discurso, Tom le preguntó dónde quería ir a cenar.

—Vayamos a casa y charlemos —respondió ella—. Si tienes apetito, estoy segura de que en la cocina encontraremos algo para comer.

—¿Quieres decir a Stanhope Place?

—Sí.

—Muy bien.

Julia advirtió el alivio que Tom sentía al ver que a ella no le apetecía volver al piso. En el coche permaneció callado y Julia comprendió que le molestaba tener que acompañarla. Adivinó que alguien había organizado una fiesta a la que asistiría Avice Crichton y que él deseaba ir. Cuando llegaron a la casa, la encontraron vacía y a oscuras. El servicio se había acostado y Julia sugirió que bajasen al sótano a buscar algo que comer.

—No tomaré bocado a menos que tú me acompañes —dijo Tom—. Beberé un whisky con soda y me iré a la cama. Mañana, en la oficina, me espera un día muy duro.

—Muy bien, súbete la bebida al salón. Yo iré primero y encenderé las luces.

Cuando Tom entró en el salón, Julia se estaba retocando el maquillaje ante un espejo y continuó haciéndolo hasta que él hubo servido el whisky y se hubo sentado. Entonces ella se volvió. Tom parecía muy joven y estaba increíblemente encantador con su elegante traje y sentado en el gran sillón. Toda la amargura que Julia había sentido aquella noche, todos los celos devoradores de los últimos días, se disolvieron de repente en la intensidad de su pasión. Se sentó en el brazo de la poltrona de Tom y le pasó la mano por los cabellos con un gesto amoroso, pero él se apartó, con ademán de enojo.

—No hagas eso —le dijo—. No soporto que me despeinen.

Para Julia fue como si le clavaran un puñal en el corazón. Tom nunca le había hablado en aquel tono. No obstante lo cual, Julia, con una risa juguetona, se puso en pie, cogió el whisky que él le había servido y fue a instalarse en el sillón opuesto. El gesto que Tom había hecho, las palabras que había pronunciado habían sido algo tan instintivo que él pareció un poco avergonzado. Evitó la mirada de Julia y en sus labios volvió a formarse una mueca de fastidio. Era el momento decisivo. Permanecieron un rato callados, hasta que Julia, con los latidos de su corazón penosamente alterados, se obligó a hablar.

—Dime una cosa, ¿te has acostado con Avice Crichton? —le preguntó con una sonrisa.

—Por supuesto que no —exclamó él.

—¿Y por qué no? Es muy bonita.

—No es de esa clase de chicas, y yo la respeto.

Julia consiguió que su rostro permaneciera impasible. Su actitud era de deliberada indiferencia, como si estuviera hablando de la caída de un imperio o de la muerte de un rey.

—Pues, ¿sabes qué? Habría asegurado que estás locamente enamorado de ella.

Tom seguía rehuyendo sus ojos.

—¿Estáis comprometidos, por casualidad? —añadió ella.

—No.

Por fin sus miradas se encontraron, pero la de él trasmitía hostilidad.

—¿Y no le has pedido que se case contigo?

—¿Cómo iba a pedírselo un canalla como yo?

En su tono había tanta pasión que Julia quedó estupefacta.

—Pero ¿de qué estás hablando?

—¿De qué sirve andarse con rodeos? ¿Cómo voy a pedirle a una chica decente que se case conmigo? No soy más que un mantenido y tú, por Dios, lo sabes mejor que nadie.

—No seas estúpido, no hagas tanto revuelo por unos cuantos regalitos que te he hecho.

—No debería haberlos aceptado. Desde el principio supe que era un error. Todo sucedió de una manera tan gradual que no me di cuenta de lo que ocurría hasta que me vi metido en ello hasta las orejas. No podía permitirme llevar la vida que me obligabas a llevar. Me resultaba del todo imposible. Tuve que aceptar ese dinero...

—¿Y por qué no? Al fin y al cabo, soy una mujer rica.

—Maldito sea tu dinero. —De repente, arrojó contra la chimenea el vaso que sostenía en la mano.

—No tienes por qué romper la armonía del hogar —dijo Julia con ironía.

—Lo lamento, no pretendía hacerlo. —Tom se hundió de nuevo en el sillón y volvió la cabeza—. Me siento tan avergonzado de mí mismo... No es nada agradable haber perdido la dignidad de esta manera.

Julia dudó. No sabía qué decir.

—Me pareció natural ayudarte cuando pasabas una mala racha —alegó—. Para mí fue un placer hacerlo.

—Lo sé, y obraste con un tacto increíble. Casi me convenciste de que te estaba haciendo un favor al dejarte pagar mis deudas. Me pusiste muy fácil que me comportara como un sinvergüenza.

—Lamento que te sientas de ese modo. —Julia puso cierta acritud en sus palabras. Empezaba a sentirse algo irritada.

—No tienes que lamentar nada. Tú me deseabas y me compraste. Y fui tan estúpido que dejé que me compraras, así que no te reproches nada.

—¿Desde cuándo has tenido esa sensación?

—Desde el principio.

—Eso no es verdad.

Julia sabía que lo que había despertado el criterio moral de Tom era el amor que lo había embargado por una muchacha a la que creía pura. ¡Pobre imbécil! ¿Acaso no sabía que Avice Crichton se acostaría con un ayudante de dirección si creyera que de ese modo conseguiría un papel?

—Si estás enamorado de Avice Crichton, ¿por qué no me lo dices?

Tom la miró con tristeza pero no respondió.

—¿Temes que al decirlo vayas a mandar al traste sus oportunidades de obtener un papel en la nueva obra? —añadió ella—. A estas alturas deberías conocerme lo bastante como para saber que nunca dejaré que los sentimientos interfieran en los negocios.

Tom no daba crédito a sus oídos.

—¿Qué quieres decir? —preguntó.

—Opino que la chica es un hallazgo. Voy a decirle a Michael que hará muy bien el papel.

—Oh, Julia, cuánto vales. Nunca he sabido apreciar lo maravillosa que eres.

—Si me lo hubieses preguntado, te lo habría dicho.

Tom soltó un suspiro de alivio.

—Oh, querida, te quiero tanto.

—Lo sé, y yo también te quiero. Salir contigo es muy divertido, y siempre vas tan bien vestido que cualquier mujer estaría orgullosa de ti. Me ha gustado acostarme contigo y me da la impresión de que a ti también te ha gustado, pero afrontemos el asunto: nunca he estado más enamorada de ti de lo que tú lo has estado de mí. Yo sabía que esto no duraría. Tarde o temprano, te enamorarías y lo nuestro se acabaría. Y te has enamorado, ¿verdad?

—Sí.

Julia estaba empeñada en admitirlo, pero el oírlo, le causó un sufrimiento espantoso. No obstante, dijo con una amplia sonrisa:

—Hemos pasado ratos muy placenteros juntos, pero ¿no crees que ha llegado el momento de dar por terminado este asunto?

Hablaba con tanta naturalidad que nadie hubiera adivinado que experimentaba un dolor insoportable, ya que su tono era casi jocoso. Esperó la respuesta con un terror que la trastornaba.

—Lo lamento muchísimo, Julia. Tengo que recuperar la dignidad. —La miró con cara de preocupación—. No estarás enfadada conmigo, ¿verdad?

—¿Porque has transferido tu voluble afecto de mí a Avice Crichton? —En sus ojos bailaba una sonrisa maliciosa—. Pues claro que no, querido. Al fin y al cabo, todo queda en la profesión.

—Te estoy muy agradecido por todo lo que has hecho por mí, ni por un instante pienses lo contrario.

—Oh, cielo, no digas tonterías. No he hecho nada por ti. —Julia se puso en pie—. Y ahora debes irte. Mañana te espera un día muy duro en la oficina y yo estoy muerta de cansancio.

Para Tom, fue como quitarse un peso de encima, pero no estaba del todo satisfecho. Le tenía perplejo aquel tono de voz de Julia, tan cordial y sin embargo levemente irónico. Se sentía un tanto defraudado. Se acercó para darle las buenas noches con un beso. Julia vaciló una décima de segundo y luego, con una amigable sonrisa, le ofreció primero una mejilla y luego la otra.

—Encontrarás la salida, ¿verdad? —Se llevó la mano a la boca para ocultar un exagerado bostezo—. Oh, tengo tanto sueño...

Cuando Tom se hubo marchado, apagó las luces y se acercó a la ventana. Miró con cautela a través de las cortinas, oyó cómo cerraba la puerta y luego lo vio salir. Él miró a uno y otro lado de la calle y Julia enseguida adivinó que buscaba un taxi. Como no había ninguno en las proximidades, el joven se alejó caminando en dirección al parque. Ella comprendió que iba a encontrarse con Avice Crichton en una fiesta y que le daría la buena noticia. Julia se dejó caer en un sillón. Había hecho una actuación realmente maravillosa, y en aquel momento se sentía agotada. Por sus mejillas rodaron unas gruesas lágrimas que nadie vería. Era terriblemente desgraciada. Sólo una cosa le permitía soportar tanta desdicha: el gélido desdén que no podía por menos de sentir hacia aquel muchacho idiota que la abandonaba por una actriz de segunda fila que no tenía ni idea de interpretar un papel. Era grotesco. ¡Pero si no sabía utilizar las manos ni moverse en el escenario...!

«Si tuviera el mínimo sentido del humor, me desternillaría de risa —pensó—. Es el chiste más divertido que jamás haya oído.»

Se preguntó qué haría Tom a partir de entonces. El alquiler del piso debía pagarse cada trimestre, y muchos de los muebles y enseres que contenía le pertenecían a ella. A él no le gustaría tener que volver a un cuarto como el de Tavistock Square. Pensó en las personas con las que había entablado amistad a través de ella. Tom había sabido manejarlas. Lo habían encontrado útil y él había logrado conservar esas relaciones. Pero no le resultaría tan fácil salir de fiesta con Avice. Era una mujercita dura y calculadora, Julia estaba segura de eso, y cuando viera que el dinero de Tom no fluía con la misma facilidad, dejaría de interesarse por él. ¡Y el muy estúpido se había dejado engañar por su falsa apariencia de rectitud! Julia conocía bien a esa clase de mujeres. Saltaba a la vista que utilizaba a Tom para conseguir un papel en el Siddons, y una vez que lo tuviera, lo mandaría a paseo. Julia se sobresaltó ante aquella idea. Le había prometido a Tom que Avice tendría un papel en *Hoy en día* porque esa afirmación encajaba en la comedia que hacía unos minutos había estado representando, pero no había concedido ninguna importancia a la promesa. En todo caso, siempre podía contar con Michael para que se opusiera enérgicamente.

—¡Qué demonios!, voy a hacer que la chica obtenga ese papel —dijo en voz alta con una risita malévola—. Dios sabe que soy una mujer bondadosa, pero todo tiene sus límites.

Sería una satisfacción devolverles la pelota a Tom y a Avice Crichton. Julia permaneció sentada en la oscuridad, pensando en el modo de hacerlo. Pero, de vez en cuando, se echaba a llorar de nuevo porque de lo más hondo de su subconsciente afloraban recuerdos que le resultaban terriblemente dolorosos. Recuerdos del cuerpo delgado y joven de Tom junto al suyo, de su cálida desnudez y del roce peculiar de sus labios, de su sonrisa, tímida y atrevida a un tiempo, y del olor de su cabello ondulado.

«Si yo no fuera una idiota, no le habría dicho nada —pensó—. A estas alturas, tendría que conocerlo. Sólo es un encaprichamiento pasajero. Pronto lo habrá superado, y entonces habría vuelto a mí con avidez.»

Estaba realmente muerta de cansancio. Se puso en pie y fue a acostarse. Antes, sin embargo, tomó un somnífero.

22

Por la mañana, sin embargo, despertó temprano, a las seis, y enseguida empezó a pensar en Tom. Recordó todo lo que se habían dicho mutuamente la víspera. Estaba triste y preocupada. Su único consuelo era que había llevado a cabo la ruptura con tal despreocupación que no había forma de que él se imaginara lo desgraciada que la había hecho.

Pasó un día horrible, incapaz de pensar en otra cosa e irritada consigo misma porque no podía sacarse a Tom de la cabeza. Habría sido un alivio contarle sus penas a un amigo. Deseaba que alguien la consolase, que le dijese que no merecía la pena sufrir por Tom y que le corroborase que éste la había tratado de un modo vergonzoso. Por lo general, solía confiar sus preocupaciones a Charles o a Dolly. Naturalmente, Charles le brindaría toda la comprensión que necesitaba, pero sería un golpe terrible para él, que llevaba veinte años amándola con locura, y sería una crueldad decirle que había entregado a un hombre joven muy vulgar aquello por lo que él habría sacrificado gustoso diez años de vida. Charles la tenía en un pedestal y sería despiadado por su parte hacer añicos aquella imagen idealizada. Desde luego, en aquel momento resultaba reconfortante saber que Charles Tamerley, tan distinguido, tan cultivado, tan elegante, la amaba con una devoción imperecedera. Y Dolly, claro, estaría encantada de recibir sus confidencias. No se habían visto mucho últimamente, pero Julia tenía la certeza de que bastaría con llamarla para que acudiera corriendo. Aunque Dolly ya sospechaba, o sabía, la verdad, la confesión de sus amores la trastornaría y la pondría celosa. Por otro lado, el saber que esos amores habían terminado, le produciría tal alegría que perdonaría a su amiga. Sería un consuelo para las dos hacer trizas a Tom. Desde luego, no resultaría muy agradable reconocer que Tom la había dejado plantada, y Dolly era tan perspicaz que no se tragaría la mentira de que había sido ella quien lo había dejado. Julia deseaba un hombro en el que llorar, pero si la ruptura había partido de ella, no tendría ningún motivo para hacerlo. Dolly se anotaría un tanto, por comprensiva que fuese, dada la idiosincrasia de la naturaleza humana, sería mucho esperar que lamentase que a Julia le hubiesen bajado los humos. Sin embargo, Dolly siempre había sentido adoración por ella, de modo que Julia no estaba dispuesta a permitir que vislumbrase, ni por un instante, que su ídolo tenía los pies de barro.

«Parece que la única persona a quien puedo recurrir es Michael —se dijo con una risilla—. Pero supongo que no serviría de nada.»

Sabía perfectamente lo que él diría: «Cariño, no me parece que yo sea el hombre al que deberías acudir con una historia como ésta. Me pones en una situación sumamente incómoda. Me vanaglorio de tener una mentalidad muy liberal, soy un actor, pero también en resumidas cuentas, un caballero, y, bueno, en fin, todo esto es de mal gusto.»

Michael no llegó a casa hasta media tarde, y cuando subió a la habitación de Julia encontró a ésta descansando. Le comentó cómo había pasado el fin de semana y el resultado de sus partidos de golf. Había jugado muy bien y con algunos de sus golpes había recuperado posiciones con maestría. Procedió a describírselos con detalle.

—Por cierto, ¿qué tal la chica a la que fuiste a ver anoche? ¿Tiene madera? —preguntó al fin.

—Estoy convencida de ello. Y es muy guapa. Seguro que te enamoras de ella.

—Oh, querida, a estas alturas de mi vida... ¿Es buena actriz?

—Le falta experiencia, por supuesto, pero creo que posee aptitudes.

—Bien, pues será mejor que la haga venir y le eche un vistazo. ¿Cómo hago para ponerme en contacto con ella?

—Tom tiene su dirección.

—Lo llamaré ahora mismo. —Descolgó el auricular y marcó el número. Tom estaba en casa y Michael anotó las señas en un papel. Luego, la conversación continuó—: ¡Oh, vaya! Lamento oír eso, mi querido amigo. ¡Qué mala suerte!

—¿Qué sucede? —inquirió Julia.

Michael le indicó con un gesto que guardara silencio.

—Bien, no tengo intención de presionarte. No te preocupes. Estoy seguro de que llegaremos a un acuerdo que te resulte conveniente. —Cubrió el micrófono del aparato con la mano y se volvió hacia Julia—: ¿Lo invito a cenar el domingo que viene?

—Si quieres...

—Julia pregunta si vendrás el domingo a cenar. ¡Oh, cuánto lo siento! En fin, hasta pronto, Tom. —Colgó—. Tiene un compromiso —añadió volviéndose hacia Julia—. ¿Sabes si nuestro joven granuja está liado con esa muchacha?

—Me ha asegurado que no. La respeta. Es hija de un coronel.

—¡Ah, toda una dama!

—No sabía que ambas cosas fueran juntas —dijo Julia en tono mordaz—. ¿Qué te contaba?

—Al parecer le han recortado el salario. Una época de vacas flacas. Quiere dejar el piso. —A Julia el corazón le dio un vuelco—. Le he dicho que no se preocupe. Lo eximiré de pagar el alquiler hasta que la situación mejore.

—No veo por qué habrías de hacer nada semejante. Al fin y al cabo, fue un mero acuerdo comercial.

—Es muy mala suerte que eso le ocurra a un joven como él... Y ya sabes que nos resulta de gran utilidad; siempre recurriremos a Tom si nos falta un varón en nuestras cenas, y me va muy bien tenerlo a mano cuando necesito un compañero para jugar al golf. Sólo son veinticinco libras al trimestre.

—Eres la última persona a la que hubiese creído capaz de entregarse a actos indiscriminados de generosidad.

—Bah, no temas, si pierdo en los *swings*, me recuperaré en los golpes de aproximación.

La llegada de la masajista puso fin a la conversación. Julia se alegró de que al cabo de poco tuviera que dirigirse al teatro, pues con ello interrumpiría, durante un rato, el sufrimiento de aquel día tan largo. Al regresar a casa se tomaría otra píldora somnífera y así conseguiría unas cuantas horas de olvido. Se le figuraba que al cabo de unos días el dolor se aliviaría; lo importante era superarlos de la mejor manera posible. Debía distraerse y pensar en otra cosa, así que antes de salir para el teatro, le dijo al mayordomo que telefoneara a Charles Tamerley y averiguara si podría comer con ella en el Ritz, al día siguiente.

Durante el almuerzo, Charles se mostró extraordinariamente agradable. Su aspecto y sus ademanes delataban el mundo diferente en el que vivía y Julia sintió una repentina aversión hacia el círculo en el que por amor a Tom, se había estado moviendo durante aquel último año. Charles habló de política, de arte, de libros, y en el alma de Julia fue penetrando la paz. Tom había sido una obsesión y por fin veía que había resultado nociva; pero iba a librarse de ella. Recobró un poco el ánimo. No quería estar sola y sabía que, si volvía a casa después del almuerzo, tampoco conseguiría echar una cabezada, por lo cual pidió a Charles que la llevase a la National Gallery. No podría haberle proporcionado mayor placer; a Charles le gustaba hablar de cuadros y lo hacía con gusto y conocimiento de causa. Aquello los retrotrajo a los viejos tiempos, cuando Julia consiguió su primer éxito en Londres y pasaban tantas tardes juntos, paseando por el parque o deambulando por los museos. Al día siguiente ella tenía función de tarde y al otro, un almuerzo de gala, pero al separarse quedaron para volver a comer juntos el viernes e ir después a la Tate Gallery.

Unos días más tarde, Michael le comunicó que había contratado a Avice Crichton.

—Da el tipo para el papel, de eso no cabe duda, y hará un buen contraste contigo. Sobre su modo de actuar, me fío de lo que me dijiste de ella.

A la mañana siguiente, llamaron de los departamentos del servicio, en el sótano, para anunciar que el señor Fennell estaba al teléfono. Julia creyó que el corazón dejaba de latirle.

—Pásemelo.

—Julia, quería contártelo, Michael ha contratado a Avice.

—Sí, lo sé.

—Le ha dicho que la contrataba basándose en lo que tú le habías comentado de ella. Eres un cielo.

Julia hizo un esfuerzo por controlar su voz.

—Bah, no digas tonterías —respondió con tono jovial—. Ya te avisé que saldría bien.

—Me da una alegría tremenda que todo esté arreglado. Avice ha aceptado el papel por lo que yo le he contado de él. De ordinario, no da el sí a ninguno hasta haber leído la obra.

Menos mal que no vio la expresión de Julia al oírle decir eso; a ella le hubiera gustado replicarle con aspereza que, cuando contrataban actrices para pequeños papeles, no tenían por costumbre darles a leer la obra, pero se limitó a apuntar mansamente:

—Bueno, creo que éste le gustará, ¿no te parece? Es excelente.

—Y le sacará todo el partido, eso seguro. Creo que causará sensación.

Julia respiró hondo.

—Será estupendo. Me refiero a que esta actuación quizá sea el espaldarazo que esperaba.

—Sí, le he dicho lo mismo. Y, por cierto, ¿cuándo volveré a verte?

—Yo te llamaré, ¿te parece bien? Es un fastidio, pero los próximos días andaré ocupadísima.

—¿No me estarás dando largas sólo porque...?

Julia le dedicó una de aquellas risitas bajas y algo roncas que tanto complacían al público.

—No seas tonto. Oh, vaya, el baño ya está a punto. Tengo que dejarte. Adiós, encanto.

Colgó el auricular. ¡El sonido de su voz! El dolor de su corazón se hizo insoportable. Se incorporó en la cama y se volvió de un lado a otro, llena de desesperación.

—¿Qué voy a hacer? ¿Qué voy a hacer?

Había creído que empezaba a superarlo y aquella breve y estúpida conversación acababa de demostrarle que continuaba enamorada como el primer día. Lo amaba. Lo echaba de menos cada minuto del día. No podía pasar sin él.

—Nunca lo superaré —gimoteó.

Una vez más, recurrió a su único refugio, el teatro. Por una irónica casualidad, la gran escena de la obra en la que actuaba, la escena a la que debía su éxito la función, era la despedida de dos amantes. Cierto que se separaban por el sentido del deber y que Julia, en la obra, sacrificaba su amor y sus esperanzas de felicidad, todo lo que estimaba, a un ideal de rectitud. La escena la había atraído desde el primer momento y en ella estaba maravillosamente conmovedora. Esta vez volcó en la interpretación todo su sufrimiento interior, de modo que no era la congoja de la heroína lo que expresaba, sino la suya propia. En la vida cotidiana intentaba reprimir una pasión que bien sabía que resultaba ridícula, un amor que era indigno de una mujer como ella, y se esforzaba en pensar lo menos posible en el malhadado muchacho que la había destrozado de tal modo, pero cuando llegó a esta escena, dio rienda suelta a su dolor. La conciencia de que su pérdida era irremediable hizo que el amor que volcó en el actor que interpretaba a su pareja fue el que, apasionado y consumidor, aún sentía por Tom. La perspectiva de una vida vacía que afrontaba la enamorada en la obra era la misma que se le planteaba a ella. Pero por lo menos le quedaba el consuelo de sentir que jamás había estado tan espléndida en un escenario.

«Dios mío, casi merece la pena sufrir un dolor tan terrible, a cambio de lograr una interpretación como ésta.»

Jamás había puesto tanto de sí en un personaje.

Un par de semanas más tarde, cuando entró en su camerino al final de la representación nocturna, agotada por la emoción que había desplegado, pero triunfante después de haberse visto obligada a salir innumerables veces al escenario para agradecer los aplausos de la concurrencia, encontró a Michael esperándola.

—¡Hola! No habrás estado en platea, ¿verdad?

—Sí.

—Pero si ya te vi en primera fila hace dos o tres días...

—Sí, llevo asistiendo a la función las cuatro últimas noches.

Julia empezó a desvestirse. Él se levantó de la silla y se puso a caminar arriba y abajo. Ella le dirigió una mirada y lo vio ligeramente enfurruñado.

—¿Qué sucede?

—Eso es lo que yo querría saber.

Julia tuvo un sobresalto. Le cruzó por la cabeza la sospecha de que habían vuelto a llegarle rumores acerca de ella y Tom.

—¿Por qué demonios no está aquí Evie? —preguntó.

—Le he mandado salir. Tengo algo que decirte, Julia. No servirá de nada que te enfurezcas. Debes escuchar.

Julia se estremeció.

—¿De qué se trata?

—Oí decir que sucedía algo y consideré que sería mejor juzgar por mí mismo. Al principio creí que era una casualidad; por eso no he mencionado nada hasta que he estado completamente seguro. ¿Qué tienes, Julia, qué te pasa?

—¿A mí?

—Sí. ¿A qué se debe que actúes de un modo tan nefasto?

—¿Yo? —Era lo último que esperaba oír. Se plantó delante de Michael echando fuego por los ojos—. ¡Eres un estúpido, nunca en mi vida he actuado mejor!

—Bobadas. Lo estás haciendo terriblemente mal.

Representaba un alivio, desde luego, que sólo Michael se refiriese a su modo de actuar, pero sus afirmaciones eran tan absurdas que, a pesar de su enfado, se echó a reír.

—¡No seas idiota! ¿Qué sabrás tú? ¿Quién conoce mi oficio mejor que yo? Todo lo que sabes de interpretación lo has aprendido de mí. Si has llegado a ser un actor medianamente tolerable, ha sido gracias a mí. Al fin y al cabo, el movimiento se demuestra andando. ¿Has visto cuántas veces he tenido que salir a saludar esta noche? La obra nunca ha funcionado mejor.

—Todo eso ya lo sé. El público es imbécil. Si gritas y lloras y agitas mucho los brazos, siempre habrá un montón de idiotas que se desgañite vitoreándote. Tu actuación de estas cuatro últimas noches ha sido la de una actriz de teatrillo de feria; falsa de principio a fin.

—¿Falsa? ¡Pero si siento profundamente cada palabra!

—Me da igual lo que sientas. Lo que no haces es interpretar. Tu actuación es un desastre. Te he visto exagerar y sobreactuar, y en ningún momento has trasmitido convicción. Es la pantomima más melodramática que he presenciado en la vida.

—¡Condenado imbécil! —exclamó Julia—. ¿Cómo te atreves a hablar así? Tú sí que eres un actor destestable. —Le dio una sonora bofetada.

—Pégame si quieres —dijo Michael con una sonrisa—, maldíceme y ponte hecha una furia, pero eso no modificará el hecho de que tu actuación ha sido pésima. No voy a empezar los ensayos de *Hoy en día* mientras sigas actuando de esta manera.

—Entonces, búscate alguna que haga mejor el papel.

—Julia, no digas tonterías. Puede que no sea buen actor (nunca he creído que lo fuera) pero sé distinguir una buena interpretación de una mala. Y lo que es más, no hay nada de ti que no sepa. El sábado anunciaré que la obra deja de representarse y luego quiero que te marches al extranjero. Estrenaremos *Hoy en día* en otoño.

Su tono de voz tajante y sereno la tranquilizó. Michael tenía razón en que, por lo que hacía a su faceta de actriz, conocía a su esposa a la perfección.

—¿Dices que no he actuado bien?

—Has estado horrible.

Julia reflexionó y se dio perfecta cuenta de lo que había sucedido. Había permitido que la dominara la emoción; había expresado sentimientos, en lugar de representarlos. Un nuevo escalofrío le recorrió la espalda. El asunto era grave. Una cosa era tener el corazón roto y otra muy distinta que su actuación se resintiese de ello... No, no, no; hasta ahí podía llegar. Su trabajo de actriz era mucho más importante que cualquier enredo amoroso.

—Procuraré dominarme.

—Es inútil que te esfuerces. Estás agotada. Es culpa mía, hace tiempo que debería haber insistido en que te tomaras unas vacaciones. Lo que te conviene es un buen descanso.

—¿Y el teatro?

—Si no consigo alquilarlo, repondré alguna comedia en la que pueda actuar. Tenemos *Corazones son triunfos*. En ésa nunca te agradó tu personaje.

—Todo el mundo comenta que la próxima temporada será magnífica. Pero no esperes ganar un penique si ofreces una reposición sin que yo figure en el reparto.

—Eso me importa muy poco. Lo único que me preocupa es tu salud.

—¡Oh, por Dios, no seas tan magnánimo! —exclamó ella—. No lo soporto.

Y, de pronto, estalló en llanto.

—¡Querida!

Michael la tomó en sus brazos, la acomodó en el sofá y se sentó a su lado. Ella se aferró a él con desesperación.

—Te portas tan bien conmigo, Michael. Y yo... me detesto. Soy insoportable, soy una estúpida y una mala pécora. Soy abominable.

—Puede que seas todo eso —replicó él con una sonrisa—. Pero lo que realmente cuenta es que sigues siendo una actriz extraordinaria.

—No entiendo cómo puedes tener tanta paciencia conmigo. Te he tratado con crueldad. Siempre me has cuidado de maravilla y yo te he sacrificado sin piedad.

—Vamos, querida, no digas cosas que luego lamentarás. Si lo haces, más adelante podría echártelas en cara.

Tanta delicadeza la enterneció, y se reprochó amargamente que durante años y años lo hubiese encontrado tan aburrido.

—Gracias a Dios que te tengo. ¿Qué haría sin ti?

—No habrá necesidad de que lo averigües.

La estrechó en sus brazos y, aunque seguía sollozando, Julia empezó a sentirse reconfortada.

—Lamento haber estado tan brusca contigo hace un momento.

—Oh, querida mía.

—¿De veras crees que soy una actriz de tres al cuarto?

—Querida, la Duse no te llega a la suela del zapato.

—¿Lo dices en serio? Déjame tu pañuelo. Tú no viste a Sarah Bernhardt, ¿verdad?

—No, nunca.

—Hacía unos aspavientos terribles.

Continuaron sentados un rato más, en silencio, y Julia acabó de tranquilizarse. Sentía el corazón henchido de amor por Michael.

—Todavía eres el hombre más guapo de Inglaterra —murmuró por último—. Nadie me convencerá nunca de lo contrario.

Se dio cuenta de que él hundía el estómago y levantaba la barbilla, y le pareció un gesto muy dulce y conmovedor.

—Tienes toda la razón. Estoy agotada. Me siento deprimida y desdichada. Me siento vacía por dentro. La única salida es que me marche de viaje.

23

Después de tomar esa decisión, Julia se sintió contenta. La perspectiva de alejarse del sufrimiento que la atormentaba la ayudó a sobrellevarlo. Se pusieron los carteles de que la obra se despedía. Michael escogió el elenco para la reposición e inició los ensayos. A Julia le agradaba sentarse ociosa en una butaca y observar a las actrices ensayar el personaje que ella había interpretado años atrás. Le seguía embargando la misma emoción que sentía cuando, al principio de su carrera, se sentaba en la sala en penumbra y con las butacas aún cubiertas con sábanas, y observaba cómo cobraban vida los personajes a través de los intérpretes. Sólo con estar en un teatro se serenaba y en ningún otro lugar era tan dichosa. Asistiendo a los ensayos se relajaba, de modo que cuando le tocaba actuar por la noche, se encontraba descansada. Comprendió que todo lo que había dicho Michael era cierto, así que, haciendo de tripas corazón, relegó todas sus emociones a un último plano y reprimió lo excesivo de su personaje, logrando actuar una vez más con su acostumbrado virtuosismo. Su interpretación dejó de convertirse en el medio a través del cual daba rienda suelta a sus sentimientos y volvió a ser la manifestación de su instinto creativo. Y el hecho de recobrar el dominio de su expresividad la llenó de un sereno regocijo y le proporcionó una sensación de poder y de liberación.

Sin embargo, el esfuerzo triunfante que realizaba le pasaba factura y, cuando no estaba en el teatro, se sentía desalentada y apática. Perdió su exuberante vitalidad y una nueva humildad se apoderó de ella. Tuvo la sensación de que su cenit había pasado. Suspirando, se dijo que ya nadie la necesitaba. Michael le había sugerido que fuese a Viena para estar cerca de Roger, y a ella le habría gustado, pero sacudió la cabeza y pensó: «Lo único que haría sería cortarle las alas.»

Temía que su hijo la considerase una pesada. El muchacho se lo estaba pasando bien y ella sería un estorbo. No soportaba la idea de que para él supondría un deber molesto llevarla de aquí para allá y almorzar o cenar con ella de vez en cuando. Era muy natural que juzgase más divertido estar con chicos de su edad. Julia decidió ir a pasar una temporada con su madre. La señora Lambert, Madame de Lambert, como Michael se empeñaba en llamarla, llevaba años viviendo en Saint-Malo con su hermana, Madame Falloux, y cada año viajaba a Londres para estar unos días con Julia, pero ese año no se había encontrado bien y no había ido. Era una anciana de más de setenta años y Julia sabía que se alegraría mucho al tener a su hija en casa durante varias semanas. Y además, en Viena Julia no sería nadie, allí las actrices inglesas no despertaban ningún interés y, en cambio, en Saint-Malo la considerarían una figura y para las dos ancianas sería divertido poder exhibirla ante sus amistades.

«Ma fille, la plus grande actrice d'Angleterre» y cosas por el estilo.

Pobrecillas, no vivirían mucho más y llevaban una vida tan monótona y gris... Para Julia sería espantosamente aburrido, desde luego, pero ellas estarían contentas. Tuvo la sensación de que en el transcurso de su brillante y triunfal carrera quizás había desatendido un poco a su madre, pero se le presentaba una buena oportunidad para subsanar ese abandono. Haría todo lo que estuviera en sus manos para mostrarse encantadora. Su actual ternura hacia Michael y la continua sensación de haber sido injusta con él durante muchos años la llenaba de arrepentimiento. Era consciente de haber sido egoísta y arrogante y quería expiar todas esas faltas. Estaba dispuesta a sacrificarse y escribió a su madre para anunciarle su llegada.

Con la mayor naturalidad del mundo, consiguió no ver a Tom hasta el día en que se marchaba de Londres. La noche anterior habían representado por última vez la obra y al atardecer, Julia se pondría en camino. Tom se presentó sobre las seis de la tarde a despedirla. Allí estaban Michael, Dolly, Charles Tamerley y un par de personas más, por lo que no se vieron a solas ni un momento. A Julia no le resultó difícil hablar con él como tal cosa. Verlo no le produjo la angustia que temía sino una leve punzada de pesar. Habían mantenido en secreto la fecha y el lugar de su partida; es decir que el agente publicitario del teatro sólo había avisado a unos pocos diarios, de modo que cuando Michael y Julia llegaron a la estación, allí no había más que un puñado de periodistas y tres fotógrafos. Julia les dedicó unas pocas palabras amables y Michael añadió algunas más; luego, el agente se llevó aparte a los reporteros y les hizo un sucinto resumen de los planes de Julia. Mientras, Michael y ella posaron para las cámaras y los fotógrafos los retrataron tomados del brazo, dándose el último beso y más tarde enfocaron a Julia sacando medio cuerpo fuera de la ventanilla para agarrar la mano de Michael, de pie en el andén.

—Qué fastidio, estos periodistas —dijo—. Es imposible escapar de ellos.

—No se me ocurre cómo han podido saber que te marchabas.

La pequeña multitud que se había congregado al advertir que ocurría algo se mantuvo a una respetuosa distancia. El agente de prensa se acercó a Michael y le dijo que había dado información suficiente a los periodistas para que llenaran una columna. El tren se puso en marcha.

Julia se había negado a llevarse a Evie. Intuía que, a fin de poder recobrar la serenidad, tenía que cortar por completo durante un tiempo con su vida de antes. En aquel hogar francés, Evie estaría fuera de lugar, porque Madame Falloux, la tía Carrie, se había casado de joven con un francés y hablaba ese idioma con más facilidad que el inglés. Había enviudado hacía muchos años y su único hijo había muerto en la guerra. Vivía en una casa de piedra, alta y estrecha, situada en una loma, y cuando uno cruzaba el umbral dejando atrás la calle adoquinada, entraba en la paz de un tiempo pretérito. En medio siglo no había cambiado nada. El salón estaba amueblado con un tresillo Luis XV siempre cubierto con fundas, que sólo se levantaban una vez al mes para darle un suave cepillado a la tapicería de seda. Una muselina envolvía la araña de cristal para que las moscas no la manchasen, y ante la chimenea había una pantalla de plumas de pavo real artísticamente dispuestas y protegidas con vidrio. Aunque la estancia no se utilizaba nunca, la tía Carrie quitaba el polvo cada mañana. El comedor tenía las paredes revestidas de madera y en él las sillas también estaban enfundadas. En el aparador había un centro de mesa de plata, una cafetera de plata y una bandeja de plata. La tía Carrie y la madre de Julia pasaban los días en la sala matinal, una estancia larga y estrecha con muebles imperio. En las paredes, en marcos ovalados, colgaban retratos al óleo de la tía Carrie y de su difunto marido, de los padres de éste, y un retrato al pastel de su hijo cuando era niño. Allí tenían sus cestos de labor, allí leían la prensa, la publicación católica *La Croix* y la *Revue des Deux Mondes* y el periódico local, y allí jugaban al dominó por la noche. Salvo los jueves, cuando el párroco y el comandante La Garde, un oficial de Marina retirado, iban a cenar, tomaban allí sus tres comidas pero, con la llegada de Julia, consideraron más adecuado hacerlo en el comedor.

La tía Carrie todavía llevaba luto por su marido y por su hijo. Como era friolera, casi nunca se quitaba de encima la chaquetita negra de punto que ella misma se había tejido a ganchillo. La señora Lambert también vestía de negro, pero cuando el señor rector y el comandante iban a cenar, se echaba sobre los hombros un chal de encaje blanco que Julia le había regalado. Después de la cena, jugaban al *plafond* a dos *sous* los cien puntos. Comoquiera que la señora Lambert había vivido muchos años en Jersey y todavía iba a Londres, lo sabía todo del gran mundo, así que les habló de un juego llamado *contract* que tenía mucho éxito. El comandante replicó que eso estaba muy bien para los norteamericanos pero que él prefería el *plafond*, y el párroco intervino para decir que le parecía una verdadera lástima que ya no se jugara al *whist*. Había que ver, los hombres jamás estaban satisfechos con lo que tenían, siempre querían cambiar, cambiar y cambiar todo el tiempo.

Cada Navidad, Julia hacía costosos regalos a su madre y a su tía, pero éstas nunca los utilizaban. Los mostraban a sus amistades con orgullo, esos objetos hermosos procedentes de Londres, y los envolvían en papel de seda para guardarlos en el armario. Julia le había propuesto comprarle un coche a su madre, pero ella lo había rechazado. Para lo poco que salían, podían ir a pie. Un *chauffeur* les robaría la gasolina, si comía fuera de casa sería una ruina y si comía en casa, Annette se molestaría. Annette era la cocinera, el ama de llaves y la doncella. Llevaba treinta y cinco años al servicio de la tía Carrie. Tenía consigo a su sobrina para hacer los trabajos pesados, pero Angèle era joven, todavía no había cumplido cuarenta años, y no sería muy prudente tener a un hombre rondando constantemente por la casa.

Instalaron a Julia en el mismo dormitorio que había ocupado de muchacha mientras vivió con la tía Carrie para seguir sus estudios en Saint-Malo. Eso le produjo una sensación peculiar y la conmovió, de modo que durante un rato estuvo sentimental. La tía Carrie se había convertido al catolicismo al casarse y la señora Lambert, que al perder a su marido se había establecido en Saint-Malo, tras ser adoctrinada por el párroco al cabo de un tiempo hizo lo propio. Las dos ancianas eran muy devotas. Iban a misa todas las mañanas y a misa mayor los domingos; por lo demás, apenas salían. Cuando lo hacían, era para hacer una visita formal a alguna anciana dama que hubiera perdido a un familiar o cuyo nieto se hubiese comprometido. Leían periódicos, revistas y cosían en cantidad con fines benéficos, jugaban al dominó y oían la radio que Julia les había regalado. Aunque el cura y el comandante llevaban muchos años cenando con ellas todos los jueves, cuando llegaba ese día, se ponían una pizca nerviosas. El comandante, con la franqueza que cabía esperar de un lobo de mar, no tenía reparos en señalar que algo no estaba cocinado a su gusto, y hasta el señor rector, que era un santo, tenía sus preferencias y sus aversiones. Por ejemplo, le agradaba mucho el lenguado a la normanda, pero insistía en que debía prepararse con la mejor mantequilla y, al precio que estaba la mantequilla después de la guerra, resultaba muy caro. Cada jueves por la mañana, la tía Carrie sacaba la llave de la bodega del lugar donde la había escondido e iba personalmente a buscar una botella de vino clarete. Su hermana y ella se terminaban el caldo que sobraba a lo largo de la semana.

Se desvivieron mimando a Julia. Le preparaban tisanas y cuidaban de que no se sentara en ningún sitio donde pudiese haber corriente de aire. En realidad, dedicaban buena parte de su vida a evitar las corrientes de aire. La hacían tumbarse en los sofás y le recomendaban que se tapara los pies. Trataban de convencerla de lo inadecuado de la ropa que vestía. Esas medias de seda, tan finas y transparentes..., y ¿qué clase de ropa interior se ponía? A la tía Carrie no le había sorprendido saber que no llevaba más que una camisola.

—Ni siquiera lleva camisola —dijo la señora Lambert.

—Y entonces, ¿qué se pone?

—Unas bragas —respondió Julia.

—Y un *soutien-gorge*, supongo.

—Ni eso —gritó Julia con descaro.

—Así, querida sobrina, ¿debajo del vestido vas desnuda?

—Prácticamente.

—*C'est la folie* —replicó tía Carrie.

—*C'est vraiment pas raisonnable, ma fille* —añadió la señora Lambert.

—Y aunque no soy una mojigata —dijo la tía Carrie—, debo decir que resulta indecente.

Julia les mostró su ropa y el primer jueves después de su llegada hablaron de lo que iba a ponerse para la cena. La tía Carrie y la señora Lambert tuvieron una disputa. La señora Lambert pensaba que como su hija había traído algunos trajes de noche, debía ponerse uno, pero la tía Carrie lo consideraba innecesario.

—Cuando iba de visita a tu casa de Jersey, querida, y

había caballeros invitados a la cena, recuerdo que te ponías un vestido largo de tarde.

—Un vestido largo de tarde sería lo más propio, por supuesto.

Miraron a Julia, esperanzadas, pero ella sacudió la cabeza.

—Antes me pondría un sudario.

Tía Carrie lució un vestido de cuello alto de gruesa seda negra, con un collar de azabache, y la señora Lambert otro semejante pero con su chal blanco y un collar de diamantes falsos. El comandante, un hombrecito robusto con la cara harto arrugada, el pelo blanco cortado *en brosse* y un imponente mostacho teñido de negro intenso, se mostró muy galante y aunque iba camino de los ochenta años, durante la cena presionó el pie de Julia con el suyo por debajo de la mesa, y al marcharse aprovechó la oportunidad para pellizcarle el trasero.

«Tengo atractivo sexual», se dijo Julia con dignidad mientras seguía a las dos damas a la salita.

La colmaban de atenciones, no porque fuese una gran actriz, sino porque su salud era débil y necesitaba descanso. Julia pronto descubrió con estupefacción que las damas opinaban que su fama era más un estorbo que una ventaja. Lejos de querer exhibirla, procuraban no llevarla de visita cuando salían. La tía Carrie se había traído de Jersey la costumbre del té de las cinco y nunca la había abandonado. Un día, poco después de la llegada de Julia, invitaron a unas señoras a merendar y durante el almuerzo, la señora Lambert se dirigió a su hija.

—Querida, tenemos muy buenas amigas en Saint-Malo, pero, como es natural, siguen considerándonos extranjeras aun después de tantos años y no desearíamos hacer algo que les pareciese excéntrico. No queremos que digas mentiras, por supuesto, pero a menos que te veas obligada a mencionarlo, la tía Carrie preferiría que no contaras a nadie que eres actriz.

Aquel comentario la tomó por sorpresa, pero su sentido del humor prevaleció, y le entraron ganas de reír.

—Si alguna de las amigas que van a venir a tomar el té esta tarde pregunta a qué se dedica tu marido, supongo que no será ninguna mentira decirle que se dedica a los negocios, ¿verdad? —prosiguió su madre.

—En absoluto —contestó, permitiéndose una sonrisa.

—Desde luego, sabemos que las actrices inglesas no son como las francesas —añadió con amabilidad la tía Carrie—. Casi siempre se da por sentado que las actrices francesas tienen amantes.

—Válgame el cielo —exclamó Julia.

Su vida londinense, con su agitación, sus triunfos y sus pesares, empezó a antojársele muy distante. Pronto descubrió que era capaz de juzgar a Tom y sus sentimientos hacia él con ecuanimidad y advirtió que lo ocurrido le había herido la vanidad más que el corazón. Al cabo de poco, lo único que le recordaba Londres era la llegada, los lunes, de la prensa del domingo. Compraba un buen número de periódicos y pasaba el día entero leyéndolos. Entonces se sentía un tanto inquieta y salía a pasear por las murallas, deteniéndose a contemplar las islas que salpicaban la bahía. El cielo gris le hacía añorar el cielo gris de Inglaterra, pero el martes por la mañana volvía a acomodarse a la tranquilidad de la vida provinciana. Leía muchísimo, sobre todo novelas inglesas y francesas que compraba en la librería del pueblo, y también a su favorito, Verlaine, cuyos versos contenían una tierna melancolía ideal para aquella gris población bretona, con sus viejas y tristes casonas de piedra y el silencio de sus calles empinadas y tortuosas. Las costumbres sosegadas de las dos ancianas, la rutina de su vida sin acontecimientos notables y sus tranquilas charlas despertaban su compasión. No les había sucedido nada desde hacía muchos años, nada les sucedería hasta que murieran, y qué poco habrían significado sus vidas. Lo curioso del caso era que estaban contentas. No conocían la malicia ni la envidia. Habían logrado mantenerse a distancia de los afanes que sojuzgan al común de los mortales, y ese distanciamiento era el mismo que Julia sentía cuando salía al escenario para agradecer los aplausos de un público enardecido. A veces se decía que ese desapego era su posesión más preciada. En ella era producto del orgullo; en las ancianas, de la humildad. En ambos casos proporcionaba algo muy valioso, la libertad de espíritu; pero ellas no corrían el riesgo de perderla.

Michael le escribía, una vez por semana, cartas animadas y pragmáticas en las que le contaba cómo iba la recaudación en el Siddons y los preparativos que estaba haciendo para su nueva producción, pero Charles Tamerley le escribía todos los días. Le relataba la última comidilla de la ciudad y le hablaba a su manera culta y refinada de los cuadros que veía y de los libros que leía. Se mostraba tiernamente alusivo y juguetonamente erudito. Filosofaba sin pedantería. Le decía que la adoraba. Julia jamás había recibido cartas de amor más hermosas, y decidió conservarlas para la posteridad. Quizás algún día alguien quisiera publicarlas. La gente iría a la National Gallery y vería su retrato, el que McEvoy había pintado, y suspiraría al pensar en la triste y romántica historia de amor de la que había sido protagonista.

Durante las dos primeras semanas de su aflicción, Charles se había portado maravillosamente; Julia no sabía qué habría hecho sin él. Charles se había puesto a su entera disposición. Su conversación, que la transportaba a un mundo diferente, le había calmado los nervios. En la distinción de espíritu de Charles, Julia había podido lavar su alma, recientemente enfangada. Le había aportado sosiego deambular con él por los museos mirando cuadros. Tenía buenas razones para estarle más que agradecida. Pensó en los años que llevaba amándola y esperándola, más de veinte, y en lo poco amable que había sido con él. El hecho de poseerla lo habría hecho muy feliz y, en realidad, a ella no la habría perjudicado. Se preguntó por qué se le había resistido tanto tiempo. Tal vez por la fidelidad que le profesaba, por su humilde devoción, y porque ella había querido que conservara en el recuerdo el ideal en que la había convertido. A decir verdad, era una estupidez, y Julia decidió que había sido egoísta. Se le ocurrió, con alborozo, que por fin podría recompensarlo por toda su ternura, su paciencia y su entrega. Aún seguía convencida de ser una persona despreciable, un convencimiento que la gran bondad de Michael había despertado en ella, y todavía tenía remordimientos por haberlo encontrado insoportable durante tanto tiempo. El deseo de abnegación con el que salió de Inglaterra aún ardía en su pecho con una llama anhelante. Creyó que Charles sería el digno destinatario de aquellla buena acción. Se rió un poco, bondadosa y compasivamente, al pensar en cuánto se asombraría él cuando se enterase de sus intenciones; al principio no la creería, pero después, ¡qué embeleso, qué éxtasis! El amor que Charles había acumulado durante todos esos años rompería sus compuertas como un gran torrente y su riada la arrollaría. Se emocionó al imaginar la infinita gratitud de Charles. Pese a todo, a él todavía le costaría creer en su buena suerte y cuando todo hubiera terminado y ella se encontrase en sus brazos, se acurrucaría junto a él y le susurraría con ternura:

«—¿Merecía la pena esperar?

»—Como Helena, me has tornado inmortal con un beso.»

Era muy hermoso poder ofrecer tanta dicha a un ser humano.

«Le escribiré justo antes de salir de Saint-Malo», resolvió.

La primavera dio paso al verano y a finales de julio llegó el momento de que Julia fuese a París a encargarse los vestidos. Michael quería inaugurar la temporada estrenando la nueva obra a principios de septiembre y los ensayos comenzarían en agosto. Julia había llevado la obra a Saint-Malo con la intención de aprenderse el papel, pero las circunstancias en que vivía no se lo habían permitido. Tuvo todo el solaz que necesitaba, pero en aquel pueblecito gris, austero y sin embargo acogedor, en la constante compañía de aquellas dos ancianas que únicamente se dedicaban a la parroquia y a las cuestiones domésticas, a pesar de que la comedia era buena, no pudo interesarse mucho por ella.

«Ya es hora de que regrese —pensó—. Sería horroroso si realmente llegara a la conclusión de que el teatro no merece las pasiones que levanta.»

Se despidió de su madre y de la tía Carrie. Habían sido muy amables con ella, pero sospechó que no lamentarían que su marcha les permitiera reanudar la vida que su llegada había interrumpido. Además, les produjo cierto alivio el saber que ya no había peligro de que cometiera alguna excentricidad, un riesgo que siempre se corría con las actrices y que podía suscitar comentarios desagradables por parte de las damas de Saint-Malo.

Llegó a París por la tarde, y mientras le mostraban la habitación que tenía reservada en el Ritz, suspiró de satisfacción. Era un placer volver a un ambiente de lujo. Tres o cuatro personas le habían enviado flores. Tomó un baño y se cambió de ropa. Charley Deveril, el viejo amigo que siempre le había confeccionado su vestuario, la llamó para invitarla a cenar al Bois.

—He pasado una temporada maravillosa —le contó ella—, y para esas dos viejecitas ha sido fantástico tenerme allí, pero creo que si me hubiese quedado un día más habría empezado a aburrirme.

Recorrer en coche los Champs Elysées aquella agradable noche la llenó de alborozo. Qué estupendo era sentir de nuevo el olor de la gasolina. Los coches, los taxis, la algarabía de las bocinas, los castaños que bordeaban la calle, las farolas, el gentío que caminaba por las aceras y el que estaba sentado en las terrazas de los cafés; todo era fascinante. Y cuando llegaron al Château de Madrid, tan alegre, tan civilizado y tan caro, se le antojó maravilloso volver a ver mujeres bien vestidas y correctamente maquilladas, y hombres de esmoquin de tez bronceada.

—Me siento como una reina que regresa del exilio.

Julia pasó varios días felices eligiendo las telas y sometiéndose a las primeras sesiones de prueba en el taller del modisto. Disfrutó con cada instante de aquellas jornadas, pero era una mujer de carácter y cuando tomaba una decisión, la llevaba a la práctica, de modo que antes de salir hacia Londres, escribió una nota a Charles. Éste había estado en Goodwood y Cowes e iba a pasar veinticuatro horas en la capital británica desde donde iría a Salzburg.

Charles querido:

Qué maravilloso será verte pronto. El miércoles estaré libre, por supuesto. ¿Quieres que cenemos juntos? ¿Todavía me amas?

TU JULIA

Mientras cerraba el sobre, murmuró: *Bis dat qui cito dat*, «quien da primero da dos veces». Era el aforismo que Michael siempre utilizaba cuando le pedían que contribuyera a alguna causa benéfica y enviaba a vuelta de correo exactamente la mitad de lo que se esperaba recibir de él.

24

El miércoles por la mañana, Julia fue a darse un masaje facial y a que le ondulasen el cabello. Estaba indecisa sobre qué ponerse para la cena, si un vestido de organdí con un estampado de flores, muy bonito y juvenil, que evocaba *La primavera* de Botticelli, o uno de satén blanco, virginal, cuyo corte realzaba su hermosa figura, esbelta y joven, pero mientras tomaba el baño se decidió por el segundo: el satén blanco indicaba con delicadeza que el sacrificio que se proponía realizar era algo así como una expiación por su prolongada ingratitud para con Michael. No se puso más joyas que un collar de perlas y una pulsera de diamantes, y en el dedo, además del anillo de boda, un solitario diamante tabla. Le habría gustado aplicarse una ligera capa de crema color tostado, que le daría aquel aire de salud que tanto la favorecía, pero reflexionó sobre lo que se le avecinaba y se contuvo. No podía hacer como el actor que se tiznaba de negro de arriba abajo para interpretar a Otelo, no podía untarse de pasta coloreada todo el cuerpo. Con su infalible puntualidad, descendió por la escalera en el preciso momento en que el criado franqueaba la entrada a Charles. Lo acogió con una mirada en la que puso ternura, un encanto pícaro e intimidad. A la sazón, Charles se dejaba bastante largo el pelo, ya canoso y un tanto ralo, y sus facciones, distinguidas y con aire intelectual, habían adquirido cierta flacidez con el paso de los años; caminaba ligeramente encorvado y su traje parecía necesitar un buen planchado.

«Extraño mundo este —pensó Julia—. Los actores hacen lo imposible por parecer caballeros y éstos se empeñan en parecer actores.»

Era indudable que estaba produciendo en Charles el efecto que deseaba. Él le dio la entrada perfecta:

—¿A qué se debe que esta noche tengas un aspecto tan delicioso?

—A que espero ilusionada cenar contigo. —Julia fijó sus ojos hermosos y expresivos en los de él y entreabrió los labios en el gesto que lady Hamilton tenía en los retratos pintados por Romney, y que ella encontraba tan seductor.

Cenaron en el Savoy. El *maître* los acompañó hasta una mesa junto al pasillo, en la que quedaban perfectamente a la vista. Aunque se suponía que todo el mundo había salido de la ciudad, el comedor estaba lleno. Julia saludó y sonrió a varias amistades con las que cruzó la mirada. Charles tenía mucho que contarle, y lo escuchó con halagador interés.

—Eres la mejor compañía del mundo, Charles —le confió.

Habían llegado bastante tarde, cenaron bien y cuando Charles terminó su copa de coñac, ya empezaba a entrar gente para tomar un refrigerio tardío.

—¡Dios santo! ¿Ya salen de los teatros? —exclamó, consultando el reloj—. Cómo vuela el tiempo cuando estoy contigo, querida. ¿No crees que aquí quieren librarse de nosotros?

—Pues todavía no me apetece acostarme.

—Supongo que Michael ya habrá vuelto a casa, a estas horas.

—Supongo que sí.

—¿Por qué no vienes a mi casa y seguimos charlando?

Eso era lo que se llama entender una insinuación, pensó Julia.

—Me encantaría —respondió dando a su voz el tono pudoroso que le habría gustado acompañar con cierto rubor en sus mejillas.

Subieron al coche de Charles y se dirigieron a Hill Street. Cuando llegaron, él la condujo al estudio, que estaba en la planta baja y daba a un pequeño jardín. Las puertas correderas de cristal se hallaban abiertas. Tomaron asiento en un sofá.

—Apaga alguna de esas luces y dejemos que entre la noche en la sala —le sugirió Julia, y citó una frase de *El mercader de Venecia*—: «En una noche como ésta, cuando el dulce viento besó suavemente los árboles...»

Charles sólo dejó encendida una lámpara de pantalla y, cuando volvió a sentarse, ella se acurrucó contra su pecho. Él la ciñó por la cintura y Julia reposó la cabeza en su hombro.

—Esto es el paraíso —murmuró.

—Te he añorado terriblemente todos estos meses.

—¿Te metiste en algún lío?

—Bueno, compré un dibujo de Ingres y pagué mucho por él. Tengo que enseñártelo antes de que te marches.

—No te olvides de hacerlo. ¿Dónde lo has puesto?

Desde el momento en que había entrado en la casa, Julia se preguntaba dónde tendría lugar la seducción, si en el estudio o en el piso de arriba.

—Lo he colgado en el dormitorio —le respondió Charles.

«Sí, será mucho más cómodo, realmente», pensó ella, y se rió disimuladamente al imaginar al pobre Charles tramando un ardid tan simple como aquél para poder llevarla a la alcoba. ¡Cómo eran los hombres! Qué timidez la suya. Una súbita punzada de dolor atravesó su corazón al pensar en Tom. ¡Condenado Tom! Charles, en cambio, era un verdadero encanto y estaba decidida a recompensar finalmente su sempiterna devoción.

—Has sido un amigo tan maravilloso, Charles —musitó con su voz grave, casi ronca, y se volvió hacia él de forma que su rostro, con los labios entreabiertos de nuevo a lo lady Hamilton, quedara muy cerca del suyo—. Me temo que no siempre me he portado bien contigo.

Estaba tan deliciosamente incitante, cual fruta madura deseando ser cosechada, que parecía inevitable que él la besara. Y cuando lo hiciese, ella le enlazaría el cuello con sus suaves y blancos brazos. Pero Charles se limitó a sonreír.

—No debes decir eso. Siempre has sido encantadora.

«Tiene miedo, el pobrecillo.»

—Creo que nadie ha estado nunca tan enamorado de mí como tú.

Él la estrechó un poco más contra sí.

—Sigo estándolo, ya lo sabes. Has sido la única mujer de mi vida.

Pero como no besaba los labios que le ofrecía, Julia se volvió ligeramente y contempló la chimenea eléctrica. Lástima que estuviera apagada; la escena requería un buen fuego.

—¡Ay!, qué diferente habría resultado todo si nos hubiéramos escapado en aquella ocasión. —Julia había aprendido a utilizar aquel «ay» en escena y, dicho con un suspiro, siempre sonaba tristísimo.

—Inglaterra habría perdido a su máxima actriz. Ahora comprendo lo egoísta que era al proponértelo siquiera.

—El éxito no lo es todo. A veces me pregunto si no

me habré perdido lo mejor del mundo por satisfacer mi estúpida ambición. El amor, en suma, es lo único que importa. —Y en ese punto volvió a mirar a Charles con una ternura que hacía sus ojos más bellos que nunca—. ¿Sabes?, creo que ahora, si volviera a tener la oportunidad, te diría que me llevaras contigo.

Deslizó la mano hasta asir la de él, que le dio un cariñoso apretón.

—Oh, querida mía.

—He pensado tantas veces en aquella villa nuestra junto al mar... Olivos y adelfas y el mar azul. Paz. A veces me horroriza la monotonía y la vulgaridad de mi existencia. Tú me ofrecías la belleza. Ya es demasiado tarde, lo sé; entonces no me daba cuenta de lo mucho que te quería, ni imaginaba que con el paso de los años cada vez significarías más para mí.

—Me suena a gloria oírte decir eso, tesoro. Me compensa de todo...

—Haría lo que fuese por ti, Charles. He sido egoísta, te he arruinado la vida, no sabía lo que hacía.

Pronunció estas palabras con una voz baja y trémula, al tiempo que echaba la cabeza hacia atrás de modo que su cuello tomó la apariencia de una blanca columna. El escote dejaba a la vista parte de sus pequeños y firmes pechos, los empujó con las manos levemente hacia delante.

—Calla, por favor, calla —suplicó Charles con suavidad—. Siempre has sido perfecta; de otra forma no te amaría. Oh, querida mía, la vida es tan corta y el amor tan pasajero. Lo trágico de la vida es que a veces conseguimos lo que queremos. Hoy, cuando repaso nuestro largo recorrido juntos, me doy cuenta de que fuiste más sensata que yo. «¿Qué leyenda orlada de hojas rodea tu figura?» ¿No recuerdas cómo era? «Jamás, audaz amante, jamás podrás besarla aunque casi hayas llegado a hacerlo... Sin embargo, que la ausencia de esta dicha no te aflija, porque ella jamás se marchitará. ¡Siempre seguirás amándola, y ella siempre será hermosa!»

«Idiota», pensó Julia.

—¡Qué versos tan bellos! —Suspiró—. Ay, tal vez tengas razón.

Él continuó declamando la cita. Era una de sus gracias, que Julia siempre había encontrado un tanto tediosa.

¡Felices, ah, felices ramajes que no podéis
desprenderos de vuestras hojas ni decir adiós a la primavera!
Y tú, feliz incansable músico,
tañendo siempre canciones eternamente nuevas.

Mientras él recitaba, Julia tuvo ocasión de pensar. Fijó la mirada en la chimenea apagada como si la belleza exquisita de aquellas palabras la extasiase, y se dijo que estaba clarísimo que Charles no había entendido nada. No debía extrañarle; durante veinte años ella había hecho oídos sordos a sus apasionadas proposiciones y era muy natural que Charles ya hubiera renunciado a su aspiración. Ocurría como en el monte Everest; si aquellos endurecidos montañeros que durante tanto tiempo se esforzaron en vano por alcanzar la cumbre hubieran encontrado al final un cómodo tramo de peldaños para llegar a ella, no habrían dado crédito a sus ojos: habrían pensado que allí había gato encerrado. Julia se dijo que debía mostrarse un poco más explícita; tenía, en fin, que echar una mano amiga al fatigado peregrino.

—Está haciéndose terriblemente tarde —dijo con suavidad—. Debo marcharme, pero antes enséñame ese dibujo nuevo.

Charles se levantó y ella le tendió las manos para que la ayudara a incorporarse. Fueron al piso de arriba. El pijama y el batín estaban perfectamente doblados en una silla.

—Qué bien os organizáis los solteros. Qué dormitorio tan acogedor e íntimo.

Él descolgó de la pared el dibujo enmarcado y lo acercó a la luz para que ella lo viera. Era un retrato a carboncillo de una mujer más bien fornida con una toca y un vestido escotado de mangas abullonadas. A Julia, la mujer le pareció vulgar y el vestido, ridículo.

—¿No es cautivador? —exclamó.

—Sabía que te gustaría. Buen dibujo, ¿verdad?

Charles volvió a colgar el cuadro. Cuando se volvió, ella estaba al lado de la cama con las manos a la espalda, un poco como una esclava circasiana que el jefe de los eunucos acabara de presentar al gran visir para su inspección; en su ademán había un asomo de pudor, una deliciosa timidez y, al mismo tiempo, la expectación de la virgen que se dispone a entrar en su reino. Julia exhaló un suspiro impregnado de una levísima voluptuosidad.

—Querido, ha sido una velada maravillosa. Nunca me había sentido tan cerca de ti.

Lentamente, levantó las manos y con el exquisito sentido del ritmo que le salía con tanta naturalidad, las extendió al frente y las colocó con las palmas hacia arriba como si sostuviera una invisible bandeja digna de un noble y en ella le ofreciese el corazón. Sus bellos ojos estaban colmados de ternura y de docilidad, y en sus labios se dibujaba una sonrisa de turbada rendición.

Observó que a Charles se le helaba la sonrisa. Lo había comprendido a la perfección.

«Cielos, no me desea —pensó ella—. Todo su cortejo no ha sido más que un farol.»

«Dios, ¿cómo voy a salir de ésta? Qué estúpida debo de parecerle, maldita sea.»

Estuvo a punto de perder el aplomo. Tenía que pensar en algo a la velocidad del rayo. Charles se había quedado allí plantado, mirándola con un desconcierto que se esforzaba en ocultar. Julia estaba paralizada de pánico. No se le ocurría qué hacer con aquellas manos que sostenían la regia fuente; cierto que eran unas manos pequeñas, pero en aquel momento las sentía como piernas de cordero, extendidas ante ella. Tampoco sabía qué decir. Cada segundo hacía más insoportables su postura y la situación.

«¡El muy canalla! ¡Cómo me ha engañado todos estos años!»

Julia hizo lo único que podía hacer. Mantuvo el gesto y, midiendo sus movimientos con cuidado para no acelerarlos demasiado, unió las manos hasta juntar las palmas y, echando la cabeza hacia atrás, las llevó lentamente a un lado del cuello. La nueva postura era tan encantadora como la anterior y fue el gesto lo que le sugirió las palabras que debía pronunciar.

Su voz profunda y modulada se alzó con un ligero temblor de emoción.

—Me alegro tanto cuando miro hacia atrás y veo que no tenemos nada que reprocharnos. Lo más amargo de la vida no es la muerte, sino la muerte del amor. —Había oído algo por el estilo en una obra—. Si hubiéramos sido amantes, te habrías cansado de mí hace tiempo, y ¿qué haríamos ahora al recordar el pasado, sino lamentarnos de nuestra propia debilidad? ¿Cómo decía el verso de Shelley que acabas de recitar, ese de que no se marchitará...?

—De Keats —le corrigió él—. «Que la ausencia de esta dicha no te aflija, porque ella jamás se marchitará.»

—Ése. Continúa —pidió Julia, tratando de ganar tiempo.

—«¡Siempre seguirás amándola y ella siempre será hermosa!»

Julia abrió los brazos en un ademán ampuloso, a la vez que sacudía su rizada melena. Lo había conseguido.

—Así será, ¿verdad? «Siempre seguirás amándola y siempre será hermosa.» Qué estupidez habríamos cometido si por una locura pasajera hubiéramos desperdiciado la felicidad maravillosa que nos ha proporcionado nuestra amistad. No tenemos nada de que avergonzarnos. Estamos limpios. Podemos andar con la cabeza bien alta y mirar a todo el mundo a la cara.

Intuyó que aquélla era una buena frase para hacer un mutis y, acompasando sus movimientos a las palabras, retrocedió con la cabeza muy erguida hasta la puerta y abrió ésta de par en par. Su energía era tal que mantuvo la tensión de la escena hasta que llegó al pie de la escalera. Una vez allí, se relajó bruscamente y con toda naturalidad se volvió hacia Charles, que la había seguido.

—Mi capa.

—Ahí está el coche —dijo Charles mientras la envolvía con ella—. Te acompañaré a casa.

—No, déjame sola. Quiero grabar estos momentos en mi corazón. Bésame antes de que me vaya.

Le ofreció los labios que él besó, pero se apresuró a alejarse con un sollozo ahogado, y abriendo de golpe la puerta corrió hacia el coche que la esperaba.

Ya en casa, y en la soledad de su dormitorio, exhaló un profundo suspiro de alivio.

«Ese maldito imbécil. ¿Cómo me he dejado engañar de esta manera? Gracias a Dios, he salido airosa. Es tan tonto que me da la impresión de que no ha llegado a percatarse de lo que le insinuaba.»

Sin embargo, la sonrisa helada de Charles la había desconcertado.

«Tal vez ha sospechado algo sin llegar a estar seguro y, después, debe de haberse quedado bastante convencido de que se había equivocado. ¡Válgame Dios, las sandeces que he soltado! He de reconocer, no obstante, que al parecer se las tragó todas. Menos mal que me detuve a tiempo. Un minuto más y me habría quitado el vestido. Y eso ya no hubiera tenido arreglo.»

Rió entre dientes. La situación había sido humillante, desde luego, había hecho un ridículo espantoso, pero si una poseía algún sentido del humor, era imposible no encontrarle el lado gracioso. Lamentaba no tener a nadie a quien contárselo; era una anécdota estupenda, aunque la que quedaba mal fuese ella. Lo que no lograba superar era el haberse creído aquella comedia de pasión imperecedera que Charles había interpretado durante tantos años. Porque, desde luego, sólo había sido una postura; le gustaba considerarse el adorador constante y lo último que deseaba, al parecer, era ver recompensada su constancia.

«Me ha tomado el pelo. Qué caramba, me ha engañado por completo.»

Pero dejó de sonreír cuando se le ocurrió una idea. Cuando un hombre rehúsa las proposiciones amorosas de una mujer, ésta tiende a sacar de ese hecho un par de conclusiones: que el hombre es homosexual, o que es impotente. Julia encendió un cigarrillo y reflexionó. Se preguntó si Charles no habría utilizado aquella devoción hacia ella como tapadera para apartar la atención de sus verdaderas inclinaciones, pero sacudió la cabeza. Si fuera homosexual, ella sin duda habría observado algún indicio; al fin y al cabo, desde la guerra, en sociedad no se hablaba prácticamente de otra cosa. Y, por supuesto, era muy posible que fuese impotente. Calculó su edad. Pobre Charles. Sonrió otra vez. ¿Y si resultaba que era él, y no ella, quien se había encontrado de pronto en una situación embarazosa o incluso ridícula? Debía de haberse llevado un susto de muerte, el pobrecillo. Desde luego, no era una deficiencia que a ningún hombre le gustaría reconocer ante una mujer, sobre todo si estaba enamorado locamente de ella; cuantas más vueltas le daba, más probable le parecía la explicación. Empezó a sentir una gran compasión por Charles, una compasión casi maternal.

—Ya sé lo que voy a hacer —dijo en voz alta mientras empezaba a desvestirse—. Mañana le enviaré un gran ramo de azucenas.

25

A la mañana siguiente, Julia permaneció un rato reflexionando en la cama, antes de llamar al timbre. Al analizar su aventura del día anterior no pudo evitar un sentimiento de satisfacción ante la gran presencia de ánimo que había demostrado. Aunque no podía decirse que había convertido una derrota en una victoria, por lo que hacía a retiradas estratégicas, la suya había sido magistral. Sin embargo, se sentía algo inquieta. Quizás hubiera otra explicación para la conducta singular de Charles. Tal vez no la desease porque no era deseable. Esa idea le había pasado por la cabeza durante la noche, y si bien la había rechazado al instante por considerarla muy improbable, a aquella hora de la mañana resultaba sumamente desagradable. Tocó el timbre. Como Michael entraba a menudo en la alcoba mientras Julia desayunaba, Evie, después de descorrer las cortinas, le tendía un espejo, un peine, los polvos y el carmín. En esa ocasión, en vez de pasarse el peine rápidamente por el cabello y darse un somero toque de polvos con la borla, Julia se acicaló más a fondo. Se pintó los labios con esmero, se aplicó un poco de colorete y se arregló el pelo.

—Hablando sin pasión ni prejuicios —comentó, sin dejar de mirarse al espejo, mientras la doncella ponía la bandeja del desayuno en la cama—, ¿dirías que he sido una mujer guapa, Evie?

—Antes de contestar a esa pregunta tendría que saber a qué me arriesgo.

—Vieja arpía —le dijo Julia.

—Usted no es una belleza, ¿sabe?

—Ninguna diva lo ha sido nunca.

—Cuando va tan emperejilada y elegante como anoche, y tiene la luz detrás, las he visto peores, la verdad.

«Pues para lo que me sirvió...», pensó Julia.

—Lo que quiero decir es que si realmente me propusiera conquistar a un hombre, ¿crees que lo conseguiría?

—Conociendo a los hombres, no me extrañaría. ¿A quién quiere conquistar ahora?

—A nadie, sólo hablaba en general.

Evie sorbió los mocos y se frotó la punta de la nariz con el índice.

—No sorbas de esa manera. Si tienes que sonarte, hazlo.

Julia comió a bocaditos el huevo pasado por agua. Ocupada en sus pensamientos, lanzó una mirada a Evie. Ahora era un vejestorio estrafalario, pero de joven, ¿quién sabe?

—Dime Evie, ¿algún hombre ha tratado de abordarte por la calle alguna vez?

—¿A mí? Ya me gustaría que lo intentaran.

—Y a mí también me gustaría, si he de serte sincera. Las mujeres siempre me cuentan que los hombres las siguen por la calle, y que si se detienen a mirar un escaparate ellos también lo hacen e intentan llamar su atención. A veces les cuesta muchísimo quitárselos de encima.

—Me parece repugnante.

—No lo sé. Es bastante halagador. ¿Sabes lo más raro?, a mí jamás me ha seguido un hombre por la calle. No recuerdo ninguno que haya intentado hacerme proposiciones.

—Pues dedíquese a pasear una tarde por Edgware Road y verá. La abordarán de inmediato.

—Si me sucediera, no sabría qué hacer.

—Llamar a un policía —replicó Evie con severidad.

—Conozco a una chica que estaba mirando en Bond Street el escaparate de una sombrerería, y se acercó un hombre y le preguntó si quería un sombrero. «Sí, me gustaría», dijo ella, y entraron, eligió uno y dio su nombre y su dirección, él pagó al contado y ella le dio las gracias y salió de la tienda mientras él aguardaba el cambio.

—Eso es lo que ella le ha contado. —Evie sorbió por la nariz con una mueca de escepticismo. Luego le dirigió una mirada perpleja—. ¿A qué viene todo esto?

—Oh, nada, sólo me preguntaba por qué nunca me ha abordado ningún hombre. No será porque no tenga atractivo sexual...

Pero ¿lo tenía? Decidió que debía poner a prueba su poder de atracción.

Aquella tarde, después de dormir la siesta, se maquilló algo más de lo habitual, y sin llamar a Evie, se puso un vestido que no era ni sencillo ni manifiestamente caro y un sombrero de paja rojo de ala ancha.

—No deseo parecer una ramera —dijo, mientras se miraba en el espejo—, pero tampoco quiero tener un aire demasiado respetable.

Bajó las escaleras de puntillas para que nadie la oyera y cerró despacio la puerta a sus espaldas. Se sentía un poco nerviosa, pero agradablemente excitada, como si hiciera algo indecoroso. Cruzó Connaught Square y llegó a Edgware Road. Eran casi las cinco de la tarde. Había una densa hilera de autobuses, taxis y camiones y los ciclistas se abrían paso serpenteando peligrosamente entre el tráfico. Las aceras estaban abarrotadas. Julia paseó despacio en dirección norte. Al principio, caminaba con los ojos clavados al frente, sin volverlos ni a derecha ni a izquierda, pero enseguida advirtió que aquello no servía. Tenía que mirar a la gente si quería que la gente la mirase a ella. Dos o tres veces, cuando vio a un puñado de personas paradas ante un escaparate, se detuvo a su vez y también lo contempló, pero nadie se fijó en ella. Siguió paseando. Los transeúntes pasaban a su vera en uno y otro sentido. Todos parecían tener prisa, nadie le prestaba atención. Cuando vio a un hombre que avanzaba hacia ella, lo miró con descaro, pero él siguió su camino con el rostro impasible. Se le ocurrió que acaso su expresión fuese demasiado seria, de modo que hizo revolotear en sus labios una leve sonrisa. Dos o tres hombres creyeron que les sonreía y enseguida desviaron la vista. Julia se volvió para mirar a uno de los que se habían cruzado con ella, pero éste también se volvió y, al ver que lo miraba, apresuró el paso. Sintiéndose un ápice desairada, Julia decidió no poner la vista en nadie. Continuó andando un buen rato. Siempre había oído decir que los habitantes de Londres eran los más educados del mundo, pero en esa ocasión su comportamiento rayaba lo irrazonable.

«Esto no me ocurriría en una calle de París, Roma o Berlín», pensó.

Decidió llegarse hasta Marylebone Road y luego regresar. Sería demasiado humillante volver a casa sin que nadie la hubiese abordado. Caminaba tan despacio que a veces los transeúntes le daban empellones. Aquello la irritó.

«Debería haberlo intentado en Oxford Street —se dijo—. Esa idiota de Evie. Obviamente, Edgware Road es un desastre.»

De repente, su corazón dio un brinco de alegría. Había atraído la mirada de un joven, y creyó detectar un misterio en ella. El hombre pasó por su lado y Julia tuvo que contenerse para no volver la cabeza, pero al cabo de un instante se sobresaltó al ver que el hombre estaba de nuevo a su altura: había desandado su camino y esta vez la miraba abiertamente. Ella le lanzó una ojeada y luego bajó los ojos modestamente. El joven la dejó adelantarse y Julia tuvo la certeza de que la estaba siguiendo. Todo iba bien. Se detuvo a mirar un escaparate y él hizo lo propio. A partir de ahí Julia ya sabía cómo tenía que comportarse. Fingió estar absorta examinando los artículos exhibidos, pero justo antes de seguir adelante, le dedicó una rápida mirada con expresión levemente risueña. Era más bien bajo, parecía un oficinista o un vigilante de grandes almacenes y vestía un traje gris y un sombrero de fieltro marrón. No era la clase de hombre que hubiese elegido para que la abordase, pero saltaba a la vista que se proponía hacerlo. Julia olvidó que empezaba a estar cansada. Ignoraba qué ocurriría a continuación. Por supuesto que no permitiría que la cosa llegara muy lejos, pero tenía curiosidad por saber cuál sería el siguiente paso del joven. Se preguntó qué le diría él. Se sentía excitada y satisfecha; con aquello se quitaba un peso de encima. Continuó caminando despacio sabiendo que él la seguía de cerca. Se detuvo ante otro escaparate y en esa ocasión él se paró a su lado. A Julia el corazón le latió con violencia; aquello realmente empezaba a tener visos de aventura.

«¿Me pedirá que lo acompañe a un hotel? No creo que esté en situación de costeárselo. Al cine, tal vez. Sí, eso estaría muy bien.»

Lo miró abiertamente a la cara y sonrió. Él se quitó el sombrero.

—Es la señora Lambert, ¿verdad?

La sorpresa la dejó petrificada. La había cogido tan

de improviso que no tuvo la presencia de ánimo necesaria para negarlo.

—La reconocí en el mismo instante en que la vi —prosiguió él—, y por eso volví atrás, para asegurarme, y me dije: «Si ésa no es Julia Lambert, yo soy Ramsay Macdonald.» Luego se ha detenido a mirar ese escaparate y he podido echarle una buena ojeada. Lo que me hacía dudar era que estuviese usted en Edgware Road. Ya sabe a qué me refiero, parece tan raro...

Mucho más raro de lo que él imaginaba. En cierto modo, no importaba que la hubiese reconocido. Julia debería haber previsto que en Londres la reconocerían allí donde fuese. El joven hablaba con acento *cockney* y tenía un color de tez poco saludable, pero ella le dedicó una sonrisa alegre y cordial. No quería que él pensase que se daba importancia.

—Perdóneme por dirigirme a usted sin que nos hayan presentado, pero no quería dejar pasar la oportunidad. ¿Me haría el favor de darme un autógrafo?

A Julia se le cortó el aliento. Era imposible que la hubiese seguido diez minutos para eso. Lo estaba utilizando como excusa para entablar conversación. Bien, le seguiría el juego.

—Será un placer, pero no puedo dárselo en medio de la calle. La gente nos miraría.

—Tiene toda la razón. Mire, yo iba a tomar el té. En la próxima esquina hay un Lyon's. ¿Por qué no me acompaña y bebe una taza conmigo?

La cosa se animaba. Cuando hubieran tomado el té, probablemente le sugeriría que fuesen al cine.

—De acuerdo —dijo Julia.

Anduvieron hasta el establecimiento y se sentaron a una mesa.

—Dos tés, por favor, señorita —ordenó él—. ¿Quiere comer algo? —Y cuando Julia rehusó, añadió—: Bollos con mantequilla para uno, señorita.

Julia pudo entonces observarlo bien. Aunque era bajo y rechoncho, tenía unos rasgos agradables, cabellos negros bien peinados con fijador y unos ojos bonitos, pero su dentadura dejaba mucho que desear y su tez pálida le confería un aspecto enfermizo. Se comportaba con una especie de atrevimiento que a Julia no le gustaba, pero, como se dijo con sensatez, no podía esperarse que un hombre que la había abordado en Edgware Road fuera un dechado de moderación.

—Antes de seguir hablando, ¿qué le parece si me firma ese autógrafo, eh? Ve al grano, ése es mi lema. —Sacó una pluma del bolsillo y una gran tarjeta de una abultada agenda—. Es una de nuestras tarjetas comerciales —explicó—. Nos irá que ni pintada.

A Julia le pareció una tontería llevar la estratagema hasta tal punto, pero sin perder el buen humor estampó su firma en el reverso de la tarjeta.

—¿Colecciona autógrafos? —preguntó esbozando una sonrisa.

—¿Yo? Qué va... Lo encuentro una idiotez. Es para mi novia. Tiene el de Charlie Chaplin, el de Douglas Fairbanks y no sé cuántos más. Le mostraré su fotografía, si quiere. —De la agenda extrajo la instantánea de una joven de aire vivaz que exhibía su dentadura ante la cámara en una sonrisa cinematográfica.

—Es bonita —dijo Julia.

—¡Ya lo creo! Esta noche iremos al cine. Se quedará de piedra cuando le muestre su autógrafo. Lo primero que me dije al reconocerla a usted fue: «Le conseguiré a Gwen un autógrafo de Julia Lambert o moriré en el intento.» Nos casaremos en agosto, que es cuando tengo vacaciones, ¿sabe?, y pasaremos la luna de miel en la isla de Wight. Me voy a divertir explicándole lo que he hecho. Cuando le cuente que usted y yo hemos tomado un té juntos no me va a creer, pensará que le tomo el pelo y entonces le enseñaré el autógrafo, ¿comprende?

Julia lo escuchaba con cortesía, pero la sonrisa había abandonado su rostro.

—Me temo que tendré que marcharme enseguida —dijo—. Ya llego con retraso.

—Pues yo tampoco dispongo de mucho tiempo. Como he quedado con mi novia, quiero salir puntual de la tienda.

Al servirles el té, la camarera había dejado la cuenta en la mesa, y cuando se pusieron en pie, Julia sacó un chelín del bolso.

—Pero ¿qué está haciendo? ¿Cree que voy a permitir que pague? Yo la invito.

—Muy amable.

—Pero le diré lo que podría hacer por mí. Me gustaría llevar a mi novia a su camerino alguna vez. Sólo para que le dé un apretón de manos, ¿sabe? Para ella significaría muchísimo. Hablaría de eso el resto de su vida.

La actitud de Julia se había vuelto cada vez menos cordial durante los últimos minutos, y su respuesta, si bien amable, fue casi altanera.

—Lo siento, pero no permitimos la entrada a los desconocidos.

—Oh, no se preocupe. ¿La he molestado al pedírselo? La verdad es que lo hacía por ella, no por mí.

—En absoluto. Lo comprendo muy bien.

Hizo una seña a un taxi que circulaba junto a la acera y tendió la mano al joven.

—Adiós, señora Lambert. Que le vaya muy bien y que tenga mucha suerte y todo eso. Ah, y gracias por el autógrafo.

Julia se sentó, furiosa, en un rincón del taxi.

«Asno maleducado. Dale que dale con su novia. Y ha tenido la desfachatez de pedirme si podía traerla a "mi" camerino...»

Cuando llegó a casa, subió a su alcoba. Se quitó el sombrero y lo arrojó con furia sobre la cama. Se acercó al espejo y se miró en él.

—Vieja, vieja, vieja —murmuró—. Está claro como el agua: he perdido todo atractivo sexual. Es increíble, ¿verdad? Parece un disparate, pero ¿qué otra explicación hay? Recorro Edgware Road de un extremo a otro interpretando perfectamente mi papel y el único hombre que me presta atención es ese dependiente de tres al cuarto que quería un autógrafo para su novia. Es absurdo. Todo está lleno de cabrones asexuados. No sé qué le está ocurriendo a Inglaterra. ¡El Imperio británico!

Pronunció las últimas palabras con un desdén que hubiera dejado atónitos a los ministros del Gabinete. Se puso a gesticular.

—Es ridículo suponer que hubiera llegado tan alto si no hubiese tenido atractivo sexual. ¿Por qué va el público a ver a una actriz? Porque quiere acostarse con ella. ¿Acaso si no hubiese tenido atractivo sexual habría llenado el teatro noche tras noche con una obra pésima? Y, ya que hablamos de ello, ¿en qué consiste el atractivo sexual? —Hizo una pausa y se miró, abstraída—. Claro que soy capaz de aparentar que tengo atractivo sexual; de hecho, puedo representar lo que se me antoje.

Se puso a pensar en las actrices que lo habían tenido de un modo palmario, sobre todo una de ellas, Lydia Maine, a la que siempre contrataban cuando se precisaba una vampiresa. Como actriz no era gran cosa, pero resultaba maravillosamente eficaz en ciertos papeles. Julia, que tenía grandes dotes para la imitación, comenzó a parodiar a Lydia Maine. Entornó los párpados sensualmente, como hacía Lydia, y se contoneó sinuosamente. Dio a sus ojos la seductora indecencia de la mirada de Lydia e hizo aquellos movimientos ondulantes y provocativos que constituían su especialidad. Empezó a hablar al modo de ésta, arrastrando las palabras con esa indolencia gracias a la cual cada comentario suyo sonaba sutilmente obsceno.

—Querido, he oído tan a menudo esa clase de cosas... No quiero causar problemas entre tu mujer y tú. Oh, los hombres, ¿por qué no me dejarán en paz?

La interpretación de Julia fue una caricatura cruel y despiadada, y le resultó tan divertida que estalló en carcajadas.

—Bueno, tal vez yo no tenga atractivo sexual, pero después de haber visto mi imitación, serían pocos los que creerían que Lydia sí lo tiene.

Aquella representación hizo que se sintiese mucho mejor.

26

El inicio de los ensayos distrajo a Julia de sus preocupaciones. La reposición que Michael había puesto en escena durante su estancia en Saint-Malo no había funcionado demasiado bien ni demasiado mal, pero en lugar de cerrar el teatro había decidido mantener la obra en cartel hasta que tuvieran a punto *Hoy en día*. Como daban dos funciones vespertinas a la semana y el tiempo era muy caluroso, Michael determinó que se tomarían los ensayos con calma. Tenían un mes.

A pesar de su veteranía en los escenarios, Julia nunca había dejado de experimentar cierta emoción en los ensayos, y el primero de cada obra todavía le producía un estremecimiento ilusionado. Era el principio de una nueva aventura. No se sentía una diva consagrada, sino que estaba tan alegre e impaciente como cualquier jovencita que se dispusiera a interpretar su primer pequeño papel. No obstante, al mismo tiempo conservaba una deliciosa confianza en sus capacidades interpretativas, y se le presentaba una nueva oportunidad de demostrarlas.

A las once en punto hizo su entrada en el escenario. El elenco de actores esperaba, ocioso. Repartió besos y estrechó manos entre los que ya conocía y Michael le presentó formalmente a los que acababan de ingresar en la compañía. Julia saludó a Avice Crichton con cordialidad, le comentó lo guapa que estaba y cuánto le gustaba su sombrerito; también le habló de los encantadores vestidos que había escogido para ella en París.

—¿Ha visto a Tom últimamente? —le preguntó.

—No. Está fuera, de vacaciones.

—Ah, sí. ¿No es un muchacho encantador?

—Encantador.

Se cruzaron una mirada y sonrieron. Mientras la joven leía en voz alta su papel, Julia la observó prestando atención a su entonación. Al cabo, su sonrisa se transformó en una mueca de severidad. Como había imaginado, Avice era una de esas actrices que se mostraban completamente seguras de sí mismas desde el primer ensayo. No sabía lo que se le venía encima. Tom ya no significaba nada para Julia, pero todavía tenía una cuenta que saldar con Avice y no estaba dispuesta a olvidarla. ¡La muy zorra!

La obra era una versión moderna de *La segunda señora Tanqueray*, pero en vista del cambio de costumbres de la nueva generación se había intentado darle un tono de comedia. Aparecían en ella algunos personajes de la obra antigua, y Aubrey Tanqueray, ya muy anciano, tenía algunas escenas en el segundo acto. A la muerte de Paula, éste había contraído matrimonio por tercera vez. La señora Cortelyon se había propuesto compensarle por la desafortunada experiencia de su segundo matrimonio y a la sazón era la nueva, avinagrada e insolente señora de la casa. Ellean, la hija de Tanqueray, y Hugh Ardale habían accedido a olvidar el pasado, pues la trágica muerte de Paula parecía haber borrado de la memoria el desliz que él había cometido al iniciar una relación extramarital, y se habían casado. En la actualidad, Hugh era un general de brigada retirado que jugaba al golf y se lamentaba de la decadencia del Imperio británico: «¡Caray! Le aseguro que, si de mí dependiera, pondría a todos esos condenados socialistas ante un paredón y los fusilaría.» Mientras que Ellean, convertida a su vez en una mujer de edad, después de una juventud pacata, se había vuelto alegre y moderna, y no se mordía la lengua al hablar. El personaje que interpretaba Michael se llamaba Robert Humphreys y, como el Aubrey de la obra de sir Orlhur Pinero, era un viudo con una hija única; después de ejercer de cónsul en China durante muchos años y de acumular una pequeña fortuna, se había retirado a la finca, próxima a donde los Tanqueray vivían todavía, que le había legado un primo. Su hija, Honor (éste era el papel para el que habían contratado a Avice Crichton), estudiaba medicina con la intención de ejercer en la India. Solo en Londres y sin amistades después de tantos años en ultramar, Robert había entablado relaciones con una mujer bastante conocida en la ciudad, la señora Marten. Ésta procedía de la misma clase social que Paula, pero era menos exclusiva; pasaba la temporada veraniega y la invernal en Cannes y entre una y otra vivía en un piso de Albermarle Street donde recibía a los oficiales de la brigada de Su Majestad. Era buena jugadora de bridge y aún mejor de golf. El papel le iba como un guante a Julia.

El autor se ceñía por completo al argumento de la obra original. Honor anunciaba a su padre que abandonaba los estudios de medicina y que deseaba vivir con él hasta su boda, pues acababa de prometerse con el hijo de Ellean, soldado de la guardia real. Algo desconcertado, Robert Humphreys manifestaba entonces a la joven su intención de casarse con la señora Marten. Honor encajaba la noticia con serenidad.

«Por supuesto, ya debes de saber que es una furcia, ¿no?», era su fría respuesta.

Él, muy azorado, le hablaba de la vida desdichada que

había llevado esa mujer y de cuánto deseaba compensarla por todo lo que había sufrido.

«Oh, no digas más tonterías —replicaba Honor—. Será una labor admirable si lo consigues.»

El hijo de Ellean había sido uno de los numerosos amantes de la señora Marten, al igual que el marido de Ellean lo había sido de Paula Tanqueray. Cuando Robert Humphreys llevó a su esposa a su casa de campo y esa relación fue puesta al descubierto, el matrimonio decidió que debían informar a Honor. Para su consternación, Honor ni pestañeó. Ya estaba al corriente.

«Cuando me enteré me puse muy contenta —dijo, dirigiéndose a su madrastra—. Porque en fin, querida, ya me contarás si es bueno en la cama...»

Ésta era la mejor escena de Avice Crichton, duraba más de diez minutos y Michael se había percatado desde el primer momento de su importancia y efectividad. Tenía la certeza de que la fría belleza y el talento pragmático de Avice Crichton venían como anillo al dedo a las circunstancias. No obstante, al cabo de media docena de ensayos comenzó a pensar que esas características eran lo único que la joven podía aportar, y lo comentó con Julia.

—¿Qué te parece Avice? ¿Crees que va bien?

—Es muy pronto para saberlo.

—Tengo mis dudas acerca de ella. Me dijiste que sabía actuar, pero todavía no he visto señales de ello.

—Es un papel a prueba de bombas. No puede quedar mal en él.

—Sabes tan bien como yo que los papeles a prueba de bombas no existen. Por bueno que sea un papel, debe sacársele todo el jugo posible. No sé si no nos convendría más echarla y buscar a otra.

—No sería tan sencillo. Creo que debes darle una oportunidad.

—Es tan torpe y sus gestos son tan inapropiados...

Julia reflexionó. Tenía sus motivos para desear que Avice conservara el papel. La conocía lo suficiente para estar segura de que si Michael la despedía, correría a contarle a Tom que la razón había sido que Julia estaba celosa de ella. Tom la amaba y daría crédito a cuanto le contase. Incluso era posible que pensase que todo formaba parte de un plan de Julia para vengarse por haberla dejado. No, no, Avice tenía que quedarse. Tenía que representar su personaje y fracasar; Tom debía ver con sus propios ojos lo mala actriz que era. Tanto la chica como él creían que la obra la haría famosa. Pobres ilusos. Lo que iba a hacer sería hundirla para siempre.

—Ya sabes lo hábil que eres, Michael. Estoy segura de que si te tomas la molestia de trabajar un poco con ella, sabrás prepararla.

—Precisamente de eso se trata. Parece incapaz de aceptar indicaciones. Le enseño la manera exacta de pronunciar una frase y luego va y la declama a su modo. No te lo creerás, pero a veces casi llego a pensar que está convencida de saber más que yo.

—Es que la pones nerviosa. Cuando le indicas que haga algo, le entra tal pánico que se atolondra.

—¡Por Dios, si no hay nadie más comprensivo que yo! Jamás la he tratado con brusquedad.

Julia le dedicó una sonrisa afectuosa.

—¿Vas a decirme que ignoras lo que de veras le sucede?

—¿Qué? —Michael la miró con cara inexpresiva.

—Oh, vamos, querido, ¿no te has dado cuenta de que está locamente enamorada de ti?

—¿De mí? Pero si pensaba que estaba prácticamente comprometida con Tom. ¡Bobadas! Tú siempre andas imaginándote cosas así.

—¡Pero si está muy claro! Al fin y al cabo, no es la primera que queda prendada de tu belleza irresistible, y supongo que no será la última.

—Te aseguro que lo último que deseo es estropearle los planes al pobre Tom.

—No es culpa tuya, ¿verdad?

—¿Qué quieres que haga al respecto, entonces?

—Bueno, opino que debes ser considerado con ella. ¿No te das cuenta de que la pobrecilla es muy joven? Lo que necesita es una mano amiga. Si la llevaras aparte y repasarais juntos el papel un par de veces, creo que harías maravillas con ella. ¿Por qué no la invitas a almorzar un día y charláis un buen rato?

Julia advirtió cómo brillaban los ojos de Michael mientras consideraba la propuesta y notó la sombra de una sonrisa en sus labios.

—Naturalmente —dijo él—, lo más importante es que representemos la obra lo mejor posible...

—Ya sé que para ti es una molestia pero, con franqueza, creo que merece la pena intentarlo, por el bien de la obra.

—Ya sabes que nunca haría nada que te incomodase, Julia. Preferiría despedir a esa joven y reemplazarla por otra actriz.

—Creo que cometerías un error. Tengo la seguridad de que si te tomas el trabajo de dedicarte un poco a ella, nos ofrecerá una interpretación magnífica.

Michael paseó un par de veces de un extremo a otro de la sala. Daba la impresión de estar estudiando todos los aspectos del asunto.

—Bien, supongo que mi tarea consiste en conseguir el mejor rendimiento de los miembros del elenco. Y en dar con el mejor modo de presentarle a cada uno los fallos que pueda tener.

Adelantó la barbilla, hundió el estómago y enderezó la espalda. Julia tuvo la certeza de que Avice Crichton conservaría el papel. En efecto, al día siguiente, durante el ensayo, Michael la llevó aparte y habló largo y tendido con ella. Por la actitud de su esposo, Julia supo perfectamente qué le estaba diciendo y, mirándolos con el rabillo del ojo vio que Avice, finalmente, asentía y sonreía. Michael acababa de invitarla a almorzar.

Satisfecha, Julia continuó estudiando su papel.

27

Roger llegó de Austria cuando llevaban dos semanas de ensayos. Había pasado una temporada en un lago de Carintia y, después de estar un par de días en Londres, se marcharía a Escocia para visitar a unos amigos. Como Michael tenía que cenar temprano y salir enseguida para el teatro, Julia fue a recibirlo sola. Mientras se vestía, Evie, con su habitual desdén, le dijo que se tomaba tantas molestias en arreglarse como si fuera a encontrarse con un joven galán. Julia quería que Roger se sintiera orgulloso de ella y, en efecto, estaba muy joven y bonita con su vestido de verano mientras andaba arriba y abajo por el andén. Daba la impresión, por completo errónea, de que permanecía absolutamente ajena a la atención que despertaba. Roger llegó muy bronceado, después de pasar un mes al sol, pero seguía cubierto de pecas y parecía más delgado que cuando había salido de Londres, a principios de año. Julia lo abrazó con exageradas muestras de afecto. Él apenas esbozó una sonrisa.

Cenarían solos. Julia le preguntó si querría ir después a un teatro o al cine, pero Roger contestó que prefería quedarse en casa.

—Será mucho mejor. —Julia asintió—. Aprovecharemos para hablar.

Michael le había pedido a su esposa que comentara cierto tema con Roger cuando se presentara la oportunidad. Como el chico pronto iría a Cambridge, convenía que decidiese qué quería hacer. A Michael le preocupaba que en Cambridge perdiera el tiempo y luego terminara por ingresar en el despacho de algún corredor de bolsa, o incluso por dedicarse al teatro. Considerando que Julia poseía más tacto que él y ejercía una mayor influencia en el muchacho, había insistido en que le hiciera ver las ventajas que ofrecía el servicio diplomático y las brillantes posibilidades de la abogacía. Julia se dijo que le extrañaría mucho no ser capaz de sacar ese tema tan importante durante las dos o tres horas de conversación con su hijo. Mientras cenaban, intentó que le hablase de Viena, pero él se mostró reticente.

—¡Oh!, no hice nada fuera de lo corriente. Vi todo lo digno de verse y estudié intensamente el alemán. Frecuenté las cervecerías y fui bastantes veces a la ópera.

Julia también deseaba saber si Roger había tenido alguna aventura amorosa.

—No habrás vuelto comprometido con alguna jovencita vienesa, ¿verdad? —dijo ella, tratando de sonsacarle.

Roger la miró con expresión pensativa pero levemente irónica. Daba la impresión de que había adivinado sus intenciones. Resultaba extraño; a pesar de que era su propio hijo, Julia no llegaba a sentirse totalmente cómoda en su compañía.

—No —respondió él—. Estuve demasiado ocupado para que me preocuparan esas cosas.

—Supongo que fuiste a todos los teatros.

—Sólo estuve en dos o tres.

—¿Viste algo que pudiera interesarme?

—¿Sabes?, no se me ocurrió pensar en eso.

La respuesta de Roger, que quizá pareciese un poco fría, fue acompañada, sin embargo, de una sonrisa muy tierna. Una vez más, Julia se preguntó cómo era posible que el chico no hubiese heredado casi nada de la belleza de su padre ni de su propio encanto. Su cabello rojizo no estaba mal, pero las pestañas, muy claras, hacían bastante inexpresivo su semblante. Sólo Dios sabía cómo de tal padre y de tal madre había nacido un tipo tan soso. Había cumplido dieciocho años e iba siendo hora de que adquiriese más prestancia. Parecía un tanto apático y carecía de la chispeante vitalidad de su progenitora. Julia imaginó con qué vivacidad ella habría narrado sus experiencias en el caso de que acabara de pasar seis meses en Viena. ¡Vaya!, si después de su estancia en Saint-Malo con su madre y la tía Carrie había compuesto un relato de sus andanzas allí que hacía desternillarse de risa a quienes la escuchaban. Todos decían que su narración estaba a la altura de cualquiera de las obras que interpretaba, y ella misma tuvo la impresión de que era mejor que la mayoría. Se apresuró a contar esa historia a su hijo. Éste la escuchó con una sonrisa en los labios, pero Julia tuvo la incómoda sensación de que no la encontraba tan graciosa como ella. Suspiró para sus adentros: decididamente, su pobre hijo carecía de sentido del humor. Luego, Roger hizo algunos comentarios que la llevaron a hablar de *Hoy en dia*. Le explicó el argumento y le contó el enfoque que ella daba a su personaje; le habló del reparto y le describió los decorados. Al final de la cena, cayó en la cuenta de que sólo había hablado de sí misma y de lo que a ella le interesaba. No entendía qué la había llevado a obrar así, y de pronto le asaltó la sospecha de que Roger había conducido la conversación por aquellos derroteros para evitar que versara sobre sí mismo y sus asuntos, pero desechó la idea. Roger no era lo bastante inteligente para aquello. Fue más tarde, mientras estaba fumando y oyendo la radio en el salón, cuando encontró el momento oportuno para plantear, de una manera que resultó muy natural, la pregunta que tenía preparada.

—¿Has decidido ya lo que vas a hacer?

—Todavía no. No creo que haya ninguna prisa.

—Ya sabes que yo no entiendo de esas cosas. Tu padre opina que si vas a ser abogado deberías escoger los estudios de Derecho cuando ingreses en Cambridge. En cambio, si te atrae la diplomacia, tendrías que optar por la carrera de lenguas.

Sin perder su pensativa y singular expresión, Roger la miró durante tanto rato que Julia tuvo dificultades para mantener su actitud despreocupada, alegre y, al mismo tiempo, afectuosa.

—Si creyera en Dios, me haría sacerdote —dijo él finalmente.

—¿Sacerdote?

Julia apenas daba crédito a lo que oía. La invadió una sensación de aguda incomodidad, pero la respuesta de su hijo penetró hasta lo más profundo de su ser. Por un instante vio a Roger vestido de cardenal, en un bello *palazzo* romano, rodeado de maravillosos cuadros y de obsequiosos prelados; y a continuación lo vio como un santo, con mitra y ropajes profusamente bordados en oro, distribuyendo el pan entre pobres con gestos benévolos. Llegó a verse a sí misma con un vestido de brocado y luciendo un collar de perlas, como una nueva madre de los Borgia.

—Eso estaba bien en el sigo XVI —añadió—, pero los tiempos han cambiado y...

—Han cambiado mucho, en efecto.

—No sé cómo se te puede haber metido en la cabeza algo así. —Al ver que no respondía, tuvo que seguir hablando—: ¿Es que no eres feliz?

—Sí —respondió Roger con una sonrisa.

—Entonces, ¿qué es lo que quieres?

Él volvió a dirigirle aquella mirada desconcertante. No resultaba fácil saber si hablaba seriamente, puesto que en sus ojos asomaba una vaga ironía.

—La realidad —respondió él.

—No comprendo.

—Verás, toda mi vida ha transcurrido en una atmósfera de apariencias, y lo que quiero es vivir en contacto con la realidad. Tú y papá os halláis a gusto en este ambiente; es el único que conocéis y os parece maravilloso, pero a mí me asfixia.

Julia lo escuchó con la mayor atención, esforzándose por comprender el significado de las palabras de su hijo.

—Nosotros somos actores, y actores de éxito —respondió—. Gracias a eso hemos podido rodearte de lujos desde que naciste. Si contaras a los actores que han mandado a sus hijos a estudiar a Eton te alcanzarían los dedos de una mano.

—Os estoy muy agradecido por todo lo que habéis hecho por mí.

—Entonces, ¿qué nos reprochas?

—No os reprocho nada. Habéis hecho por mí cuanto habéis podido. Por desgracia, también habéis conseguido que ya no crea en nada.

—Nunca hemos influido en tus creencias. Sé que no somos personas religiosas; somos actores y, después de ocho representaciones semanales, nos gusta tener el domingo para nosotros solos. Francamente, creía que se habrían ocupado de todo eso en la escuela.

Roger vaciló un instante antes de responder. Parecía como si le costase continuar la conversación.

—Cuando tenía catorce años, estando entre bastidores, te vi representar una comedia. La escena debía de ser maravillosa, pues ponías tal sinceridad en tus palabras y sonaban tan emocionantes que no pude contener las lágrimas. Me produjo una tremenda impresión. Aún hoy no sabría cómo expresarlo: sentía una pena terrible por ti, pero también me sentía exaltado, una especie de pequeño héroe. En aquel momento pensé que nunca haría nada incorrecto ni deshonroso. Y entonces, de pronto, vi que te desplazabas hasta el fondo del escenario, muy cerca de donde yo estaba y con las mejillas bañadas en lágrimas, te volvías de espaldas al público y con tu voz normal le decías al traspunte: «¿Se puede saber qué está haciendo el electricista con las luces? Le advertí que no utilizara el azul.» Y luego, como si tal cosa, te volviste al público y continuaste la escena con un desgarrador grito de angustia.

—Pero, cariño, eso precisamente es actuar. Si una actriz tuviera que sentir las emociones que intenta trasmitir al público, terminaría destrozada. Aún me acuerdo de aquella escena. El teatro se venía abajo. Jamás he oído tantos aplausos.

—Supongo que fui muy tonto al tomármelo en serio, pero como creía ciegamente en todo lo que estabas diciendo, al ver que se trataba de una ficción sentí como si se me rompiera algo. Desde aquel día no he vuelto a creer en ti. Caí en el engaño una vez y decidí que no volvería a suceder.

Julia le dedicó una de aquellas encantadoras sonrisas suyas que desarmaban a cualquiera.

—Cariño, creo que dices muchas tonterías.

—Ya sé que lo crees. Tú ignoras la diferencia que existe entre la ficción y la realidad. Nunca dejas de actuar. Es tu segunda naturaleza. Haces teatro cuando das una fiesta, cuando estás con papá, ante la servidumbre y conmigo. Ante mí interpretas el papel de una madre indulgente, cariñosa y, además, famosa. Tú no existes, sólo eres los incontables personajes que has interpretado. En ocasiones me he preguntado si has llegado a existir de verdad o si sólo habrás sido el vehículo de todos esos personajes que finges ser. A veces, cuando te he visto entrar en una habitación vacía, he deseado abrir la puerta de improviso, pero me he contenido por miedo de no encontrar a nadie dentro.

Julia lo miró un instante. Lo que decía su hijo le sonaba irreal y le producía escalofríos. Lo escuchaba con la mayor atención, con cierta inquietud, pues lo veía tan serio que sentía que le estaba manifestando algo que le había oprimido el corazón durante años. Jamás en su presencia había hablado tan extensamente.

—Entonces, crees que soy una farsante.

—No exactamente. Porque todo tú eres farsa; la farsa es tu verdad, como la margarina lo es para quien no conoce la mantequilla.

Julia se sintió vagamente culpable. Se veía como reina de *Hamlet*: «Y deja que te estruje el corazón, pues he de hacerlo si este corazón tuyo es de materia tangible.»

«No sé si soy demasiado vieja para interpretar a Hamlet —se dijo—. La Siddons y Sarah Bernhardt lo interpretaron y yo tengo las piernas más bonitas que cualquier hombre que he visto en este papel. Le preguntaré a Charles qué le parece. Naturalmente, no hay que olvidar esa condenada dificultad del verso libre. ¡Qué estúpido fue Shakespeare al no escribir en prosa! Pero podría interpretarlo en francés en el Théâtre Français. ¡Eso sí que llamaría la atención!»

Ya se veía con el negro jubón y las largas medias de seda. «¡Pobre Yorick!» Pero se contuvo y continuó el diálogo:

—Imagino que de tu padre no pensarás que tampoco existe. Hace más de veinte años que no representa a otro personaje que a sí mismo.

«Si decidiéramos poner el *Hamlet* en Londres, Michael podría hacer el papel del rey; aunque no en francés, por supuesto.»

—Pobre papá, supongo que debe de ser un buen actor, pero no es muy inteligente, ¿verdad? El hecho de ser el hombre más guapo de Inglaterra le ocupa todo el tiempo.

—No me parece muy correcto que hables así de tu padre.

—¿Es que he afirmado algo que no sepas? —preguntó Roger con frialdad.

Julia estuvo a punto de echarse a reír, pero se resistió a abandonar su expresión de dignidad herida.

—No es nuestra fuerza, sino nuestra debilidad, lo que despierta el cariño de quienes nos lo profesan.

—¿En qué obra decías eso?

Ella contuvo un ademán de desagrado. Había pronunciado la frase espontáneamente y sólo al hacerlo había caído en la cuenta de que pertenecía a alguna comedia. El muy bribón había dado en el clavo. Con todo, la frase resultaba muy oportuna.

—¡Qué severo eres! —exclamó quejumbrosa. Empezaba a sentirse cada vez más la madre de Hamlet—. ¿Es que no me quieres?

—Te querría, si lograra encontrarte. Pero ¿dónde estás? Si te privaras de tu exhibicionismo, si te despojaras de tu técnica teatral, si te arrancaras capa tras capa de fingimiento y de insinceridad como se pela una cebolla, si dejaras de repetir frases de viejos papeles y de imitar emociones ficticias, ¿encontraría al final un alma? —Roger le dedicó aquella mirada triste y grave. Esbozó una sonrisa y añadió—: Me caes muy simpática.

—Pero, ¿sabes que te quiero?

—A tu manera.

El rostro de Julia se descompuso de pronto.

—¡Si supieras lo mucho que sufrí cuando estuviste enfermo! ¡No sé qué habría hecho si hubieses muerto!

—Habrías interpretado maravillosamente el papel de madre desolada junto al cadáver de su único hijo.

—No tan maravillosamente como si hubiera tenido ocasión de ensayarlo unas cuantas veces —replicó Julia con aspereza—. Lo que ocurre es que tú no comprendes que representar no es algo natural; es un arte, y el arte hay que crearlo. La auténtica tristeza es fea, y la labor del artista consiste en interpretarla no sólo como una verdad, sino como una verdad hermosa. Si estuviera muriéndome de veras lo mismo que he muerto en tantas comedias, ¿crees que me preocuparía de que mis ademanes fuesen elegantes y que mis palabras entrecortadas resultaran audibles hasta para los espectadores de la última fila del gallinero? Si mi arte es una farsa, no lo es más que una sonata de Beethoven, y yo no soy más farsante que el pianista que la toca. Me parece una crueldad por tu parte que digas que no te quiero. Te adoro. Eres lo único que ha habido en mi vida.

—No. Me quisiste cuando era niño y te podías fotografiar conmigo. Salían unas instantáneas encantadoras y servían de publicidad. Pero desde entonces no te has preocupado demasiado por mí. He sido para ti más un fastidio que otra cosa. Aunque siempre te alegrabas de verme, agradecías que me entretuviera por mi cuenta y no pretendiera robarte tu tiempo. No te lo reprocho, porque nunca has tenido tiempo para nadie, más que para ti.

Julia empezaba a impacientarse. Roger estaba acercándose demasiado a la verdad y la hacía sentirse incómoda.

—Olvidas que los niños son bastante aburridos.

—Terriblemente aburridos, en realidad —admitió Roger con una sonrisa—. Pero me gustaría que me dijeras por qué finges que no soportas perder el control de mi vida. Eso también es hacer teatro.

—Consigues que me sienta muy desgraciada, que crea que no he cumplido mi deber para contigo.

—Sí que lo has cumplido. Has sido una madre excelente. Has hecho algo que te agradeceré siempre: me has dejado en paz.

—No entiendo qué quieres.

—Ya te lo he dicho: la realidad.

—Pero ¿dónde vas a encontrarla?

—No lo sé. Tal vez no exista. Todavía soy joven e ignorante. Quizás en Cambridge, conociendo gente y leyendo libros, logre descubrir dónde buscarla. Si aseguran que sólo existe en Dios, estoy decidido a probar.

Julia estaba desconcertada. Lo que Roger acababa de decir no había penetrado profundamente en ella no obstante lo cual, y aunque eran frases cuya importancia no residía en su significado, sino en el efecto que producían, le turbaba la emoción que adivinaba en su hijo. Naturalmente, éste sólo tenía dieciocho años y sería una tontería tomarlo en serio. Sin embargo, no podía evitar pensar que en aquellas ideas, que alguien debía de haberle inspirado, había mucho de afectación. Pero ¿de quién era posible afirmar ideas propias? ¿Acaso no era todo el mundo un poco afectado? No obstante, quizá Roger estuviera expresando lo que sentía realmente, y no habría sido correcto por parte de Julia tomárselo a la ligera.

—Comprendo muy bien tu postura —dijo—. Mi mayor deseo en el mundo es que seas feliz. Hablaré con tu padre y harás lo que desees. Has de buscar tu propia salvación, ya lo veo. Pero creo que deberías asegurarte de que tus pensamientos no son enfermizos. Tal vez estuviste demasiado solo en Viena, y supongo que leíste más de la cuenta. Claro que tu padre y yo pertenecemos a otra generación e imagino que no estamos en condiciones de ayudarte. ¿Por qué no hablas de todo esto con una persona de tu edad? Con Tom, por ejemplo.

—Tom es un pobre esnob. Su única ambición en la vida es ser un caballero y no se da cuenta de que cuanto más se esfuerza, más lejos está de serlo.

—Yo pensaba que te caía muy bien. En Taplow, el verano pasado, erais inseparables.

—No me desagradaba. Lo utilicé. Me valió para enterarme de cosas que me interesaba conocer, pero siempre lo consideré un tipo insignificante, muy superficial.

Julia recordó los celos que había sentido de su amistad. La irritaba pensar que había sufrido por nada.

—Ya no lo tratas, ¿verdad? —preguntó Roger bruscamente.

Julia se sobresaltó.

—Casi nada.

—Me parece muy sensato por tu parte. No estaba a tu altura.

La miró con expresión tranquila y pensativa y, de pronto, Julia sintió el angustioso temor de que Roger supiera que Tom había sido su amante. Pero se dijo que era imposible y que sólo su conciencia culpable le hacía pensarlo; era inconcebible que aquellos horribles chismorreos hubieran podido llegar a oídos de Roger. Y, no obstante, algo en su expresión le decía que estaba enterado de todo. Se sintió avergonzada.

—Yo le invité a que pasara unos días en Taplow porque creía que te gustaría tener a un chico de tu edad con el que entretenerte.

—Y así fue.

En los ojos de Roger brillaba una chispa de ironía. Julia se desesperó. Habría querido preguntarle por qué estaba sonriendo, pero le faltó valor, porque de hecho lo sabía. Roger no estaba enfadado con ella —eso lo habría podido soportar—, sino que todo aquello simplemente le divertía. Julia se sintió profundamente herida. Se habría echado a llorar, pero se contuvo al pensar que él se reiría. ¿Y qué podía decirle? Roger no creía en sus palabras. Para él, todo era teatro. Por primera vez, Julia no sabía cómo afrontar una situación. Se enfrentaba a algo que desconocía, misterioso y aterrador. ¿Sería aquello la realidad? En ese momento, se oyó llegar un coche.

—Ahí está tu padre.

¡Qué alivio! Julia agradeció su llegada, que había de poner fin a aquella escena insoportable. Al cabo de un momento, Michael, muy cordial, con la barbilla adelantada y el estómago hundido, increíblemente apuesto pese a sus cincuenta años, entró precipitadamente en la habitación y extendió la mano con un gesto varonil para, después de seis meses de ausencia, dar la bienvenida a su hijo unigénito.

28

Al cabo de tres días, Roger partió hacia Escocia. Empleando cierto ingenio, Julia consiguió que no volvieran a estar a solas durante mucho rato. Cuando en alguna ocasión se quedaron cara a cara unos minutos, hablaron de temas intrascendentes. Julia no lamentaba que se marchase, ya que le resultaba imposible apartar de su mente la curiosa conversación que había mantenido con él. Había un punto concreto de ésta que le preocupaba sobre todo: la sugerencia que él había hecho acerca de que si ella entraba en una estancia vacía y, de repente, alguien abría la puerta, no vería a nadie. La idea hacía que se sintiese muy incómoda.

«Nunca he pretendido ser una belleza extraordinaria —pensó—, pero creo que lo que nunca me ha negado nadie es personalidad. Es absurdo afirmar que, por el hecho de que puedo interpretar cien papeles diferentes de cien maneras distintas, carezco de una individualidad propia. Si lo hago es porque soy, maldita sea, una gran actriz.»

Reflexionó acerca de lo que le ocurría cuando entraba sola en una estancia vacía.

«Pero si nunca estoy sola, ni siquiera en una sala vacía. Siempre está Michael, o Evie, o Charles, o el público; no en carne y hueso, por supuesto, pero sí en espíritu. Tengo que hablarle a Charles sobre Roger.»

Lamentablemente, Charles estaba fuera, pero asistiría al ensayo general y al estreno; llevaba más de veinte años sin perderse tales ocasiones, y después del ensayo general siempre cenaban juntos. Michael se quedaría en el teatro, ocupado con las luces y demás, y podrían estar solos y mantener una buena charla.

Estudió su papel. Julia no solía basarse en la observación para crear el personaje que iba a interpretar; poseía el don de meterse en la piel de la mujer a la que debía encarnar, de manera que pensaba con la mente del personaje y percibía a través de sus sentidos. La intuición le sugería mil y un pequeños toques que luego asombrarían al público por su verosimilitud, pero cuando preguntaban de dónde los había sacado, no sabía qué responder. En esta obra quería mostrar la valerosa aunque incómoda desenvoltura de la señora Marten, que jugaba al golf y podía hablar con un hombre de tú a tú, pero que en esencia era una respetable mujer de clase media que anhelaba la seguridad que brinda el matrimonio.

A Michael nunca le había gustado que al ensayo general asistiera demasiada gente, y en esta ocasión, deseoso de mantener en secreto los detalles de la obra hasta la noche del estreno, sólo había dejado entrar, aparte de Charles, a las personas —fotógrafos y modistos— cuya presencia era imprescindible. Julia no se esforzó demasiado. No tenía intención de emplearse a fondo hasta la noche del estreno. Bajo la minuciosa dirección de Michael, el ensayo fue como la seda y, hacia las diez de la noche, Julia y Charles se hallaban sentados en el Grill Room del Savoy. Lo primero que Julia le preguntó fue su opinión sobre Avice Crichton.

—No actúa mal —respondió Charles—, y además es increíblemente bonita. En el segundo acto estaba encantadora con ese vestido.

—Yo no luciré el mismo vestido con que aparezco en

el segundo acto. Charley Deverill me ha confeccionado otro.

Charles no vio la mirada un tanto maliciosa que ella le dedicó, y de haberla visto no habría sabido qué significaba. Siguiendo los consejos de Julia, Michael se había ocupado mucho de Avice. La había hecho ensayar en privado en su despacho y le había enseñado cada uno de los gestos y las entonaciones. Asimismo —Julia tenía buenas razones para creerlo—, varias veces había almorzado con ella y la había llevado a cenar. El resultado de todo ello era que la joven estaba interpretando el papel de forma excepcional. Michael se sentía muy satisfecho.

—Estoy muy satisfecho de ella. Creo que tendrá mucho éxito. Casi estoy por hacerle firmar un contrato.

—Yo no lo haría —le dijo Julia—. Hasta después del estreno, por lo menos. Es imposible saber cómo será la interpretación de un artista hasta verle actuar delante del público.

—Es una muchacha muy agradable y una perfecta dama.

—Una muchacha muy agradable, supongo que sí, porque está locamente enamorada de ti, y una perfecta dama porque no quiere ceder a tus requerimientos hasta tener el contrato.

—Oh, querida, no seas tonta. Pero si a mis años podría ser supadre...

No obstante, Michael sonrió con complacencia. Julia sabía que sus escarceos no habían pasado de tomarse de la mano y darse un par de besos en un taxi, pero también sabía que se sentía halagado al pensar que ella lo creía capaz de serle infiel.

Julia, habiendo saciado ya el apetito con la debida atención a su silueta, sacó a colación el asunto que tenía en mente.

—Charles querido, quiero hablarte de Roger.

—Oh, sí, regresó el otro día, ¿verdad? ¿Cómo se encuentra?

—Oh, querido, ha sucedido algo terrible. Se ha convertido en un mojigato de cuidado y no sé qué hacer al respecto.

Julia procedió a darle su versión de la conversación. Aunque omitió un par de detalles que le pareció inconveniente mencionar, en general su relato se ajustó a la realidad.

—Lo que resulta trágico es que carece por completo de sentido del humor —concluyó.

—¡Pero si sólo tiene dieciocho años!

—Cuando le oí decir aquellas cosas, me quedé de una pieza. Me sentí como Balaam cuando su asno se puso a hablar.

Le dirigió una mirada de regocijo, pero Charles ni siquiera sonrió. Era evidente que el comentario no le había parecido tan gracioso como a ella.

—Ignoro de dónde ha sacado esas ideas. Es absurdo pensar que semejantes tonterías se le hayan ocurrido a él solo.

—¿Estás segura de que los muchachos de su edad no piensan más de lo que los mayores imaginamos? Es una especie de pubertad del alma, y sus resultados a menudo son extraños.

—Considero que Roger ha sido muy desleal al no haber mencionado ni una sola vez en todos estos años esas ideas suyas. Casi parecía estar acusándome. —Julia rió entre dientes—. Para serte sincera, mientras me decía esas cosas, me sentí como la madre de Hamlet. —Y sin hacer apenas una pausa, prosiguió—: Me pregunto si no seré demasiado mayor para representar Hamlet.

—Gertrudis no es un buen personaje, ¿no crees?

Julia estalló en carcajadas, sinceramente divertida.

—No seas idiota, Charles. No interpretaría a la reina, sino al propio Hamlet.

—¿Crees que es adecuado para una mujer?

—La Siddons interpretó a Hamlet, lo mismo que Sarah Bernhardt. El papel marcó un hito en sus carreras, ya sabes a lo que me refiero. La dificultad reside, por supuesto, en el verso libre.

—Pues yo he oído a algunos actores declamarlo de tal manera que no se distinguía de la prosa.

—Sí, pero no es lo mismo.

—¿Fuiste amable con Roger?

A Julia le sorprendió que él retomara tan bruscamente el tema de la conversación, pero le siguió la corriente con una sonrisa.

—Estuve encantadora.

—Resulta difícil no impacientarse ante los desatinos de los jóvenes; nos explican que dos y dos son cuatro como si nunca se nos hubiera ocurrido y se decepcionan si no compartimos su sorpresa cuando acaban de descubrir que la gallina pone huevos. Su inexperiencia les hace despotricar y desvariar como botarates, pero no todo lo que dicen son tonterías; uno ha de hacer lo posible por comprenderlos. Uno tiene que recordar lo mucho que hay que olvidar y lo mucho que hay que aprender al enfrentarse a la vida por primera vez. No es fácil renunciar a los propios ideales, y los hechos descarnados de la existencia cotidiana son píldoras muy amargas que tragar. Los conflictos espirituales de la adolescencia suelen ser graves, y uno puede hacer tan poco por resolverlos...

—Pero ¿tú crees que tienen algún fundamento estas ideas de Roger? Para mí que no son más que tonterías comunistas que ha aprendido en Viena. Desearía no haberlo enviado allí nunca.

—Tal vez tengas razón. Quizá dentro de dos o tres años pierda de vista las nubes celestiales y acepte las cadenas. Es probable que encuentre lo que busca, si no en Dios, en el arte.

—Me horrorizaría que fuese actor, si es a eso a lo que te refieres.

—No, no creo que sienta ninguna inclinación por el teatro.

—Y por descontado, tampoco puede ser dramaturgo porque no posee ni un ápice de sentido del humor.

—Yo diría que será muy feliz si encuentra un empleo en el Ministerio de Relaciones Exteriores, donde la falta del sentido del humor resulta sumamente útil.

—¿Y qué me aconsejas que haga?

—Nada. Déjalo en paz. Probablemente éste sea el mayor favor que puedas hacerle.

—Pero ¿cómo evitar sentirme preocupada por mi hijo?

—Pues no deberías preocuparte. Ten esperanza. Creías haber dado a luz a un patito feo, pero quizá se convierta en un cisne de alas blancas.

Charles no estaba brindándole a Julia lo que ésta deseaba: que se mostrase más comprensivo.

«Supongo que se está haciendo viejo, el pobrecito —pensó ella—, y ha perdido un poco el sentido de la realidad. Debe de ser impotente desde hace muchos años. Me pregunto cómo no se me habrá ocurrido antes.»

—Creo que debo marcharme —comentó tras preguntarle la hora—. Esta noche necesito dormir bien y descansar.

Julia durmió bien, y despertó de un humor magnífico. El día del estreno había llegado. Le produjo un leve cosquilleo de placer recordar que la noche anterior, cuando salió a la calle después del ensayo general, ante las puertas del teatro se había congregado un buen número de personas, de manera que, siendo ya como eran las diez de la mañana, a esas horas debía de haber una larga cola ante las taquillas.

«Por suerte para ellos, pobres imbéciles, hace buen tiempo.»

Durante muchos años se había sentido insoportablemente nerviosa antes de un estreno. Pasaba todo el día medio mareada y, a medida que se acercaba la noche, su agitación era tan grande que creía que la obligaría a abandonar el escenario. Pero tras vivir tantas veces esa experiencia había adquirido cierta indiferencia. Durante la mañana, había estado contenta y sólo un poco emocionada, y no fue hasta última hora de la tarde cuando empezó a sentirse intranquila. Se sumió en el silencio y quiso que la dejaran sola. También se puso irritable y Michael, que también había aprendido de la experiencia, hizo todo lo posible por no cruzarse con ella. Julia notaba las manos y los pies cada vez más fríos, y para cuando llegó al teatro eran como trozos de hielo. Sin embargo, la aprensión que la embargaba no resultaba desagradable.

Aquella mañana, Julia no tenía nada que hacer salvo ir al Siddons a mediodía para un ensayo de texto, por lo que se quedó en cama hasta tarde. Como Michael no fue a casa a almorzar pues estaba ocupado ultimando los decorados, comió sola. Después se acostó y durmió profundamente durante una hora. Tenía la intención de descansar el resto de la tarde; la señorita Phillips se presentaría a las seis a darle un ligero masaje y a las siete quería estar en el teatro. Pero cuando despertó, se sentía tan relajada que no le apetecía quedarse tumbada y decidió salir a dar un paseo. Era un día soleado y agradable. Dado que la ciudad le agradaba más que el campo y las calles más que los árboles, no entró en el parque sino que deambuló por las plazas vecinas, vacías en aquella época del año, mirando ociosamente las casas y diciéndose que la suya le gustaba más que ninguna. Se sentía tranquila y alegre. Por fin pensó que había llegado el momento de emprender el regreso y, justo cuando llegaba a la esquina de Stanhope Place, oyó que alguien la llamaba.

—¡Julia!

Reconoció la voz de inmediato.

Se volvió y vio a Tom acercarse a ella con una gran sonrisa. Era la primera vez que se encontraban desde su regreso de Francia. Vestía un elegante traje gris con sombrero marrón y tenía la cara bronceada por el sol.

—Creía que estabas fuera de la ciudad.

—Regresé el lunes. No te he telefoneado porque imaginaba que estarías muy ajetreada con los ensayos. Esta noche asistiré al estreno. Michael me ha hecho llegar una entrada.

—Oh, pues me alegro.

Era evidente que Tom se alegraba de verla. Una expresión de entusiasmo iluminaba sus ojos. A Julia le agradó descubrir que la presencia de Tom no le despertaba ninguna emoción. Mientras seguían charlando, se preguntó qué habría visto en él para sentirse avasallada por una pasión tan perturbadora.

—¿Y qué diablos haces deambulando por aquí? —le preguntó él.

—He salido a dar un paseo y ahora volvía a casa a tomar el té.

—Ven a mi casa y tómalo conmigo. —Su piso estaba a la vuelta de la esquina. En realidad, Tom había visto a Julia justo cuando se aproximaba a las cocheras para entrar en su vivienda.

—¿Y cómo vuelves a casa tan temprano? —inquirió ella.

—Oh, en la oficina no hay mucho que hacer. Uno de nuestros socios falleció hace dos meses, ¿sabes?, y ahora tengo una participación mayor. Eso significa que podré mantener el piso. Michael fue de lo más amable conmigo, dijo que podía quedarme sin pagar el alquiler hasta que las cosas se arreglaran. Yo no soportaba la idea de tener que mudarme. Vamos, ven, me gustará prepararte una taza de té.

La vivacidad con la que charlaba divirtió a Julia. Al oírle hablar así, nadie hubiera dicho que entre ellos había existido algo. Parecía estar muy a sus anchas.

—Muy bien, pero sólo puedo quedarme un minuto.

—De acuerdo.

Entraron en las cocheras y ella lo precedió por la angosta escalera.

—Ve a la salita mientras pongo a hervir el agua —dijo él.

Julia entró y tomó asiento.

Echó un vistazo alrededor, a la habitación que había sido testigo de tantas emociones suyas y advirtió que nada había cambiado. Su fotografía estaba en el lugar de siempre, pero en la repisa de la chimenea también había una gran foto de Avice Crichton. En ella se leía: «Para Tom, de Avice.» Julia se fijó en todo. La estancia bien podía ser un escenario en el que hubiese actuado; le resultaba vagamente familiar pero ya no significaba nada para ella. El amor que la había consumido entonces, los celos que había reprimido, el éxtasis de la entrega, no tenían más realidad que uno de los innumerables papeles que había representado en el pasado. Se deleitó en su propia indiferencia. Tom entró, con el mantel que Julia le había regalado, y sobre él dispuso con primor el juego de té que también había sido un presente de ella. No sabía por qué, pero la idea de que todavía utilizara sus pequeños obsequios le provocó risa. Luego, él volvió con la tetera y tomaron la infusión en el sofá, sentados uno al lado del otro. Tom le dio más detalles sobre la mejoría de su situación y, a su manera grata y amigable, reconoció que si tenía una mayor participación en los beneficios de la empresa era gracias a los clientes que a través de Julia había podido aportar a la firma. Le habló de las vacaciones de las que acababa de regresar. Julia vio con claridad que él no tenía ni idea de lo mucho que la había hecho sufrir. Aquello también le pareció cómico.

—Me han dicho que esta noche vais a tener un éxito enorme.

—Sería estupendo, ¿verdad?

—Avice dice que tanto Michael como tú habéis sido increíblemente buenos con ella. Ten cuidado de que no quiera todo el éxito para ella.

Aunque lo dijo en tono jocoso, Julia se preguntó si Avice no le habría dicho a Tom que era eso lo que se proponía hacer.

—¿Te has comprometido con Avice?

—No. Desea conservar su libertad. Dice que un compromiso sería un impedimento en su carrera.

—¿Para su qué? —A Julia se le escaparon sin querer esas palabras de la boca, pero enseguida corrigió su error—. Sí, comprendo a lo que se refiere.

—Y yo, como es natural, no quiero interponerme en su camino. Quiero decir que si esta noche le saliera una buena oferta para actuar en Norteamérica, tendría que ser libre de aceptarla.

¡Su carrera! Julia sonrió para sus adentros.

—¿Sabes una cosa? Creo que la forma en que te has portado con ella no tiene precio —declaró Tom.

—¿Por qué?

—Bueno, ya sabes cómo son las mujeres.

Mientras lo decía, le pasó la mano por la cintura y la besó. Julia soltó una carcajada.

—Qué absurdo eres, querido.

—¿Y qué te parecería ahora un poco de amor?

—No seas estúpido.

—¿Dónde está la estupidez? ¿No te parece que llevamos demasiado tiempo divorciados?

—Yo estoy por completo a favor del divorcio irrevocable. ¿Y qué hay de Avice?

—Oh, ella es diferente. Ven, vamos.

—¿Has olvidado que esta noche me espera un estreno?

—Tenemos mucho tiempo.

La tomó entre sus brazos y la besó con ternura. Ella lo miró con ojos burlones. De repente, se decidió.

—De acuerdo.

Se pusieron en pie y fueron al dormitorio. Julia se quitó el sombrero y el vestido. Él la abrazó como lo había hecho tan a menudo. La besó en los párpados y en los pequeños pechos de los que estaba tan orgullosa. Julia le brindó su cuerpo para que hiciera lo que quisiese con él, pero su espíritu se mantuvo distante. Le devolvió los besos por amabilidad, pero se dio cuenta de que estaba pensando en el papel que iba a interpretar. Le parecía ser dos personas, la querida en los brazos del amante y la actriz que imaginaba la nutrida y oscura masa del público y le parecía oír el estallido de los aplausos cuando salía al escenario. Al cabo de un rato, mientras permanecían tumbados el uno junto al otro, con el brazo de Tom alrededor del cuello de Julia, ella se había olvidado de él tan por completo que se sorprendió cuando Tom interrumpió el largo silencio preguntándole:

—¿Ya no me quieres?

Ella lo apretó un poquito contra sí.

—Claro, cariño. Te adoro.

—Hoy estás tan rara...

Julia advirtió que se sentía decepcionado. Pobrecito, no quería herir sus sentimientos. En realidad, era tan encantandor...

—Con la perspectiva del estreno de esta noche, no soy la misma de siempre. No debes preocuparte.

Cuando llegó a la conclusión, ya muy definitiva, de que Tom le importaba un comino, no pudo por menos de sentir una gran compasión hacia él y le acarició suavemente la mejilla.

—Cielo mío —dijo, mientras pensaba: «Me pregunto si Michael se habrá acordado de hacer servir tazas de té a los que están en las colas. Cuesta poco dinero y la gente lo agradece muchísimo»—. Tengo que levantarme, ¿sabes? La señorita Phillips vendrá a las seis. Encontraré a Evie en un estado de nervios... Debe de estar pensando que me ha ocurrido algo.

Mientras se vestía, Julia parloteó con animación aunque advertía, incluso sin mirarlo, que Tom estaba un tanto inquieto. Se puso el sombrero y luego le tomó la cara con ambas manos y le dio un beso amistoso.

—Adiós, amorcito. Que disfrutes esta noche.

—Que tengas toda la suerte del mundo.

Tom sonrió con visible turbación. Julia notó que no sabía qué pensar de ella. Salió del piso y de no haber sido una diva británica y una mujer de casi cincuenta años, habría recorrido todo el camino hasta Stanhope Place y su casa dando brincos. No cabía en sí de contenta. Entró abriendo con el llavín y cerró la puerta a sus espaldas.

«Creo que en lo que Roger dijo hay algo de verdad. El amor no es algo que merezca tantos aspavientos.»

29

Cuatro horas y media más tarde, todo había terminado. La representación salió bien desde el principio; el público, que a pesar de la época del año era de buen tono, se alegraba de volver al teatro después de las vacaciones y tenía ganas de disfrutar. Todo ello presagiaba una buena temporada teatral. Al final de cada acto sonaron grandes aplausos y, al concluir la obra, hubo más de diez llamadas a escena para los actores, dos de ellas para Julia sola; ella misma se sorprendió de la calurosa acogida de la audiencia, a la que correspondió recitando el breve y vacilante discursito preparado de antemano, que la ocasión requería. Finalmente, la compañía entera salió por última vez a saludar y la orquesta interpretó el himno nacional.

Julia, encantada, emocionada y feliz, se dirigió al camerino. Nunca se había sentido tan segura de sí misma. Jamás había actuado con tanta brillantez y versatilidad dando muestras de recursos. La obra terminaba con un largo parlamento en el que Julia, la prostituta retirada, censuraba severamente la petulancia, inutilidad e inmoralidad del grupo ocioso del que había entrado a formar parte mediante su matrimonio. Eran dos páginas seguidas y ninguna otra actriz de Inglaterra habría sido capaz de mantener la atención del público mientras las declamaba. Con su medido sentido del *tempo*, las modulaciones de su hermosa voz y su dominio de toda la gama de emociones, había logrado, por un milagro de la técnica interpretativa, convertir el discurso en un clímax emocionante, casi espectacular, de la obra. Una acción violenta no habría resultado más impresionante, ni más sorprendente un desenlace inesperado. Todo el elenco había estado excelente, a excepción de Avice Crichton.

Cuando Julia hizo su entrada en el camerino, venía tarareando en voz baja. Michael la siguió casi al instante.

—¡Parece que hemos triunfado! —Le pasó un brazo por la cintura y la besó—. ¡Qué recital has dado, por Dios!

—Tú tampoco has estado mal, querido.

—Ésta es la clase de papeles en la que me desenvuelvo fácilmente —respondió Michael sin darle importancia, humilde como de costumbre respecto a su actuación—. ¿Los has oído durante tu parlamento largo? Los críticos habrán quedado impresionados.

—Oh, ya sabes cómo son. Dedicarán toda su atención a la maldita obra y luego hablarán de mí un par de líneas, al final.

—Eres la mejor actriz del mundo, querida, pero bien sabe Dios que también eres una mala pécora.

Julia abrió de par en par los ojos expresando la más cándida sorpresa.

—¿A qué viene eso, Michael?

—No te hagas la inocente. Lo sabes muy bien. ¿Crees que puedes engañar a un zorro viejo como yo?

La mirada de Michael tenía un brillo malicioso, y a Julia le costó un esfuerzo no echarse a reír.

—Soy más inocente que un recién nacido.

—No me vengas con ésas. Le has pisado adrede la actuación a Avice; pero lo has hecho tan maravillosamente bien que sería incapaz de enfadarme contigo.

Julia ya no pudo reprimir más la sonrisita que insinuaban sus labios. Al artista siempre le gustan los halagos. Avice tenía su mejor escena en el segundo acto. Consistía en un diálogo con Julia, y Michael había dirigido los ensayos para lucimiento de la muchacha. En realidad, era lo que exigía la obra, y Julia, como siempre, había aceptado las indicaciones de su marido. A fin de realzar el azul de los ojos de Avice y el dorado de sus cabellos, la habían vestido de color celeste. A fin de contrastar con ella, Julia había elegido un traje de noche de un agradable tono amarillo, que era el que lucía en los ensayos. Sin embargo, mientras tanto había encargado otro vestido, de rutilante seda plateada, y con él hizo su entrada en escena en el segundo acto, para sorpresa de Michael y consternación de Avice. El brillo del tisú, su manera de captar y reflejar la luz, atrajeron la atención de los espectadores. A su lado, el azul del atuendo de Avice se veía tristón. Cuando llegó el momento del importante diálogo que ambas iban a mantener, Julia sacó, lo mismo que un mago saca de la chistera un conejo, un gran pañuelo de gasa escarlata con el que empezó a juguetear. Lo hizo ondear, lo extendió como para estudiarlo, lo enroscó, se secó la frente con él y hasta se sonó delicadamente la nariz. El público, fascinado, no podía apartar los ojos de aquel velo escarlata. Julia se desplazó hacia el fondo del escenario, de tal modo que Avice, para hablarle, tuvo que dar la espalda a la platea; y cuando se sentaron juntas en el sofá, la tomó de la mano en un gesto impulsivo que al público le pareció de una naturalidad exquisita y, retrepándose bien en el asiento, obligó a Avice a ponerse de perfil frente al auditorio. Durante los ensayos, se había fijado en que Avice tenía, de perfil, un aire bastante ovino. El autor había destinado a la muchacha unas frases que, durante el primer ensayo, habían provocado la hilaridad de todo el elenco. Pero antes de que el público pudiera apreciar la gracia de sus palabras, Julia la cortó apresurándose a pronunciar su réplica, de modo que los espectadores, deseosos de oírla, contuvieron las risas. La escena, que en un principio tenía que ser sumamente divertida, tomó un tono sarcástico, y el personaje de Avice adquirió cierto carácter odioso. La muchacha, debido a su inexperiencia, se desconcertó al no recibir las carcajadas que esperaba; su voz se hizo áspera y sus gestos torpes. Julia le robó la escena y la interpretó con un virtuosismo milagroso. Pero el golpe de efecto que constituyó el remate del acto se le ocurrió por azar. Mientras escuchaba un largo parlamento de Avice, Julia, con gesto nervioso, hizo una pelota con el pañuelo; la acción le sugirió automáticamente una expresión: miró a Avice con aire compungido y dos gruesos lagrimones corrieron por sus mejillas. Con ello transmitió al público la vergüenza que le producía la petulancia de la joven, y el dolor que sentía al escuchar cómo su humilde ideal de rectitud y su anhelo de virtud eran objeto de burlas tan crueles. El episodio no duró más de un minuto, pero mediante aquellas lágrimas y la angustia de su mirada, Julia dejó al desnudo la sórdida desdicha de la vida de la mujer. Aquello fue el final de Avice.

—¡Y pensar que he sido tan estúpido como para querer contratarla! —exclamó Michael.

—¿Y por qué no?

—¿Después del modo en que ha quedado en evidencia? Ni pensarlo. No tienes motivos para estar tan celosa. No pensarás de verdad que hay algo entre ella y yo, ¿verdad? A estas alturas, ya deberías saber que para mí tú eres la única mujer en el mundo.

Michael creía que Julia había urdido aquella mala jugada a causa del intenso coqueteo que él había estado manteniendo con Avice y, aunque desde luego era lamentable lo que le había sucedido a la joven, no podía sino sentirse un poco halagado.

—Qué tonto eres —murmuró Julia con una sonrisa; sabía con exactitud lo que pensaba su marido y estaba muerta de risa ante su error—. Al fin y al cabo, no hay en todo Londres un hombre más atractivo que tú.

—Sí, puedes decir todo lo que quieras, pero no sé qué opinará el autor. Es un tipejo presuntuoso y la escena no se corresponde en absoluto con la que escribió.

—Bah, déjamelo a mí. Yo lo resolveré.

Llamaron a la puerta y quien entró fue, precisamente, el dramaturgo. Con una exclamación de placer, Julia avanzó a su encuentro, le echó los brazos al cuello y lo besó en ambas mejillas.

—¡Estará satisfecho!

—Parece que ha sido un éxito —respondió el hombre, aunque con un punto de frialdad.

—Querido amigo, durará un año entero en cartel. —Julia posó las manos en los hombros del autor y lo miró directamente a los ojos—. Pero es usted un hombre muy malo.

—¿Yo?

—Ha estado a punto de echar a perder mi actuación. Cuando al llegar a esa parte del segundo acto, he descubierto de pronto su significado, por poco lo estropeo todo. Usted es el autor, por lo tanto conocía la profundidad de esa escena; ¿por qué nos ha dejado ensayarla como si no hubiera en ella más que lo que se apreciaba a primera vista? Nosotros sólo somos actores, ¿cómo esperaba que... desentrañáramos su sutileza? Es la mejor escena de la obra y por poco la fastidio. Nadie en el mundo podría haberla escrito más que usted. Toda la obra es brillante, pero en esa escena hay más que brillo, hay genialidad.

El autor se sonrojó. Julia lo miró con veneración. El hombre se sentía cohibido, feliz y orgulloso. «Dentro de veinticuatro horas, se habrá convencido de que el sentido que le he dado a la escena fue, en realidad, idea suya», pensó ella.

Michael estaba rebosante de alegría.

—Venga a mi camerino a tomar un whisky con soda. Estoy seguro de que necesita una copa, después de tantas emociones.

Los dos hombres se marcharon e instantes después llegó Tom, con las mejillas encendidas de agitación.

—¡Querida, ha sido magnífico! Has estado sencillamente maravillosa. ¡Qué actuación, Dios mío!

—¿Te ha gustado? Avice es buena, ¿verdad?

—No; es espantosa.

—¿Qué dices, cariño? Pensaba que la encontrabas encantadora.

—La has barrido del escenario. En el segundo acto ni siquiera se la veía guapa.

«¡La carrera de Avice!»

—Oye, ¿qué vas a hacer más tarde? —preguntó Tom.

—Dolly nos ha preparado una fiesta.

—¿No puedes dar una excusa y venir a cenar conmigo? Estoy locamente enamorado de ti.

—Oh, no digas tonterías. ¿Cómo voy a hacerle ese desaire a Dolly?

—¿Y por qué no? Vamos.

Su mirada era anhelante. Julia percibió que la deseaba como nunca y se regodeó en su triunfo. Sin embargo, negó firmemente con la cabeza. Se oyó un alboroto de voces al fondo del pasillo y ambos comprendieron que una pandilla de amigos se acercaba en tropel por el estrecho corredor para felicitarla.

—¡Qué gente tan pesada! ¡Ah, cuánto deseo besarte! Te llamaré por la mañana.

La puerta se abrió bruscamente y Dolly, gorda, sudorosa y rebosante de entusiasmo, se coló en el camerino a la cabeza de un grupo de conocidos que llenó hasta los topes la pequeña estancia. Julia se dejó besar por todos y cada uno de ellos. Había en aquel conjunto tres o cuatro actrices de renombre que no le escatimaron sus elogios. Julia ofreció una elegante representación de genuina modestia. Todo el pasillo estaba ya abarrotado de gente que quería verla, aunque sólo fuera un instante, y Dolly tuvo que abrirse paso para salir.

—Procura no llegar demasiado tarde —le dijo—. Será una fiesta extraordinaria.

—Iré en cuanto pueda.

Finalmente, la multitud se marchó y Julia se quitó el vestido y empezó a hacer lo propio con el maquillaje. Michael entró, envuelto en un batín.

—Mira, Julia, me temo que tendrás que ir a la fiesta de Dolly tú sola. Debo ocuparme de las agencias de venta de localidades y me resultará imposible pasarme por allí. Voy a exprimir a los agentes.

—Está bien.

—Me esperan. Nos veremos por la mañana.

Se fue y Julia se quedó a solas con Evie, que dispuso en una silla el vestido que su señora había decidido llevar a la fiesta. Julia se embadurnó la cara con crema limpiadora.

—Evie, mañana por la mañana llamará por teléfono el señor Fennell. ¿Querrás decirle que he salido?

Evie volvió la mirada hacia el espejo y captó la expresión de Julia.

—¿Y si vuelve a llamar?

—No quiero herir sus sentimientos, pobrecillo, pero tengo la sensación de que a partir de ahora voy a estar muy ocupada.

Evie resopló audiblemente y se frotó con el dedo la punta de la nariz en aquel gesto habitual en ella, tan desagradable.

—Ya entiendo.

—Siempre he dicho que no eres tan tonta como pareces —añadió Julia mientras seguía arreglándose—. ¿Qué hace ese vestido en la silla?

—¿El vestido? Es el que ha dicho que se pondría para la fiesta.

—Guárdalo. No puedo presentarme en la fiesta sin mi marido.

—¿Desde cuándo?

—Cállate, bruja. Llama por teléfono y di que padezco una jaqueca terrible y que he tenido que irme a casa y acostarme, pero que el señor irá si le es posible.

—Señora, su amiga da la fiesta en su honor. No puede hacerle ese feo.

—No quiero ir a ninguna fiesta —insistió Julia—. Y no pienso hacerlo.

—En casa no tiene nada que comer.

—No quiero ir a casa. Iré a cenar a un restaurante.

—¿Con quién?

—Sola.

Evie la miró con expresión de perplejidad.

—La obra es un éxito, ¿no?

—Sí, es todo un éxito. Me siento de maravilla, en la cima del mundo. Quiero estar sola y disfrutarlo. Llama al Berkeley y diles que reserven una mesa para uno en la sala pequeña. Ellos ya entenderán.

—Pero ¿qué le sucede?

—No volveré a vivir un momento como éste en lo que me queda de existencia, y no pienso compartirlo con nadie.

Cuando terminó de limpiarse la cara, se la dejó tal cual. No se pintó los labios ni se aplicó colorete en las mejillas. Volvió a ponerse la falda y el abrigo con los que había llegado al teatro y el mismo sombrero, de fieltro y con ala, que se encasquetó ladeado de forma que ocultase su rostro en lo posible. Cuando estuvo lista, se miró en el espejo. «Parezco una modistilla a la que su marido ha abandonado —pensó—, y no sin razón. No creo que nadie sea capaz de reconocerme.»

Evie había ido a hacer las llamadas al teléfono situado junto a la entrada de artistas, y cuando volvió, Julia le preguntó si todavía había gente esperándola ante la puerta.

—Trescientas personas, por lo menos.

¡Por Dios! Sentía un súbito deseo de no ver a nadie y de que nadie la viera. Quería, aunque sólo fuera por una hora, ser una mujer anónima.

—Dile al conserje que me deje salir por delante y tomaré un taxi; y cuando me haya marchado, ve a decirle a esa gente que es inútil que espere.

—¡Qué cosas tiene una que hacer! —refunfuñó Evie.

—¡Vieja arpía!

Cogiendo el rostro de su ayudante entre las manos, Julia besó sus arrugadas mejillas; luego salió del camerino, cruzó el escenario y atravesó la puerta que daba acceso a la platea, que estaba a oscuras.

El sencillo disfraz demostró ser efectivo porque cuando llegó al comedor pequeño del Berkeley que tanto le gustaba, el *maître* no la reconoció de inmediato.

—¿Tiene un rinconcito en el que pueda acomodarme? —preguntó ella con cierto recelo.

Después de oír su voz y de mirarla por segunda vez, el *maître* supo de quién se trataba.

—La espera su mesa favorita, señora Lambert. La persona que ha llamado ha dicho que venía sola, ¿es así?

—Julia asintió y se dejó conducir a una mesa situada en un rincón.

»Creo que esta noche ha tenido un gran éxito, señora Lambert —añadió el *maître*.

«¡Qué deprisa corren las noticias!»

—¿Qué le parece que puedo pedir? —dijo ella.

Aunque al *maître* le sorprendió que fuera a cenar sola, no lo demostró, pues la única emoción que le correspondía manifestar ante los clientes era la satisfacción de verlos allí.

—Estoy muy cansada, Angelo.

—¿Un poco de caviar para empezar, señora, o unas ostras?

—Ostras, Angelo, pero grandes.

—Las escogeré yo mismo, señora Lambert. ¿Y de segundo?

Julia soltó un profundo suspiro. Por fin podía pedir, sin remordimiento de conciencia, lo que llevaba pensando desde el final del segundo acto. Se merecía un banquete para celebrar su triunfo, y decidió, por una vez, desoír los dictados de la prudencia.

—Filete a la parrilla con cebollas, Angelo, patatas fritas y una botella de Bass. Tráemela en un bock de plata.

Debía de hacer diez años que no probaba las patatas fritas, pero era una ocasión magnífica para hacerlo. Por pura chiripa, aquel día había confirmado el poder que ejercía sobre el público mediante una actuación que sólo podía describirse como deslumbrante, había saldado una vieja cuenta pendiente mediante un ingenioso ardid, poniendo en ridículo a Avice, haciéndole ver a Tom lo estúpido que había sido y, lo mejor de todo, se había demostrado a sí misma que se había liberado de las molestas cadenas que la tenían cautiva. Por un instante, sus pensamientos volvieron a Avice.

«¡Qué tonta, intentar ponerme palos en las ruedas! Veremos si mañana se ríe muy a gusto.»

Llegaron las ostras y las paladeó con fruición. Comió dos rebanadas de pan moreno y mantequilla con la deliciosa sensación de estar poniendo en peligro su alma inmortal y tomó un largo sorbo del bock de plata.

—¡Ah, qué maravillosa cerveza! —murmuró.

Imaginó la expresión de Michael si llegaba a enterarse de lo que estaba haciendo. Pobre Michael, que imaginaba que ella había destrozado la escena de Avice por creer que le dedicaba demasiadas atenciones a aquella rubita tonta. Verdaderamente, resultaba penoso lo ingenuos que eran los hombres. Acusaban a las mujeres de vanidosas, pero comparadas con ellos semejaban humildes violetas. Al pensar en Tom, no pudo por menos de echarse a reír. Aquella tarde, él la había deseado, y por la noche, la había deseado aún más. Se sentía feliz al comprobar que para ella ya no significaba más que cualquier tramoyista. Le producía una magnífica sensación de confianza estar libre de ataduras amorosas.

La salita en la que cenaba se comunicaba por tres arcadas con el comedor principal, donde había cena y baile; sin duda, entre los comensales se encontraría más de uno que había asistido a la función. Cuánto les sorprendería saber que la mujer del rincón del saloncito anexo, con el rostro semioculto bajo el sombrero de fieltro, era Julia Lambert. Estar allí sentada, anónima e inadvertida, le producía una agradable sensación de independencia. Los presentes eran intérpretes de una comedia y ella era el público. Podía observarlos brevemente cuando pasaban por delante de los arcos, hombres jóvenes y mujeres jóvenes, hombres jóvenes y mujeres que no lo eran tanto, hombres calvos y hombres de vientre prominente, viejas como espantajos desesperadamente aferradas a su pintado remedo de juventud. Unos estaban enamorados, otros celosos, y los había que se mostraban indiferentes.

Llegó el filete, exactamente al punto que le gustaba. Las cebollas estaban crujientes y doradas. Comió las patatas fritas cogiéndolas delicadamente con los dedos y saboreándolas una a una como si quisiera prolongar aquel efímero momento.

«¿Qué es el amor, al lado de un filete con cebolla?», se preguntó. Era fantástico estar a solas y dejar vagar los pensamientos. Evocó de nuevo a Tom y en su fuero interno se encogió de hombros con optimismo. «Fue una experiencia divertida», se dijo, y, desde luego, cualquier día podía resultarle útil.

La visión de los bailarines en la pista más allá de los arcos se parecía tanto a una escena de comedia que recordó una idea que se le había ocurrido en Saint Malo. El dolor que había experimentado al abandonarla Tom le trajo a la memoria la *Fedra*, de Racine, que había estudiado con la eximia Jane Taitbout. Releería la obra. Los tormentos que afligían a la reina de Teseo eran los que había experimentado ella, y no pudo menos de pensar que existía una semejanza sorprendente entre las situaciones de ambas. Aquél era un papel que se sentía capaz de representar; conocía muy bien lo que le sucede a una mujer cuando es rechazada por un hombre joven del que se ha encaprichado. ¡Ah, qué gran interpretación habría ofrecido! Sabía por qué en primavera su actuación había sido hasta tal punto horrorosa que Michael había preferido echar el cierre al teatro; su histrionismo en la escena se había debido a que sentía las emociones que estaba interpretando. Dejarse llevar por las emociones era un error. Era bueno haberlas sentido, sí, pero como actriz sólo debías expresarlas una vez que las hubieras dominado. Recordó que en cierta ocasión Charles le había dicho que el origen de la poesía era la emoción recordada con un espíritu sereno. Y aunque ella nada sabía de poesía, consideraba que la frase era perfectamente adecuada al arte escénico.

«Qué listo el pobre Charles al tener una idea tan original. Esto demuestra que es un error juzgar a la gente precipitadamente. Te convences de que los aristócratas son un puñado de tontos y, de pronto, uno de ellos expresa una idea tan extraordinaria que te deja sin respiración.»

Sin embargo, Julia era de la opinión de que Racine había cometido un grave error al hacer que la heroína no apareciese hasta el tercer acto.

«Naturalmente, si yo representase la obra no permitiría semejante absurdo. Dedicaría medio acto a preparar mi entrada, en todo caso, pero no más.»

No había motivo para que no consiguiese que algún dramaturgo le escribiera una obra sobre aquel tema, en prosa o en versos cortos que rimaran de cuando en cuando. Se sentía capaz de representarla y de estar a la altura. Era una buena idea, no cabía duda, y ya sabía qué vestimenta se pondría, no aquellas gasas flotantes en que se envolvía Sarah, sino una túnica griega que había visto en un bajorrelieve una vez que había estado en el Museo Británico con Charles.

«¡Qué cosa más curiosa! Una visita a todos esos museos y galerías y piensa que son aburridísimos, y entonces, cuando menos lo espera, descubre que algo que ha visto en ellos resulta de utilidad. Lo cual demuestra que el arte y las cosas por el estilo no son una pérdida de tiempo.»

Desde luego, tenía unas piernas espléndidas para lucir la túnica, pero ¿encajaría ésta en una obra trágica? Estuvo reflexionando en ello seriamente durante un par de minutos. En el momento de expresar su amargo dolor por la indiferencia de Hipólito (y se rió por lo bajo al pensar en Tom, siempre impecable con sus trajes de Saville Row, disfrazado de cazador griego), ¿sería capaz de conferir a su actuación el efecto dramático sin una profusión de telas en las que envolverse? Aunque la dificultad le interesaba, enseguida la asaltó un pensamiento que deprimió su ánimo por unos instantes.

«Todo esto está muy bien, pero ¿dónde están los autores? Sarah tenía a Sardou y la Duse a su D'Annunzio, y ¿qué tengo yo? "La reina de Escocia tuvo una hermosa criatura y yo no soy más que una cepa estéril".»

Con todo, no permitió que esa melancólica reflexión perturbara mucho tiempo su serenidad. Su exaltación era tan intensa que se creía capaz de crear dramaturgos de la nada, igual que Deucalion creaba hombres de las piedras.

«¡Cuántas tonterías me dijo Roger el otro día! ¡Y el pobre Charles, que dio la impresión de tomárselas en serio! Mi hijo no es más que un estúpido engreído. —Señaló con un gesto el salón de baile. Allí habían amortiguado las luces y lo que se veía desde su mesa parecía más que nunca la escena de una comedia—. El mundo entero es un escenario y los hombres y las mujeres son meros actores. Sin embargo, la ilusión está allá, al otro lado de los arcos; mientras que nosotros, los actores, somos la realidad. Esto es lo que debería haberle contestado a Roger. Ellos son nuestra materia prima; nosotros damos sentido a sus vidas. Nos apoderamos de sus pequeñas y absurdas emociones y las convertimos en arte, creamos belleza a partir de ellas; ellos sólo son importantes porque forman el público que necesitamos para realizarnos. Son los instrumentos con los que interpretamos, y ¿qué es un instrumento sin alguien que lo toque?»

La idea la llenó de alborozo, y la saboreó con satisfacción durante unos instantes. Su mente parecía dotada de una lucidez milagrosa.

«Roger afirma que no existimos. ¡Pero si somos los únicos que vivimos de verdad! Los demás son sombras que nosotros hacemos tangibles. Somos los símbolos de esta lucha confusa y sin propósito que llaman vida, y sólo los símbolos son reales. Dicen que actuar no es más que ficción, cuando esta ficción es la única realidad.»

De ese modo, Julia fraguó de nuevo con su propio magín la teoría platónica de las ideas. Su razonamiento la llenó de entusiasmo. La invadió una súbita oleada de simpatía y amistad por aquel inmenso público anónimo que sólo existía para proporcionarle la oportunidad de expresarse. A solas en la cumbre de su montaña, consideró las innumerables actividades de los hombres. Se sentía maravillosamente libre de las ataduras terrenales y experimentaba tal éxtasis que, en comparación, todo lo demás carecía de valor. Se sentía como un alma en el paraíso.

El *maître* se acercó a ella con una sonrisa obsequiosa.

—¿Estaba todo a su gusto, señora Lambert?

—Excelente. Es curioso lo distinta que es la gente. La señora Siddons era una entusiasta de las chuletas; en eso no nos parecemos nada: a mí me encantan los filetes.